O enigma do MORANGO

JOANNE FLUKE

O enigma do MORANGO

Um suspense de dar água na boca

O novo
suspense culinário
com receitas da
série Hannah
Swensen Mysteries

Tradução
Alice Klesck

Publicado de acordo com Kensington Publishing Corp. Nova York, NY USA.

Título original: *Strawberry shortcake murder*

Direção editorial: Pascoal Soto
Produção editorial: Renata Alves

Preparação: Poliana Magalhães de Oliveira
Revisão: Beatriz de Freitas Moreira
Projeto gráfico e diagramação: Desígnios Editoriais
Capa: Osmane Garcia Filho
Imagem da capa: Shutterstock
Tradução: Alice Klesck

Dados Internacionais de Catalogação na Publicação (CIP)
(Câmara Brasileira do Livro, SP, Brasil)

Fluke, Joanne
O enigma do morango : um suspense de dar água na boca / Joanne Fluke ; tradução Alice Klesck. -- São Paulo : Lua de Papel, 2012.

Título original: Strawberry shortcake murder.
ISBN 978-85-8178-028-3

1. Ficção norte-americana I. Título.

12-10871 CDD-813

Índices para catálogo sistemático:
1. Ficção : Literatura norte-americana 813

2012
Texto Editores Ltda.
Uma editora do grupo LeYa
Rua Desembargador Paulo Passalácqua, 86
01248-010 – Pacaembu – São Paulo – SP
Blog da Lua: www.leya.com/luadepapel
Twitter: @luadepapel_BRA/ @EditoraLeya

Cena do crime

Hannah olhou fixo para o martelo brilhando na luz. Estava fora do lugar, mas talvez Boyd tivesse consertado alguma coisa e se esquecido de guardá-lo.

– Ele... ele está aqui – sussurrou Danielle.

Assim que Danielle a conduziu até a Grand Cherokee de Boyd, Hannah avistou a tampa plástica de seu porta-bolos. Tinha rolado para debaixo do carro e dava para ver uma parte dela que despontava atrás da roda traseira. Elas contornaram a lateral do Jeep e Hannah ficou sem ar. O técnico de basquete do Colégio Jordan estava esparramado no chão de cimento de sua garagem, deitado numa pilha de bolo, chantilly e morangos esmagados.

Hannah chegou mais perto e engoliu o nó que surgiu em sua garganta. As manchas vermelhas no concreto não eram dos morangos amassados, eram do crânio esmagado de Boyd. Ele estava morto. Hannah não tinha dúvida. Ninguém perde tanto sangue assim e sobrevive...

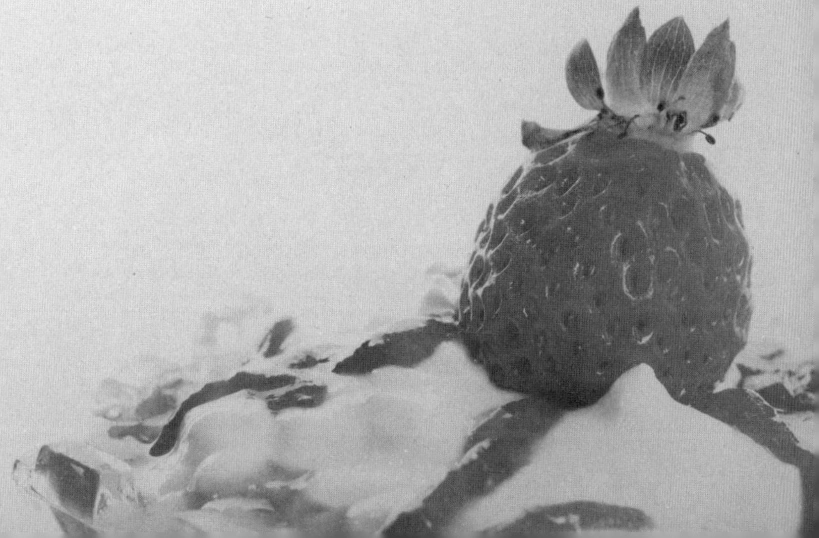

Capítulo 1

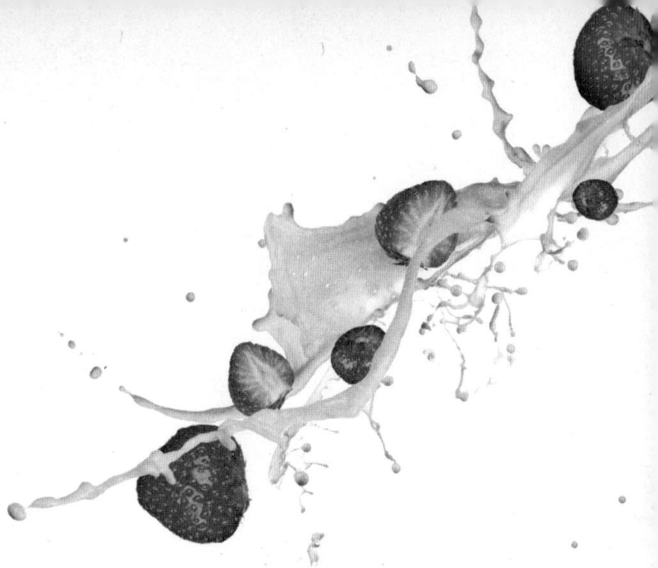

O som de algo quebrando fez Hannah Swensen acordar assustada. Era madrugada, ela morava sozinha e alguém estava em seu apartamento. Hannah sentou e agarrou a primeira coisa à mão, seu travesseiro de pluma de ganso, antes que sua mente anestesiada de sono registrasse que aquilo não era uma arma muito eficaz. Ela precisava acordar e tomar uma atitude. Então, ouviu um segundo barulho, vindo da direção da cozinha. O invasor estava arrastando algo pelo piso de linóleo.

Hannah espiava a escuridão, mas tudo que conseguia ver era o contorno pouco iluminado da janela. Ela sabia que acender o abajur da mesinha de cabeceira a transformaria num alvo ambulante e rapidamente descartou essa opção. Hannah saiu da cama quente para pegar o bastão de baseball que guardava no canto do quarto, desde a noite em que desconfiara que o assassino de Ron LaSalle andava espreitando sua casa. Ainda bem que aquilo era passado, agora que o criminoso estava atrás das grades.

Os ruídos da cozinha continuavam, enquanto Hannah sorrateiramente seguia pelo corredor, segurando firme no bastão, com as duas mãos. Uma pessoa menos corajosa poderia ter parado para ligar para a polícia, ainda no quarto, mas a ideia de que alguém havia invadido sua casa deixava Hannah furiosa. De forma alguma ela se acovardaria escondida no armário, esperando que alguém da delegacia chegasse. Ela tinha a vantagem de conhecer cada centímetro de seu apartamento no escuro, e seus pés descalços eram silenciosos no tapete alto. Com um pouquinho de sorte e uma batida melhor da que tivera quando jogara baseball, na liga infantil, ela poderia acertar o invasor na cabeça, antes que ele ao menos visse o que o atingiu.

A luz fraca que passava pelas persianas da janela da cozinha não revelava nenhuma sombra na parede, nenhuma figura ameaçadora agachada embaixo da mesa. Mas havia um som curioso de mastigação que não parou quando ela entrou pela porta. Que tipo de assaltante arrombaria sua casa e daria um tempinho para fazer um lanche?

Hannah se aproximou com o bastão em punho e deu um suspiro aliviado ao avistar o par de olhos amarelos assustados, perto da geladeira.

Moishe. Ela deveria ter imaginado que não podia deixar uma vasilha de erva--dos-gatos na bancada da cozinha.

Hannah deu meia-volta e seguiu para o quarto, deixando seu felino alaranjado mastigando e ronronando, simultaneamente. Não fazia sentido repreender Moishe. O estrago já estava feito e ele simplesmente iria ignorar qualquer coisa que ela dissesse. Ele era um gato e Hannah tinha aprendido que os gatos são assim. Ela limparia a bagunça de manhã.

A impressão foi de que assim que ela deitou de volta na cama e fechou os olhos, o despertador tocou. Hannah deu uma olhada no relógio – eram seis horas da manhã – e xingou com mais vigor que o habitual, ao estender o braço para desligá-lo. Acendeu o abajur ao lado da cama e bocejou escancaradamente, enquanto massageava a parte de trás do pescoço. Moishe estava de volta à cama, acomodado em seu travesseiro e roncando de forma barulhenta. Não era de admirar que seu pescoço estivesse dolorido; ele roubara seu travesseiro predileto outra vez.

Hannah suspirou profundamente e começou o doloroso processo mental de se preparar para um milhão de coisas que tinha de fazer. Ela tinha chegado tarde. Mike Kingston, supervisor dos detetives da Delegacia do Condado de Winnetka, a levara a uma festa no Hotel Lake Eden, e ela só havia chegado em casa depois da meia-noite.

– Sai, Moishe.

Hannah acordou o gato folgado que ela tinha salvado da rua e pegou de volta seu travesseiro. Depois, enfiou os pés nos sapatos de pelúcia que estavam ao lado da cama e seguiu até a cozinha. A essa hora da manhã, café era uma necessidade e ela já deixava a cafeteira programada para que estivesse pronto quando acordasse.

Era dezembro em Minnesota e o céu matinal parecia noite. O amanhecer só chegaria em uma hora e meia. Hannah mal tinha acendido as luzes fluorescentes que deixavam a cozinha tão iluminada quanto um centro cirúrgico, quando o telefone tocou. Ninguém mais ligaria tão cedo assim e Hannah soltou um gemido ao estender o braço para pegar o fone.

– Bom dia, mãe.

É claro que Delores Swensen queria saber tudo sobre seu programa com Mike. Hannah fez uma rápida descrição, enquanto servia a primeira xícara de café fervendo e bebia, aos goles. O que era uma dorzinha, comparada às graças da cafeína? Depois de relatar que Mike a levara até o Hotel Lake Eden; que eles tiveram um jantar agradável, com os concorrentes que haviam chegado para o Concurso de Sobremesas Hartland Flour; que ouviram o discurso após o jantar, feito por Clayton Hart, dono da fábrica de farinhas Hartland Flour; e que haviam voltado à loja dela, para misturar a massa dos cookies, que seria assada naquela manhã, não havia nada mais para contar.

– É isso, mãe. Mike foi muito legal e eu me diverti.

Hannah colocou o fone entre o ombro e a orelha, e pegou a vassoura para varrer a sujeira e os cacos de louça do pote de erva-dos-gatos. Não tinha sobrado nem uma folha. Moishe tinha comido tudo. Depois ela abriu uma nova caixa de ração para Moishe, que insistentemente se esfregava em seus tornozelos, e respondeu à pergunta da mãe:

– Não, mãe, Mike não falou em casamento. O assunto não surgiu.

Hannah revirou os olhos, enquanto despejava a comida seca do gato numa tigela de cerâmica do Garfield que ela encontrara no brechó Helping Hands, de Lake Eden. Delores acreditava que uma mulher de quase trinta anos, ainda solteira, simplesmente não se empenhava o suficiente. Hannah discordava desse princípio, principalmente em seu caso. Ela não queria se casar àquela altura da vida. Na verdade, ela não tinha certeza se *algum dia* ia querer se casar.

– Olha, mãe... – Hannah fez um esforço consciente para ter um tom agradável. – Não há nada errado em ser solteira. Tenho um negócio bem-sucedido, sou dona do meu apartamento e tenho uma porção de amigos. Você pode esperar um segundo? Preciso colocar um pouco de água para o Moishe.

Hannah colocou o fone no balcão e abriu a torneira, enchendo a vasilha de Moishe até a borda. Colocou-a ao lado da tigela de comida e sussurrou perto dele:

– Ela vai começar com a história do bebê. Melhor eu já desligar.

– Não estou exatamente morrendo de vontade de ter filhos, mãe. – Hannah escostou novamente o telefone ao ouvido. – Tenho Tracey, que vejo quase todos os dias. Entre a loja e as encomendas, eu não teria mesmo tempo para ser uma boa mãe.

Delores lançou seu argumento previsível e Hannah meio que a ouvia, enquanto se servia da segunda xícara de café. Não era nada de novo; ela já tinha ouvido tudo aquilo antes. Tracey, a sobrinha de Hannah, jamais ocuparia o lugar de um próprio filho, Hannah não sabia o que estava perdendo, e não havia alegria igual a segurar seu próprio bebê nos braços. Quando Delores chegou à parte dos relógios biológicos que não param, Hannah deu uma olhada no relógio da cozinha, em formato de maçã – outra aquisição no Helping Hands. Estava na hora de acabar com a conversa, e isso não seria fácil. Delores não gostava de ser interrompida no meio de um de seus sermões.

– Preciso correr, mãe. Prometi estar na escola em menos de uma hora.

Apenas dizer que estava com pressa não demoveu Delores de seu propósito. Ela precisava dar um último alerta quanto a Mike Kingston e de como ela achava que ele não estava interessado em casamento. Hannah foi forçada a concordar com essa avaliação. A esposa de Mike morrera alguns anos antes, e Hannah sabia que ele não estava com pressa de se casar novamente. Então, Delores levantou a questão de Norman Rhodes, dentista solteiro de Lake Eden, e Hannah soltou um suspiro exasperado.

Sua mãe estava em campanha com Carrie, mãe de Norman, desde que ele chegara à cidade, para assumir o consultório do pai.

– Eu sei que você é próxima de Carrie, mas vocês duas estão tentando arranjar coisa onde não tem – respondeu Hannah rapidamente, antes que Delores começasse sua ladainha sobre as virtudes de Norman. – Gosto do Norman. Ele é legal, inteligente, e tem ótimo senso de humor. Mas somos apenas bons amigos, e é só isso.

Delores ainda não tinha terminado. Então, Hannah usou um truque que aprendera com a irmã mais nova, Andrea. Ela apertou o botão de desligar algumas vezes e disse:

– Acho que há algo errado com meu telefone. Se a ligação cair, eu ligo mais tarde, quando chegar à loja. – Então, ela começou a dizer outra coisa e cortou a si mesma, no meio da própria frase.

Hannah recolocou o fone no lugar e ficou olhando, por um minuto. O telefone não voltou a tocar e ela deu um sorriso de satisfação. Andrea jurou que ninguém suspeitaria que ela tinha desligado na própria cara.

Vinte minutos depois, de banho tomado, Hannah vestiu jeans surrados que estavam um pouquinho mais apertados na cintura e um pulôver bege de mangas compridas que dizia, em letras vermelhas: "Deseja cookies?". Ela adorava a cor vermelha, mas nunca tinha conseguido encontrar um tom que não conflitasse com seus cabelos.

Depois de reabastecer a tigela de comida de Moishe e jogar-lhe uns biscoitinhos supostamente feitos com salmão de verdade, Hannah correu escada abaixo, até a garagem, no subsolo, e entrou em seu Suburban vermelho-vivo. Ela tinha comprado aquele carro logo que abriu o negócio, mais de dois anos antes, e mandado um pintor local escrever o nome de sua loja, Jarro de Cookies, nas portas, em letras douradas. Até a placa dizia "COOKIES" e era um anúncio ambulante de seu negócio. Ao menos foi o que disse Stan Kramer, único contador de Lake Eden, quando preencheu seus formulários de imposto de renda.

Hannah estava prestes a dar ré de sua vaga na garagem, quando ouviu um grito na garagem subterrânea. Seu vizinho do andar de baixo, Phil Plotnik, estava sacudindo os braços e apontando para algo perto da frente de sua picape. Ele ergueu uma das mãos, num gesto para que aguardasse, e caminhou até ela para desconectar o fio de seu aquecedor, ligado a uma das tomadas da parede da garagem. Hannah assentiu agradecida, conforme ele enrolava o fio no para-choque dianteiro. Ela sempre arrebentava algumas extensões, todo inverno, antes de se acostumar com a caminhonete conectada. Phil lhe poupara a substituição de um fio.

Não estava nevando quando Hannah subiu a rampa, emergindo na escuridão que antecede o amanhecer, mas o vento chicoteava os flocos soltos que tinham caído durante a noite. Na saída do condomínio, ela desceu o vidro para usar o cartão eletrônico que erguia a cancela de madeira, e o ar gélido entrou na caminhonete. Hannah levantou a gola de pele de sua parka e estremeceu. Devia estar - 5 °C.

O aquecedor só fez efeito, com seus jatos de ar quente, quando ela já havia virado sentido norte, na Rodovia Old Lake. Demoraria uns cinco minutos até que o interior da picape aquecesse totalmente, e Hannah manteve a gola erguida. Mas ela tirou uma das luvas para esticar o braço para trás e pegar um saco de cookies.

Hannah nunca vendia produtos assados na véspera e os cookies eram sobra do dia anterior. Ela os empacotara em saquinhos, depois de fechar a loja, e os guardara no banco traseiro da Suburban. Eles nunca eram desperdiçados, e a generosidade de Hannah era conhecida em Lake Eden. As crianças pequenas a chamavam de "moça dos cookies" e ficavam sorridentes quando ela encostava a caminhonete e distribuía os saquinhos. Um cookie de graça podia se transformar numa venda, principalmente se uma criança fosse para casa e pedisse à mãe que fosse até a Jarro de Cookies para comprar mais cookies.

Hannah estava mastigando um cookie açucarado, quando se aproximou da loja de laticínios Cozy Cow Dairy, e parou no sinal, no cruzamento da Rodovia Old Lake com a Avenida Dairy. Pete Nunke estava em pé, perto de sua caminhonete, verificando os pedidos sob a luz da doca de abastecimento, e Hannah deu uma buzinada quando o sinal abriu, passando por ele. Pete era um bom entregador, mas ela ainda sentia falta de Ron LaSalle.

Dez minutos depois, Hannah entrou no estacionamento do Colégio Jordan. Eram sete da manhã, cedo demais para professores e alunos, e ela encontrou uma vaga excelente, bem na frente do auditório. Um imenso *banner* verde estava pendurado acima das portas duplas, declarando que ali era o local do Concurso de Sobremesas Hartland Flour.

– Bom dia, Hannah – cumprimentou-a com um sorriso Herb Beeseman, único policial da folha de pagamento da cidade, quando ela passou pela porta. – Você chegou bem na hora.

Hannah sorriu de volta e entregou um saquinho de cookies que tinha trazido da caminhonete:

– Isso é como trazer carvão para Newcastle, mas são os seus prediletos. Crocantes de melado.

– Carvão para Newcastle? – Herb pareceu intrigado, por um momento, depois riu. – Entendi. Você acha que os concorrentes vão querer que eu seja o provador oficial?

– Eu não me surpreenderia. Afinal, você é o único aqui.

– Isso mesmo. – Herb pareceu satisfeito com a ideia. – Não posso deixar meu posto, mas o Sr. Hart disse que você poderia entrar. Acendi as luzes para você.

Hannah ficou surpresa ao passar pelas portas internas. Ela tinha se formado no Colégio Jordan e já tinha estado no auditório inúmeras vezes. Hoje parecia completamente diferente. O palco elevado de madeira, que era usado para peças e eventos escolares, tinha sido convertido em quatro conjuntos individuais de cozinhas, com divisórias temporárias na altura da cintura. Toda a fiação e o encanamento tinham sido embutidos em largos conduítes que desembocavam num espaço abaixo das bancadas das cozinhas, e podiam ser facilmente removidos, quando o concurso tivesse terminado. Uma das exigências feitas pelo Sr. Purvis, diretor do Colégio Jordan, foi que nada danificasse o piso do palco.

Depois de subir os degraus de acesso ao palco, Hannah examinou cada uma das cozinhas. Elas eram idênticas, com eletrodomésticos novos, pias e lava-louças funcionando. As geladeiras zuniam baixinho, os fogões reluziam e havia um jogo completo de utensílios em cada cozinha. Depois que o concurso tivesse terminado e o grande vencedor fosse anunciado, o Sr. Hart doaria todos os equipamentos para o departamento de economia doméstica do Colégio Jordan. Ele também tinha prometido reformar totalmente o refeitório e a cozinha da escola durante o verão, um gesto que fez a cozinheira-chefe, Edna Ferguson, elogiá-lo por toda a cidade.

Levou um tempo para testar os eletrodomésticos e inspecionar cada um dos quatro conjuntos de cozinhas. Como juíza sênior de um grupo de cinco, era sua responsabilidade assegurar-se de que as cozinhas estivessem idênticas, em todos os aspectos. Depois de satisfeita quanto ao funcionamento de tudo, Hannah se despediu de Herb e se apressou de volta à caminhonete. Eram sete e meia e ela tinha de ajudar sua assistente, Lisa Herman, a aprontar as coisas para o pessoal que já estaria esperando na Jarro de Cookies, quando elas abrissem o estabelecimento, às oito.

Quando Hannah entrou no estacionamento, nos fundos da confeitaria, o velho carro de Lisa estava na vaga ao lado. Havia uma camada grossa de gelo no para-brisa, e levava ao menos algumas horas para que aquela quantidade de gelo se acumulasse. Lisa tinha chegado muito cedo naquela manhã.

Ela estava retirando duas assadeiras de cookies do forno quando Hannah entrou. Lisa colocou-os na prateleira e limpou as mãos no pano de pratos que estava preso no avental. Em Hannah, o mesmo avental teria ficado um pouquinho acima dos joelhos, mas Lisa era miúda e o dobrara algumas vezes, na cintura, para que não a fizesse tropeçar.

– Oi, Hannah. Você se lembrou de ligar a tomada da caminhonete?

– É claro. Há quanto tempo está aqui, Lisa?

– Desde as cinco horas. Imaginei que você estaria ocupada no concurso e eu queria estar com tudo pronto. Os cookies estão todos assados e o café já está feito, se você quiser um pouco.

– Obrigada, será ótimo. – Hannah pendurou seu casaco em um dos ganchos enfileirados na parede dos fundos e caminhou em direção à porta vaivém, estilo restaurante, que conduzia ao interior da loja. Então, ela se lembrou do que havia acontecido com a erva-dos-gatos que Lisa mandara para Moishe e deu meia-volta.

– Moishe adorou sua erva. Ele comeu tudo, no meio da noite.

–Você deixou onde ele pudesse pegar?

– Sim. Bobeei. – Hannah resolveu não contar a Lisa como ela andara sorrateiramente pelo corredor, no meio da madrugada, armada com seu taco de baseball. – E quanto aos morangos? Estão maduros ou devo usar os congelados esta noite?

– Estão maduros. Agora que sei como fazer, vou cultivá-los todo inverno. Estão numa tigela, no isopor, se quiser experimentar.

– Não, obrigada – recusou Hannah. – Sou alérgica apenas a uma coisa, morango. Então essa horta orgânica realmente funciona?

– Funciona com morangos e tomates. Foi tudo que plantei este ano. Meu pai adora os sanduíches de bacon, alface e tomate, e ele esquece que não dá para comprar bons tomates no inverno.

– Legal que você os cultive para ele. – Hannah virou e seguiu até a cafeteira. Jack Herman tinha mal de Alzheimer e Lisa tinha aberto mão da bolsa da faculdade para cuidar dele. Era uma pena, mas foi decisão de Lisa, e Hannah sabia que ela não se arrependera.

Depois que acendeu as luzes do teto e se serviu de uma xícara de café da imensa cafeteira que ficava atrás do balcão, Hannah voltou à confeitaria para checar os bolos que ela havia assado, dois dias antes. Eram quatro bolos, cada um deles embrulhado em filme plástico e coberto com uma camada de papel-alumínio. Ela pegou uma faca afiada e foi até o refrigerador cortar duas fatias finas do bolo de prova. Depois, embrulhou-o novamente e levou um dos pedaços para Lisa, que estava sentada numa banqueta, junto ao tampo de inox da bancada central de trabalho.

– Adoro bolo no café da manhã. Faz com que eu me sinta rica. – Lisa deu uma garfada e mastigou, pensativa. – Está maravilhoso, Hannah. O que acha?

Hannah experimentou sua fatia e concordou. – Não fica melhor que isso. Dois dias é o tempo perfeito para repousar a massa.

– Fresco, estava ótimo, mas agora está melhor. É quase um cheesecake sem o queijo.

Hannah ficou satisfeita com o comentário de Lisa. A massa para fazer o bolo amanteigado de morango diante das câmeras, naquela noite, estava próxima à perfeição.

–Você está reagindo à densidade. Esse bolo fica mais pesado a cada dia que fica na geladeira.

– Será um sucesso enorme com os jornalistas. – Lisa terminou sua fatia e levantou. – Está na hora, Hannah. Quer que eu abra a porta?

– Eu abro. Pode terminar de decorar os cookies para a festa natalina do Dorcas Circle.

Hannah passou pela porta vaivém e entrou na loja de cookies. Ela ainda estava um pouquinho nervosa por aparecer na televisão naquela noite, mas tinha sido ideia do Sr. Hart – e todos na cidade, incluindo a própria Hannah, queriam agradá-lo. Aquele seria o primeiro concurso Hartland Flour, e todos torciam para que se tornasse um evento anual.

O concurso de confeitaria tinha voltado a despertar Lake Eden de seu sono invernal. A população local, que minguava quando o pessoal de veraneio fechava as casas do lago e voltava à cidade, tinha novamente aumentado com a chegada dos participantes do concurso, suas famílias e espectadores. Sally e Dick Laughlin, proprietários do Hotel Lake Eden, estavam encantados por abrir as portas fora da temporada, e quase todas as lojas de Lake Eden estavam desfrutando de um novo sopro nos negócios. A cidade estava bombando, numa época em que a maioria dos moradores lutava para ganhar a vida; e o Sr. Hart tinha contratado a população local para tudo, desde carpintaria e serviços de bombeiro hidráulico, até pessoal para acompanhar os espectadores ao auditório. O prefeito tinha ligado para Hannah no dia anterior, dizendo que esperava que o Sr. Hart fizesse de Lake Eden um local permanente para o concurso de confeitaria.

Para anunciar o evento de quatro dias, Hannah concordara em participar do cenário de fundo de um programa ao vivo, para o noticiário local da rede de televisão KCOW, feito em locação, no auditório da escola. Mason Kimball, morador de Lake Eden, era produtor da KCOW, e ele aconselhara Hannah a assar algo com uma cor vibrante, como um bolo confeitado de morango. Hannah literalmente aceitara sua sugestão e, para aquela noite, decidira montar o Bolo Swensen de Morango com Chantilly diante das câmeras. Na verdade, não havia tempo hábil para assar o bolo, mas Hannah iria preparar a massa, despejá-la nas formas e colocá-la num forno frio, para ser assada depois do programa, por Edna Ferguson, cozinheira da escola. Hannah substituiria a massa crua pela que já havia assado, e depois de montar e apresentar o bolo confeitado de morango aos jornalistas, um número de telefone apareceria na tela para que os telespectadores pudessem ligar para a telefonista da KCOW, pedindo uma cópia da receita. O número de pedidos indicaria a quantidade de pessoas que haviam assistido à transmissão de Mason.

Assim que ela virou a placa da confeitaria de "Fechado" para "Aberto", o telefone começou a tocar. Hannah sabia que Lisa atenderia na cozinha, e ela ignorou o chamado insistente, enquanto destrancava a porta e cumprimentava a fila de clientes que esperava do lado de fora.

O primeiro a entrar pela porta foi Bill Todd, cunhado de Hannah, e Mike Kingston, supervisor dele. O Sr. Hart e Mason Kimball vinham logo atrás, e Andrea era a próxima, com Tracey, sobrinha de Hannah, de quatro anos. Naquela manhã, os cabelos louros de Andrea estavam presos num coque elaborado, e ela estava vestindo um belo terno azul-marinho que devia ter custado uma semana de seu salário. Ela parecia ter acabado de sair de uma propaganda de moda executiva feminina e Hannah sentiu uma pontada de inveja que rapidamente foi coberta por um afetuoso sorriso de boas-vindas. Hannah nunca tinha sido capaz de competir com Andrea, no quesito aparência, e ela havia parado de tentar quando ambas estavam no segundo grau.

Andrea e Michelle, irmã caçula de Hannah, lembravam a mãe delas, que ainda era uma mulher surpreendentemente bonita. Hannah fora a única a herdar a altura esguia e os cabelos ruivos ondulados do pai. Por sorte, Tracey tinha os belos genes de sua mãe e era uma miniversão de Andrea, até nos cabelos louros brilhantes.

Tracey era a prioridade de Hannah; depois de sentar a única e predileta sobrinha numa banqueta, com leite e cookies, ela voltou para atender os outros clientes. Hannah tinha começado a pegar os outros pedidos, quando Lisa entrou na cafeteria. Ela terminou de servir o Sr. Hart, que havia pedido uma xícara de café preto e dois pãezinhos de gergelim, e em seguida foi ao encontro de Lisa.

– Algo errado?

– Acho que sim. – Lisa baixou o tom de voz para que elas não fossem ouvidas. – Norman Rhodes está ao telefone e ele diz que é uma emergência. Posso assumir aqui para você.

Hannah ficou à distância, para que Lisa pudesse assumir seu lugar atrás do balcão, e seguiu apressada aos fundos da confeitaria. Norman era sensato. Não era do tipo que usasse a palavra "emergência" à toa.

Lisa tinha deixado o telefone da parede fora do gancho, e Hannah respirou fundo antes de pegá-lo.

– Oi, Norman. Lisa disse que é uma emergência?

– O Sr. Rutlege veio ao consultório com um molar incluso e eu tenho péssimas notícias. – Norman parecia muito preocupado.

Visões de desastre passavam pela cabeça de Hannah. Norman sabia que ela já tinha ajudado Bill a resolver dois assassinatos e que ela era experiente em lidar com a morte. Será que o Sr. Rutlege tinha morrido na cadeira do dentista? E quem era ele? Hannah sabia que já tinha ouvido esse nome, mas não conseguia identificar onde.

– Quem é o Sr. Rutlege?

– Você deve tê-lo conhecido no Hotel Lake Eden, ontem à noite. Ele é alto e magro, de cabelos grisalhos, e parece um pouquinho com Ricardo Montalban.

Hannah tinha conhecido uma dúzia de estranhos na noite anterior. Os nomes estavam meio embaralhados, mas ela se lembrava do homem que Norman havia descrito. Ele era um dos juízes de fora da cidade, para o concurso.

– O que aconteceu com o Sr. Rutlege?

– Começou como uma simples extração. Eu não tinha como salvar o dente. Mas ele teve uma reação negativa à anestesia e, para piorar as coisas, eu descobri que seu sangue não coagulava apropriadamente.

Os dedos de Hannah se apertaram em volta do fone.

– Ele não está... *morto*, está?

– Morto? – Norman pareceu chocado com a pergunta. – É claro que ele não está morto. Mas o Sr. Rutlege não pode mais ser juiz do concurso. Por uma semana, ele não terá como comer nada que não seja de liquidificador.

Bolo Swensen de Morango com Chantilly

Serve 12 pessoas (ou 6, se todas repetirem).

Para fazer essa sobremesa, você irá precisar de: massa de bolo amanteigado, três caixas de morangos maduros e uma tigela de Crème Fraiche para Chantilly da Hannah (pronuncie crem freche e todos pensarão que você fala francês).

Massa de bolo amanteigado

Preaqueça o forno a 160 °C e use a grade do meio do forno.

1 e ½ xícara de manteiga amolecida
2 xícaras de açúcar cristal
4 ovos
1 xícara de creme azedo[1] (você pode substituir por iogurte natural, para uma massa mais leve)
½ colher (chá) de fermento em pó
1 colher (chá) de extrato de baunilha
2 xícaras de farinha de trigo (NÃO PENEIRE – use direto da embalagem)

O bolo amanteigado precisa ser levado à geladeira por 48 horas. Faça a massa dois dias antes de quando pretende servir. Você também pode assá-la, refrigerá-la, embrulhá-la em filme plástico e papel-alumínio, e congelá-la até quando for precisar dela. Essa receita rende dois bolos. Cada bolo serve 6 pessoas.

Unte, generosamente, duas formas redondas de 22 cm de diâmetro com manteiga, depois polvilhe com farinha de trigo (não use manteiga em spray, pois não dá certo).

1. Se não encontrar em casas de produtos importados, misture 1 colher (sopa) de suco de limão a 1 xícara de creme de leite fresco e deixe descansar em temperatura ambiente por 30 minutos, antes de usar. (N. do T.)

Na tigela da batedeira elétrica, bata a manteiga amolecida e o açúcar. (Você pode bater a mistura do bolo à mão, mas terá de usar os músculos.) Acrescente os ovos, um de cada vez, e bata até que a massa esteja bem fofa. Adicione o creme azedo, o fermento e a baunilha. Misture bem, depois adicione a farinha, uma xícara de cada vez, e bata até que a massa esteja homogênea e sem pelotas.

Despeje a massa nas formas e asse a 160 °C, por 45 a 50 minutos. (Os bolos devem ficar douradas em cima.)

Deixe esfriar por 20 minutos. Passe uma faca na borda lateral dos bolos para soltá-los da forma e vire-os, desenformando-os sobre uma grade.

Depois que os bolos estiverem totalmente frios, embrulhe cada um deles em filme plástico, lacrando bem. Embrulhe esses pacotes em papel-alumínio e leve à geladeira por 48 horas. Tire-os uma hora antes de servir, mas não desembrulhe até o momento de confeitá-los.

Os Morangos

(Prepare-os algumas horas antes de servir.)

Lave 3 caixas de morangos e tire os talos. (A maneira mais fácil de fazer isso é usando uma faquinha para cortar a parte superior da fruta.) Fatie tudo, exceto uma dúzia, reservando os maiores e melhores para forrar cada porção. Experimente os morangos e acrescente açúcar, se estiverem muito azedos. Mexa e leve-os à geladeira, bem cobertos.

Crème Fraiche para Chantilly da Hannah

(Este creme se conserva bem por várias horas. Faça com antecedência e leve à geladeira.)

2 xícaras de creme de leite para chantilly

½ xícara de açúcar

½ xícara de creme azedo (você pode substituir por iogurte natural, mas não se conservará por muito tempo e você terá de fazer no último minuto)

½ xícara de açúcar mascavo (para salpicar por cima, depois que a sobremesa estiver montada

Bata o creme de leite com o açúcar comum até formar picos firmes (teste mergulhando a espátula; ao levantá-la, a massa não deve cair). Em seguida, acrescente o creme azedo. Você pode fazer isso à mão ou usar uma batedeira, na menor velocidade.

Montando o Bolo Swensen de Morango com Chantilly

Corte cada bolo em 6 fatias e ponha em pratos de sobremesa. Cubra com os morangos. Disponha colheradas generosas de crème fraiche em cima e salpique com açúcar mascavo. Enfeite com os morangos inteiros que você reservou. Sirva e receba elogios cheios de entusiasmo.

Fiz esse bolo para Norman, Carrie e a mamãe. Usei somente uma massa de bolo e congelei a outra. Reduzi a receita do crème fraiche pela metade e usei só uma caixa de morangos.

Capítulo 2

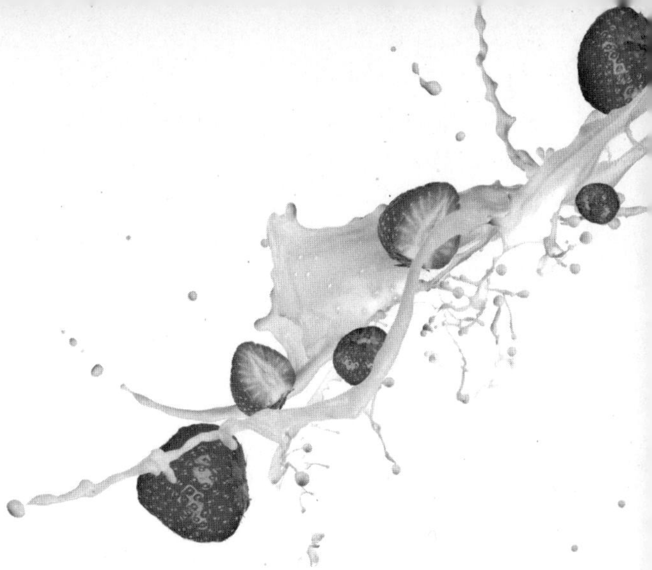

Hannah acrescentou açúcar na tigela de creme de leite e terminou de bater, enquanto era transmitida a previsão da meteorologia. Estava quente sob as luzes, e ela torcia para que sua massa não virasse uma papa. Quando ficou consistente o bastante para formar um pico, ela adicionou o creme azedo. Além de acentuar o sabor, o creme azedo ajuda o chantilly adoçado a manter sua forma. Quando estava prestes a mergulhar o dedo na tigela, ela se lembrou de que estava diante das câmeras e se contentou em experimentar com uma colher. Depois pôs uma boa porção dos morangos caseiros de Lisa em cima da fatia de bolo, mais generosas colheradas de chantilly, posicionou um morango perfeito no meio e salpicou com o açúcar mascavo. Sua criação original, o Bolo Swensen de Morango com Chantilly, estava pronta para ser servida aos jornalistas.

O gerente de palco, um homenzinho nanico e gorducho que tinha mais energia do que Hannah jamais vira, fez um sinal para que ela ficasse pronta. A previsão meteorológica havia sido concluída e Chuck Wilson, o belo âncora de rosto modelado, estava finalizando com um lembrete aos espectadores para que ficassem ligados no Concurso de Sobremesas Hartland Flour, logo após as notícias do mundo.

O coração de Hannah começou a disparar, assim que pegou a bandeja. Ela já havia ensaiado tudo aquilo, mas carregar uma bandeja vazia não era a mesma coisa que manusear uma lotada de bolo, pratos e garfos. Tomando cuidado para não tropeçar no cabeamento pesado colado ao piso do palco, algo que Mason Kimball chamava de "fita de contrarregra", mas que para ela parecia a fita-crepe de sempre, Hannah abriu o sorriso mais radiante que pôde e seguiu rumo à mesa encurvada do noticiário, junto à qual os quatro jornalistas estavam sentados. Cautelosa para não deixar apagar o sorriso, pois Mason a alertara quanto a isso, ela ofereceu a sobremesa a cada um deles.

Hannah ficou por perto, enquanto eles faziam "ohs" e "ahs" e depois experimentavam sua sobremesa. Chuck Wilson, o âncora, comentou como os morangos encarecem fora de estação, perguntando onde Hannah os encontrara naquela época do ano. Hannah sorriu e respondeu que Lisa Herman, sua assistente, os cultivava em sua estufa. Dee-Dee Hughes, a coâncora anoréxica de Chuck, perguntou quantas calorias havia em cada fatia do bolo confeitado. Hannah disse que realmente não sabia, mas achava que não tinha importância, pois pessoas de dieta geralmente recusavam, quando se tratava de sobremesa. Wingo Jones, o repórter esportivo, disse que achava que os atletas profissionais deviam comer o Bolo Swensen de Morango com Chantilly para se abastecer de carboidratos, antes de cada jogo. A essa altura, o sorriso de Hannah já estava mais fraco, mas ela conseguiu dizer que achava uma boa ideia. O único membro da equipe de jornalistas que não fez nenhum tipo de comentário insípido foi Rayne Phillips, o repórter meteorológico, que continuou enfiando garfadas de bolo na boca, até o último pedacinho.

No instante em que o noticiário terminou, Hannah voltou ao *set* da cozinha para guardar suas coisas. Ela abriu o forno e o encontrou vazio. Edna já tinha levado os bolos não assados para a cozinha da escola. Em vez de fazer malabarismos com todos os potes cheios até a metade, Hannah decidiu montar a sobremesa e levá-la para casa assim. Ela despejou o restante dos morangos de Lisa em cima do bolo, confeitou com a mistura de chantilly, acrescentou os morangos inteiros que reservara para a decoração e salpicou o açúcar mascavo extra. Depois firmou a tampa de seu porta-bolos, empilhou os utensílios e vasilhas usados dentro da caixa de papelão e levou tudo aos bastidores do palco.

– Você esteve ótima, Hannah. – Andrea esperava por ela nos bastidores, e ajudou-a a carregar as coisas até as prateleiras metálicas que haviam sido montadas na parede dos fundos.

– Obrigada – disse Hannah, agradecendo o elogio e olhando ao redor, à procura da sobrinha.

Quando Hannah repetiu a conversa que tivera com Norman, e o Sr. Hart ficou sabendo que um de seus juízes teria de ser dispensado, ele pediu a Tracey que sorteasse o quinto membro da comissão, escolhendo, em uma urna de vidro, os nomes do Conselho Administrativo de Lake Eden.

– Onde está Tracey?

– Ela ainda está na maquiagem. Bill irá trazê-la até aqui, assim que ela terminar.

– Ela não está nervosa, está?

Andrea sacudiu a cabeça.

– Ela acha divertido. Você está gravando isso, não é, Hannah? Bill programou nosso vídeo, antes de sairmos de casa, mas eu preciso de uma cópia extra.

– Terá duas. Estou gravando e a mamãe também.

– A mamãe? – As sobrancelhas de Andrea se ergueram. – Ela ainda não descobriu como programar seu vídeo. Quando nossa TV a cabo estava desligada, eu pedi que ela gravasse um filme para mim e ela gravou duas horas de programa de ginástica.

Hannah estendeu o braço para afagar o ombro da irmã.

– Calma, Andrea. Lisa está gravando, assim como a maioria dos meus clientes. Você terá dúzias de cópias extras. Eu posso quase garantir.

– Espero que sim. Essa é a primeira aparição de Tracey na televisão e nunca se sabe quando um grande produtor pode estar assistindo. Assim que descobrem estrelas mirins.

Hannah conseguiu dar um sorriso, o mesmo que ela usara ao ser forçada a ouvir os comentários idiotas sobre seu bolo confeitado, feitos por três dos quatro jornalistas. Ela não ia dizer a Andrea o quanto era improvável que um grande produtor estivesse assistindo à emissora local KCOW.

– É melhor que eu vá ver o que está atrasando Tracey. – Andrea deu um passo em direção à porta, depois se virou de volta. – Você deveria tentar fazer algo no cabelo, antes que o concurso comece. Está todo arrepiado.

Hannah sentiu-se estranha e constrangida, enquanto os câmeras acompanhavam a mesa de jurados. Ao menos, ela não precisava se preocupar em ser descoberta. Nenhum grande produtor olharia duas vezes para uma mulher alta demais, ligeiramente acima do peso, passando dos trinta, com uma névoa permanente de farinha no rosto. Mas Tracey estava linda e Hannah se orgulhava dela. Os cabelos louros da sobrinha lembravam ouro irradiado sob as luzes, e ela estava tranquila ao mergulhar a mão na grande urna de vidro e tirar o nome do jurado substituto.

– Obrigado, Tracey. – disse o Sr. Hart, radiante, quando ela entregou o pedaço de papel. – Você não tirou o nome do seu pai, tirou?

Tracey sacudiu a cabeça.

– Ele não trabalha no Conselho Administrativo, Sr. Hart. Meu pai é detetive da Delegacia de Polícia do Condado de Winnetka.

– Você sabe o que um detetive faz, Tracey? – perguntou o Sr. Hart.

– Sim. Um detetive investiga crimes. Se alguém é assassinado, meu pai recolhe todas as provas, pega o assassino e o deixa trancado na cadeia, até que aconteça o julgamento.

Obviamente o Sr. Hart ficou perplexo, mas ele conseguiu sorrir.

– Essa foi uma resposta muito boa, Tracey. Eu lhe pediria que lesse o nome do novo jurado, mas você ainda não está na escola, está?

– Estou no jardim de infância, Sr. Hart. É para onde você vai, se ainda não tem idade para ir à pré-escola. Mas eu sei ler. Se me der o papel eu posso lhe dizer o que está escrito.

A câmera fez um zoom no rosto surpreso do Sr. Hart, no momento em que ele devolveu o papel a Tracey. Hannah observou a sobrinha desdobrá-lo e silenciosamente inspecionar as palavras. Depois, ela olhou para cima, em direção ao Sr. Hart, e anunciou:

– O jurado substituto é... o Sr. Boyd Watson.

As luzes se acenderam no auditório e todos aplaudiram quando Boyd Watson, o treinador mais bem-sucedido do Colégio Jordan, se levantou. Hannah pôde ver que Maryann, irmã de Boyd, estava sentada ao seu lado; porém Danielle, sua esposa, não estava presente. Ela esperava que não houvesse nenhum motivo sinistro para aquilo. Vários meses antes, Hannah tinha descoberto que o treinador Watson batia na esposa. Danielle não quis dar queixa, mas Hannah confidenciara a Bill, e ele havia prometido ficar de olho em Boyd, para ter certeza de que aquilo não voltasse a acontecer.

Uma vez que Boyd estava sentado na cadeira vazia, ao lado de Hannah, o Sr. Hart apresentou os competidores e os mandou para as cozinhas, para acrescentarem os últimos toques a suas sobremesas. Enquanto os concorrentes fatiavam, decoravam e arrumavam os pratos com suas criações, ele explicava o funcionamento do concurso.

Havia doze finalistas no Concurso de Sobremesas Hartland Flour, todos vencedores de concursos locais e regionais. Os quatro primeiros concorrentes tinham preparado seus pratos naquela tarde, e amostras de suas sobremesas seriam apresentadas a cada jurado. Enquanto a comissão julgadora estivesse degustando e avaliando as entradas, haveria uma montagem dos competidores e suas famílias para que os espectadores e o público do auditório pudessem assistir. Quando esse quadro tivesse terminado, a pontuação seria calculada e cada jurado faria seus comentários. Um vencedor seria escolhido e esse concorrente sortudo passaria à final, no sábado à noite.

Hannah esperou até que os competidores tivessem apresentado suas amostras e a montagem estivesse na tela. Então, ela virou-se para Boyd e perguntou:

– Onde está Danielle?

– Está em casa. – Boyd ergueu o garfo cheio de torta de cereja e levou-o à boca, para experimentar. Ele não pareceu feliz ao engolir. – Exatamente igual ao que minha mãe costumava fazer. Tão doce que faz doer os dentes.

Hannah experimentou seu pedaço de torta e concluiu que Boyd estava certo.

– Ela não quis vir, esta noite?

– Minha mãe?

– Não, Danielle. – Hannah escreveu a nota e passou à segunda prova, um pedaço de doce recheado com nozes.

– Danielle está doente.

– É sério? – Hannah observou Boyd, em busca de sinais de culpa no seu rosto, mas ele estava perfeitamente impassível.

– É só uma gripe de inverno. Ela está tomando uma porção de remédios. – Boyd experimentou um pedaço do doce de nozes e fez uma careta, enquanto mastigava. – Minha mãe também costumava fazer isso. Detesto coisas com essa quantidade de canela.

Hannah provou e descobriu que novamente tinha de concordar com Boyd. A canela e a noz-moscada predominavam sobre o sabor das nozes. Ela escreveu sua nota e virou-se para a terceira sobremesa, uma fatia de bolo de laranja.

– Ela já foi ao médico?

– Ela disse que não precisa. Danielle detesta ir ao médico.

Em vez de fazer qualquer comentário, Hannah experimentou o bolo de laranja. Dava para entender por que Danielle tinha medo de ir ao médico. Os médicos fazem perguntas e têm o dever de relatar qualquer coisa que indique abuso físico.

– Isso está amargo demais. – Boyd empurrou o bolo de laranja e seguiu à quarta sobremesa.

Hannah engoliu uma garfada do bolo de laranja e suspirou. Boyd estava certo outra vez. O concorrente tinha ralado muito da parte branca com a casca da fruta.

– Nada mal – comentou Boyd, ao experimentar uma torta de limão. – Aliás, é a melhor aqui. Claro que não teve muita concorrência.

Hannah passou à torta de limão. A massa estava macia e amanteigada e o recheio, pungente e doce. Era decididamente a vencedora. Boyd estivera certo nas quatro vezes e suas objeções espelhavam exatamente as suas. Mesmo assim, ela não gostava dele – ele era arrogante e bruto –, embora tivesse, de fato, um paladar treinado.

A luz vermelha da câmera que cobria a comissão de jurados voltou a acender e os relatos começaram. Como jurada principal, Hannah era a última a ser entrevistada, e ela ouviu seus colegas com interesse. Eles foram cautelosos ao avaliar as sobremesas, e os três primeiros jurados gostaram mais da torta de limão.

Então, chegou a vez de Boyd, e Hannah se contraiu por dentro quando ele repetiu os mesmos comentários que fizera para ela. Ela tinha ouvido um dos membros da equipe dele comentar "o treinador fala o que pensa", mas Hannah achou que a crítica de Boyd poderia ter sido suavizada por alguns elogios.

A própria Hannah não era uma pessoa de tato, mas fez o melhor que pôde quando chegou sua vez. Ela elogiou todos os concorrentes pelo empenho e lembrou ao público que todos os quatro tinham vencido concursos locais e regionais. Ela achou algo agradável para dizer sobre cada sobremesa, mas o estrago já tinha sido feito e Hannah pôde ver que eles estavam magoados. Depois que o vencedor recebeu a faixa azul de finalista, o programa terminou e Hannah saiu com Boyd.

– Você poderia ter sido um pouquinho mais gentil, Boyd – disse Hannah a ele, no instante em que chegaram aos bastidores. – Não havia nenhuma razão para fazer com que os concorrentes se sentissem mal.

Boyd a encarava, obviamente confuso. Estava claro que ele não fazia a menor ideia do motivo que deixara Hannah aborrecida.

– Mas sentimentos não têm lugar numa competição como essa. Ou você ganha, ou não. Não faz sentido ficar floreando. Se você não tira o primeiro lugar, perdeu.

Hannah ficou sem palavras por um instante – uma circunstância incomum para ela. Ela sabia que tinha de tentar mudar a postura de Boyd antes da próxima noite de concurso, mas não tinha certeza de como fazê-lo. Ela teria de pensar sobre aquilo quando chegasse em casa, e o chamaria para uma conversa, pela manhã. Por enquanto, era melhor manter a paz.

– Eu a vi fazendo o bolo de morango – Boyd mudou de assunto. – Pena que você não possa entrar na competição. Aposto que teria vencido, de cara.

Isso deu uma ideia a Hannah. Danielle estava doente e ela talvez gostasse de algo que não precisasse cozinhar.

– Boyd?

– Sim?

– Eu tenho um pouco do bolo que sobrou. Gostaria de levar para casa?

Boyd pareceu surpreso com a oferta.

– Claro. Bolo confeitado de morango é o nosso favorito.

– Bom. Você tem um paladar sensato e pode avaliá-lo para mim. – Hannah foi pegar a embalagem e deu a ele. – Estou aumentando meu cardápio na Jarro de Cookies, para incluir algumas sobremesas.

Boyd sorriu ao espiar os morangos frescos através da tampa plástica do porta-bolos.

– Pode deixar que eu vou dar a maior parte dos morangos para Danielle. Frutas frescas são boas para resfriado. Obrigado, Hannah.

Hannah apenas sacudiu a cabeça ao se afastar. Para ela, não havia dúvida de que Boyd amasse Danielle; porém, ainda assim, ele a agredia fisicamente. E Danielle amava Boyd, apesar dos ferimentos que já sofrera. Hannah duvidava que algum dia pudesse entender o relacionamento abusivo deles, e nem tinha certeza se queria tentar. Apenas torcia para que não terminasse em algum tipo de tragédia, espalhada pelos jornais.

– Cheguei, Moishe – anunciou Hannah, inclinando-se para baixo, para pegar o gato alaranjado que se esfregava em seus tornozelos, no instante em que ela abriu a porta do apartamento. Moishe sempre ficava contente ao vê-la, quando Hannah chegava em casa, principalmente no dia em que saía à noite. Ela preferia pensar que ele sentia sua falta, mas talvez fosse apenas porque ele não sabia encher sua própria tigela de comida. Ela o acarinhou, coçando embaixo do queixo, depois disse:

– Só me deixe vestir meu moletom e já vou pegar seu lanche.

Depois de pendurar o lindo vestido marrom que Claire Rodgers providenciara, na loja de roupas Beau Monde, Hannah vestiu seu conjunto mais antigo de moletom e foi para a cozinha, lugar que considerava o coração de um lar. Ela encheu uma vasilha de iogurte de baunilha para Moishe, serviu-se de um copo de vinho branco do galão que estava no fundo da geladeira e se acomodou no sofá para assistir à gravação que fizera do noticiário e do concurso.

O noticiário local, que ela já vira, era de pouco interesse. No entanto, ver a si mesma, ao fundo, era ligeiramente chocante. Ela não estava tão mal. Seu avental branco, com "JARRO DE COOKIES" impresso em letras vermelhas na frente, ficou bem na câmera. Stan Kramer ficaria satisfeito, já que ele havia deduzido o custo de seus aventais como despesa de propaganda.

Hannah avaliou seu desempenho e não encontrou nada para criticar. Ela foi eficiente, não derrubou nenhum dos ingredientes e manuseou a batedeira e a espátula como uma profissional. É claro que ela *era* uma profissional, fato que sempre lhe causava uma surpresa agradável.

Moishe não demonstrou nenhum interesse até ouvir a voz de Hannah respondendo à pergunta feita por Chuck Wilson, o âncora. Ele ergueu o olhar de seu prato vazio e ficou encarando a televisão, com as orelhas levantadas. Hannah estendeu o braço para fazer-lhe um carinho, tranquilizando-o, mas ele recuou, saindo de seu alcance. Moishe a encarou por um momento, balançando a ponta do rabo, depois começou a fazer um som como um rosnado no fundo da garganta.

– É só um vídeo, Moishe. – Hannah pegou o controle e pausou o filme, congelando a imagem do rosto perfeito de Dee-Dee Hughes e do seu, de boca aberta.

No instante em que o áudio parou, Moishe pulou em cima da televisão, onde assumiu sua posição de gato de Halloween, com as costas arqueadas e o rabo em pé, como se fosse três vezes maior que o tamanho normal. Algo obviamente o aborrecera. Hannah pensou naquilo por um minuto e concluiu uma possível razão.

– Desça, Moishe – chamava-o Hannah, afagando a almofada ao seu lado. – Não estou na televisão. Estou bem aqui, no sofá.

Mas Moishe recusava-se a ser persuadido e Hannah iniciou novamente o filme, para ver se sua teoria estava correta. No instante em que sua voz ressurgiu nos alto-falantes, Moishe uivou ruidosamente, virando a cabeça para olhar para ela e depois de volta para a televisão. Ela não estava antropomorfizando o gato. Moishe estava mesmo reagindo ao que via como uma violação da física.

– Eu desisto – murmurou Hannah, pondo o som no mudo, cedendo à reação peculiar de seu bicho de estimação. Se Moishe ficasse uivando ao longo do programa todo, ela não poderia nem mesmo ouvir o diálogo. Hannah estava prestes a avançar a fita até a parte de notícias do mundo, para ter certeza de que havia gravado o concurso de sobremesas, quando o telefone tocou.

Ao atender, Hannah deu uma olhada no relógio. Eram dez horas e provavelmente era Andrea, checando para ver se ela tinha gravado a estreia televisiva de Tracey.

– Hannah! Que bom que você está em casa! É... é Danielle Watson.

– Oi, Danielle. – Hannah pegou o gato alaranjado e branco no colo. Moishe obviamente a perdoara por deixá-lo confuso com o filme. – Como vai seu resfriado?

– Hannah... por favor! Você pode vir aqui, agora mesmo? Eu... Eu não sabia para quem mais ligar.

– O que há de errado, Danielle? – Hannah imaginou o pior. Na última vez que ela fora à casa de Danielle, encontrou-a cuidando de um olho roxo. – É o Boyd?

– Sim. Não posso falar mais nada. Por favor, Hannah!

– Calma, estou indo. – Hannah desligou o telefone, tirou Moishe de seu colo e pegou a bolsa e a parka. Danielle parecia estar muito aborrecida e, talvez, dessa vez, ela estivesse querendo dar queixa contra o homem que rompera sua promessa de amá-la, respeitá-la e protegê-la de todo mal.

Em menos de quinze minutos, Hannah estava tocando a campainha de Danielle. Se Boyd estivesse em casa, seria uma situação estranha, talvez até perigosa. Bill lhe dissera que chamados por violência doméstica eram o pesadelo de um delegado, ficando em segundo lugar, apenas depois de "policial morto". A porta abriu e Danielle puxou Hannah para dentro, agarrando-a, como se estivesse se afogando.

– Qual é o problema, Danielle? – Hannah fechou a porta. Os vizinhos não precisavam ver Danielle naquele estado. Ela chorava, estava com o olho roxo e seu rosto parecia tão pálido que Hannah se perguntou se ela não iria desmaiar.

– É... o Boyd – gaguejou Danielle. – Ele está... ele está... na garagem.

– Mostre-me. – Hannah pegou o braço de Danielle, meio que para ampará-la, enquanto caminhavam até a cozinha e, em seguida, para dentro da garagem.

À primeira vista, Hannah não viu nada de errado. Os dois carros estavam estacionados nos locais habituais e a luz fluorescente sobre a bancada de trabalho de Boyd estava acesa. A garagem estava imaculada, não fosse pelos pingos de óleo no chão. Hannah imaginou que um dos carros devia estar com um vazamento. Cada ferramenta estava em seu lugar, no quadro acima da bancada, e os contornos das ferramentas estavam pintados de azul. Todos os espaços demarcados no quadro estavam preenchidos, exceto um, e Hannah notou um martelo reluzente no chão, perto do carro de Danielle.

Hannah olhou fixo para o martelo brilhando na luz. Estava fora do lugar, mas talvez Boyd tivesse consertado alguma coisa e se esquecido de guardá-lo.

– Ele... ele está aqui – sussurrou Danielle.

Assim que Danielle a conduziu até a Grand Cherokee de Boyd, Hannah avistou a tampa plástica de seu porta-bolos. Tinha rolado para debaixo do carro e dava para ver uma parte dela que despontava atrás da roda traseira. Elas contornaram a lateral do Jeep e Hannah ficou sem ar. O técnico de basquete do Colégio Jordan estava esparramado no chão de cimento de sua garagem, deitado numa pilha de bolo, chantilly e morangos esmagados.

A imagem da sobremesa passou rapidamente pela cabeça de Hannah. Que desperdício! Danielle teria adorado. Então, Hannah chegou mais perto e engoliu o nó que surgiu em sua garganta. As manchas vermelhas no concreto não eram dos morangos amassados; eram do crânio esmagado de Boyd. Ele estava morto. Hannah não tinha dúvida. Ninguém perde tanto sangue assim e sobrevive...

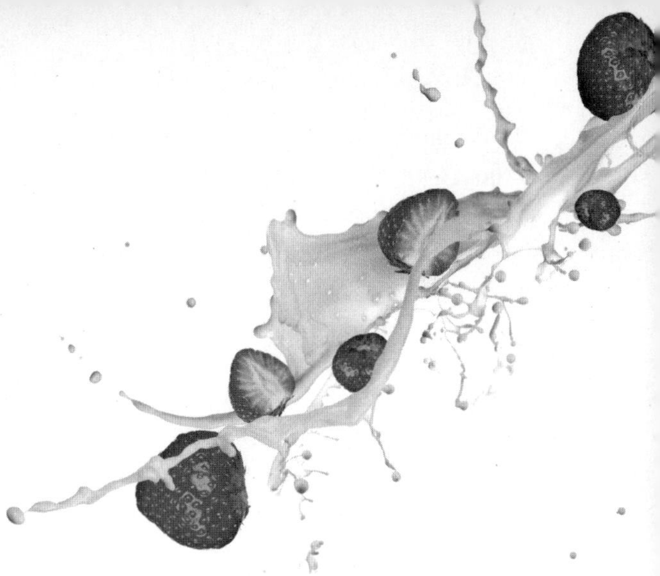

Capítulo 3

Bill estava lá fora, na garagem, ajudando o Dr. Knight a colocar o corpo de Boyd Watson na maca, para seguir à funerária. Dr. Knight tinha o papel de clínico geral da cidade e legista do Condado de Winnetka. Isso não permitia que lhe sobrasse tempo para mais nada, e ele sempre se irritava quando alguém mencionava que médicos tiram dias de folga para jogar golfe.

Hannah estava na sala de estar com Mike e Danielle, ouvindo, enquanto ele interrogava a esposa de Boyd. Ela havia forçado a barra para ter esse privilégio, insistindo que deveria estar presente. Ela era amiga de Danielle, que precisava de uma amiga naquele momento.

– Assisti ao concurso na televisão, enquanto gravava. – As mãos de Danielle começaram a tremer e ela teve de pousar o copo d'água na mesinha de centro. – Então, mudei para a TV a cabo e comecei a assistir a um filme, mas peguei no sono. O remédio para resfriado, que estou tomando, me deixa sonolenta e eu realmente queria subir e ir para a cama.

Mike assentiu. Ele estava sendo bastante solícito com Danielle e Hannah ficava contente por isso.

– Mas você ficou no sofá?

– Sim. Boyd gosta que eu esteja esperando por ele. Sempre espero. Senão, ele fica... aborrecido. Mas acho que você sabe disso.

Hannah deu uma olhada para Mike, que assentiu discretamente quando seus olhares se cruzaram. Ambos sabiam o que acontecia quando Boyd ficava mal-humorado. O olho roxo que Danielle exibia era a prova viva disso.

– Quando foi que ele bateu em seu olho, Danielle? – perguntou Mike. Sua voz estava tensa e Hannah notou que ele mal estava se controlando. Eles já haviam discutido sobre o problema de Danielle, logo depois que ela o confidenciara a Hannah, e Mike admitira que não tinha paciência alguma com homens que batem na esposa.

– Aconteceu ontem. Boyd chegou da escola para o almoço e ficou... aborrecido comigo.

– Você foi ao médico?

– Não. Eu sabia o que fazer. E não é tão ruim quanto parece. Quase nem dói mais.

Mike lançou um olhar de alerta para Hannah, que dizia "não interfira". Depois, ele olhou de volta para Danielle.

– Se alguém me deixasse de olho roxo, eu ficaria bem zangado com a pessoa. Você ficou zangada com Boyd?

– Não. Eu sei o quanto ele fica frustrado e, depois, realmente sentido. Ele me arranjou uma bolsa de gelo e cuidou de mim.

Mike lançou outro olhar de alerta para Hannah, e ela apertou os lábios. Boyd Watson tinha sido um bruto e espancador da esposa. E Danielle recusara-se a dar queixa contra ele, preferindo aceitar o abuso cometido pelo marido, em vez de torná-lo público. Hannah sabia que a maioria das esposas surradas tinha uma terrível desvantagem emocional; elas geralmente acreditavam que haviam feito algo para merecer o abuso. Agora que Boyd estava morto, Danielle não teria mais que viver temendo o marido. E embora Hannah não desejasse uma morte tão violenta e sangrenta para ninguém, ela percebeu que não conseguia ter muito pesar pelo homem que havia batido e aterrorizado sua amiga.

– Vamos voltar ao que aconteceu esta noite. – A voz de Mike era suave, convidativa à confiança de Danielle. – Você disse que estava se sentindo sonolenta no sofá, não foi?

– Isso mesmo.

– A que horas acordou?

– Não tenho certeza. O filme tinha acabado, então deve ter sido depois das nove e meia. Desliguei a televisão e chamei pelo nome de Boyd, mas ele não respondeu. Achei que ele talvez tivesse vindo para casa e ido para a cama. Por isso, fui até a garagem ver se o carro estava lá.

Mike franziu ligeiramente a testa.

– Você não subiu, para ver se ele estava lá?

– Não, eu estava muito cansada. Não quis subir a escada e depois ter de descer de novo. Foi mais fácil olhar a garagem.

– Diga-me exatamente o que viu, quando abriu a porta da garagem.

– Bem... estava escuro. Então, eu acendi a luz acima da bancada de trabalho de Boyd. Como seu carro estava lá, imaginei que ele tinha vindo para casa e ido para a cama. Depois, notei que o portão da garagem ainda estava aberto, aí eu o fechei.

– O portão da garagem estava aberto, mas a luz não estava acesa?

Danielle sacudiu a cabeça.

– Queimou ontem. Boyd ia trocá-la, mas ainda não tinha chegado a fazê-lo. Então, eu vi o martelo e percebi que algo estava errado.

– Por quê? – perguntou Mike.

– Boyd é muito minucioso com suas ferramentas. Todas elas têm seu lugar no quadro e ele é muito cuidadoso quanto a guardá-las de volta, depois de usá-las. É assim que ele foi educado.

– Você usa as ferramentas dele?

– Nunca. – Danielle pareceu surpresa com a pergunta. – Ele comprou para mim um kit com minhas próprias ferramentas, para usar em casa. Eu guardo na gaveta da cozinha.

Hannah assentiu, imaginando qual teria sido a punição de Danielle se ela tivesse usado uma das ferramentas de Boyd e não tivesse posto de volta.

– E quanto ao martelo de Boyd? Você o tocou?

– Sim. Eu sabia que não tinha usado, mas não queria que Boyd ficasse chateado quando visse que não estava pendurado no lugar certo. Ele... poderia me culpar. Então, eu peguei e estava... pegajoso. – Danielle estremeceu ligeiramente. – Olhei para baixo, para os meus dedos, e... deixei cair.

– Você percebeu que o martelo estava ensanguentado?

– Não me lembro. Acho que devo ter percebido, ou não teria deixado cair. Caminhei até o carro e... eu o vi. Lá no chão.

– O que você fez a seguir?

– Eu me ajoelhei para sentir o pulso. Mas não tinha. Então, tentei dar os primeiros socorros. Ele ainda estava morno e eu achei que talvez... – Danielle conteve o choro e respirou profundamente. – Mas não deu certo. Apenas fiquei ali, olhando para ele, por um minuto. Eu... simplesmente não conseguia acreditar! Então, levantei e fui até a cozinha, ligar para Hannah.

Hannah deu a resposta, antes que Mike pudesse perguntar.

– Olhei para o relógio quando o telefone tocou. Danielle me ligou às dez horas. Quando ela me pediu para vir, eu dirigi direto para cá, e eram dez e quinze quando toquei a campainha.

– Entendi. – Mike escreveu a hora em seu caderno e voltou-se para Danielle. – Há mais alguma coisa que você consiga lembrar? Algum barulho a despertou? Um carro que tenha ouvido na viela?

Danielle pensou por um minuto, depois sacudiu a cabeça.

– Acho que não. Talvez algo tenha me acordado, mas eu não me lembro o que foi.

– Tem mais uma coisa, Danielle. – Mike pareceu bem compassivo. – Eu sei o que seu marido lhe fazia e tenho certeza de que houve momentos em que você teve medo dele. Não é isso?

– Sim – Danielle admitiu e uma lágrima rolou por seu rosto.

– Alguma vez você revidou, depois que ele bateu em você?

– Ah, não! – Danielle pareceu alarmada com a suposição. – Isso pioraria as coisas. Eu sabia que Boyd não tinha a intenção de me bater. Ele me amava, mas simplesmente não conseguia evitar.

Mike passou o braço ao redor dos ombros de Danielle.

– Talvez ele a amasse, mas ele também a machucou muito. Muitas esposas que apanham chegam a um ponto em que simplesmente não conseguem mais aturar. Algumas vão embora; porém, outras, encontram coragem para reagir e lutar. Se seu marido a ameaçou e você pegou o martelo para se defender, isso seria perfeitamente justificável.

– Eu sei – Danielle engoliu em seco –, mas não foi isso que aconteceu. Quando encontrei Boyd na garagem, ele já estava morto. Eu sei que alguém o matou, mas não... não fui eu!

Danielle conteve o choro, e Mike deu-lhe um lenço de papel da caixinha que estava na mesinha de centro.

– Certo. Eu só queria ter certeza de que você entendeu que ninguém iria culpá-la se você revidasse para se defender. Só isso.

Hannah sentiu-se mal ao somar tudo na cabeça: as digitais de Danielle estavam na arma do crime, o sangue de Boyd estava por toda a roupa dela, ela admitira que Boyd a agredira na tarde de terça-feira, e estava com o olho roxo para provar. Hannah sabia que não era incomum que uma esposa maltratada revidasse. Horas, semanas e até meses depois de ser agredida. Não havia testemunhas do assassinato de Boyd – ao menos, ainda não – e cada prova circunstancial apontava para o fato de que Danielle teria explodido e arrebentado a cabeça de Boyd com seu próprio martelo.

– Você... você acredita em mim, não é? – perguntou Danielle, olhando para Mike.

Mike deu-lhe um breve abraço, antes de se levantar.

– Sim, acredito.

Hannah deu um suspiro profundo de alívio. Mike era um dos homens mais honrados que ela conhecia. Ele não mentia e ela tinha certeza de que ele acreditara no que Danielle lhe dissera. Mas e quanto ao Xerife Grant? Era ano de eleição e o assassinato do treinador Watson era o que o *Lake Eden Journal* chamaria de caso de primeira página. Se o Xerife Grant acreditasse que Danielle era culpada, ele poderia desencorajar seus detetives a prosseguirem com a investigação. Hannah ergueu os olhos para Mike e o flagrou olhando para ela. Teria ele adivinhado o que estava passando por sua cabeça? Ela tinha de falar com ele o mais rápido possível.

– Isso foi um choque terrível para você, Danielle. – Hannah se aproximou, sentando-se no lugar de Mike, no sofá. – Acho que você deve tentar descansar.

Danielle secou os olhos com o lenço de papel.

– Eu... não posso. Preciso... ligar para os parentes de Boyd e...

– Está muito tarde para fazer qualquer coisa esta noite – interrompeu Hannah. – Vou ajudá-la com isso amanhã de manhã.

Danielle pareceu aliviada, ao recostar nas almofadas.

– Obrigada, Hannah, mas acho que não consigo descansar. Toda vez que fecho os olhos, vejo o rosto de Boyd com todo aquele... aquele sangue!

– Não pense nisso. – Hannah sabia que seu conselho era inútil, mas ela tinha de dizer alguma coisa. Quando alguém diz para que você não pense em algo, você não consegue pensar em outra coisa. – Vou fazer uma xícara de chocolate quente para você. Isso fará com que você se sinta melhor.

– É legal de sua parte, Hannah, mas eu não tenho chocolate instantâneo.

– Tem chocolate em pó?

– Eu... acho que sim. Deve ter, num dos armários.

– E açúcar? E leite?

– O açúcar está na lata e tem leite na geladeira.

– Então eu vou fazer do zero. Assim fica ainda melhor.

– Eu não sou uma cozinheira muito boa. Como se faz chocolate quente desde o início?

Hannah sorriu. Ao menos ela tinha tirado da mente de Danielle o fato de ter encontrado o corpo de Boyd.

– Qualquer hora dessas eu mostro. Agora, quero que se estique no sofá e tente relaxar. Você precisa poupar suas energias.

– Tudo bem. – A voz de Danielle estava trêmula, e seu rosto tinha um tom doente acinzentado. – Obrigada, Hannah.

Hannah desdobrou a manta que estava no encosto do sofá e cobriu Danielle.

– Descanse, Danielle. Voltaremos em alguns minutos.

Mike entendeu a deixa de Hannah e a seguiu até a cozinha. Ele se sentou numa cadeira e ficou olhando, enquanto ela abria as gavetas e localizava os ingredientes. Danielle não tinha sido exagerada ao admitir que não era uma boa cozinheira. Quase tudo em seus armários era instantâneo. Havia mix para purê de batatas, macarrão instantâneo sabor hambúrguer e atum, pudim instantâneo, arroz de saquinho, uma caixa de batatas pré-cozidas com molho pronto, e até café e chá instantâneos.

– O que foi tudo aquilo? – perguntou Mike.

Hannah ergueu os olhos da panela que estava usando para esquentar o leite.

– O que foi tudo *o quê*?

– O chocolate quente.

– É simples. – Hannah usou um batedor de arame para que o leite não queimasse no fundo da panela. – Danielle está com um resfriado terrível, e ela provavelmente não tem comido direito. O açúcar é puro carboidrato e ela precisa das calorias. E a cafeína e a endorfina do chocolate irão impedir que ela fique deprimida.

– Não é isso. Quero dizer, por que você quis que eu viesse com você até a cozinha?

– Ah. – Hannah misturou o açúcar e o chocolate numa vasilha e despejou um pouco de leite quente. – Eu precisava falar com você em particular, e essa foi uma boa desculpa.

– Sobre o quê?

– Estou preocupada com Danielle. Ela está por um fio. Você não precisa arrastá-la para a delegacia esta noite, precisa?

Mike sacudiu a cabeça.

– Por enquanto tenho o que preciso, e ela está doente demais para responder a mais perguntas.

Hannah mexeu a mistura na tigela, até que o açúcar derretesse e o chocolate virasse uma pasta.

– É melhor eu ficar com ela. A mãe de Danielle mora na Flórida e ela não tem familiares próximos. Não deve ficar sozinha numa hora como essa.

– Danielle não ficará aqui. Chequei com o Dr. Knight e há vaga no hospital. Vou transferi-la para lá.

Hannah acrescentou a pasta de chocolate ao leite quente na panela e mexeu. Dr. Knight tinha examinado Danielle logo após providenciar a transferência do corpo de Boyd para o necrotério.

– O Dr. Knight acha que Danielle está tão doente assim?

– Não, mas eu não quero que ela fale com ninguém, e o hospital é um bom lugar para ela. Amanhã de manhã vou interrogá-la novamente.

Hannah virou-se para ele, alarmada, parando a mão no meio da mistura.

– Danielle é suspeita?

– A esposa é sempre suspeita. – Mike não olhou Hannah nos olhos. – É melhor você mexer isso, antes que queime.

Assim que Hannah começou a mexer novamente, pensou no que Mike dissera. Ela precisava de mais respostas, mas preferia obtê-las em particular, depois que Danielle estivesse acomodada num quarto de hospital.

– Quer que eu leve Danielle de carro, até o Hospital Lake Eden Memorial?

– Não. Vou pedir que Bill a leve no carro de patrulha.

Hannah virou-se para ele, surpresa:

– Atrás? Como uma prisioneira?

– É claro que não. Danielle não está presa. Eu poderia pedir uma ambulância, mas acho que ela ficará mais confortável indo com Bill. Só estou seguindo o procedimento, Hannah.

Hannah despejou o chocolate quente na maior caneca que encontrou.

– É melhor que eu leve isso para que ela possa beber, antes de partir.

– Boa ideia. Bill deverá estar de volta a qualquer minuto, depois de vasculhar a viela.

Hannah parou junto à porta da cozinha e se virou para Mike:

– Você terá tempo de passar na minha casa, depois que terminar aqui?

– Talvez fique tarde. – As sobrancelhas de Mike se ergueram e ele deu um sorriso malicioso. – O que você tem em mente?

– Vou apertá-lo para obter informação, é claro.

– Ah. – As sobrancelhas de Mike baixaram. – Vou tentar estar lá até no máximo em uma hora, mas não tem muita coisa que eu possa lhe dizer. A investigação é confidencial.

– Tudo bem. Vou parar na loja de bebidas e comprar cerveja para você. Cold Spring Export, certo?

– Certo.

Hannah pegou a caneca e foi caminhando para a sala, escondendo um sorriso bem presunçoso. Mike diria o que ela precisava saber para ajudar Danielle. Ele só não sabia disso ainda.

– O que você está dando para ele comer? Tijolos? – Mike olhava para Moishe, acomodado em seu colo.

– Um monte de biscoitinho de gato. Ele está sempre com fome. – Hannah esticou o braço para pegar o bichinho e colocá-lo numa almofada. – Danielle está bem?

Mike deu um gole em sua cerveja.

– Está ótima. O Dr. Knight diz que é só um resfriado, mas vai mantê-la em observação por alguns dias. Ele lhe deu um sedativo para que ela pudesse dormir a noite toda.

– Uma boa noite de sono é exatamente do que ela precisa. – Hannah deu um golinho em seu vinho. Ela passou para Mike um saquinho de pretzels de cebola que havia comprado na loja de bebidas Lake Eden e perguntou: – Você encontrou alguma testemunha?

– Ainda não.

– Tinha alguma coisa na viela?

Mike sacudiu a cabeça e comeu um pretzel.

– Isso é bom.

– É da Bavária. – Hannah respirou fundo e falou: – Conte-me a verdade, Mike. Não está muito bom para Danielle, não é?

– Bem... há muitas provas circunstanciais contra ela.

– Suas digitais estão na arma do crime, o sangue de Boyd está na roupa dela e tem o olho roxo, não é?

– Tudo isso, além da falta de um álibi. Ela não falou com ninguém ao telefone, até ligar para você. Você ouviu quando tentei dar a ela uma saída. Se Danielle admitir que o matou, pode alegar legítima defesa. Nenhum júri do mundo irá condená-la.

– Mas isso só se aplica se ela o matou. – Hannah deu uma mordida no pretzel. Não era à toa que aqueles pretzels eram chamados de "rijos". Talvez ela devesse indicá-los a Norman. Se ele desse pretzels bávaros aos pacientes no Natal, isso poderia render consultas de retorno. – E se ela não o matou?

– Então alguém o fez – Mike afirmou o óbvio.

– Achei que você tivesse acreditado, quando ela lhe disse que era inocente.

– Eu acredito nela, sim. – Por um momento, Mike mastigou, pensativo. – Acho que ela está dizendo a verdade... da forma como vê. Mas é possível que tenha bloqueado isso e não consiga se lembrar.

– Você está dizendo que Danielle poderia esquecer que matou o próprio marido?

– É possível, Hannah. Ela nos disse que estava sonolenta e tomou um remédio bem forte para a gripe. Poderia estar grogue e desorientada, como se estivesse sonhando.

– Sem chance. – Hannah sacudiu a cabeça. – Danielle estava aflita quando me ligou, pedindo que eu fosse até lá, mas estava perfeitamente lúcida. E, quando cheguei, o que ela disse fazia sentido.

– Talvez.

Mike não pareceu convencido e Hannah suspirou profundamente.

– Vamos simplesmente presumir, por um minuto, que Danielle não matou Boyd. Você vai procurar por outros suspeitos, não vai?

– Faremos uma investigação de rotina. Se nada aparecer, o Xerife Grant vai querer que a gente encerre o caso, rapidamente.

– Não é de admirar. – Hannah revirou os olhos. – Ele não vai querer um assassinato não solucionado, logo no ano de eleição. É muito mais fácil dizer que Danielle matou o marido, mesmo que não tenha feito. Mas o Xerife Grant não pode encerrar o caso se surgirem novas provas, não é?

– Não. – Mike começou a franzir o rosto. – Olhe, Hannah. Eu não quero que você comece a bisbilhotar por aí, fazendo perguntas. Deixe isso para profissionais qualificados.

Mike estava sendo paternalista e Hannah sabia disso. Ela conteve a resposta afiada que queria dar e fez o melhor para se manter calma e sensata.

– Mas os profissionais qualificados não vão fazer nada além de uma investigação de rotina. Você mesmo disse. Danielle precisa de alguém que prove que ela é inocente.

– Isso é mais fácil de ser dito do que feito, Hannah. – Mike ainda parecia paternalista aos ouvidos de Hannah. – Não quero que você se envolva nisso. Se Danielle não matou Boyd, o verdadeiro assassino ainda está por aí.

– Isso mesmo. E daí?

– E se você se deparar com alguma pista? E se o verdadeiro criminoso desconfiar que você está em seu rastro? Você pode acabar realmente em perigo. – Mike esticou o braço e pegou a mão dela. – Você é importante para mim, Hannah. É minha melhor amiga em Lake Eden e eu não sei o que faria se algo acontecesse com você. Prometa que ficará fora disso.

Hannah ficou em silêncio por um momento. Ela não queria mentir para Mike, mas não ia ficar fora disso, não com Danielle precisando de sua ajuda. Ela tinha de pensar numa forma de fazer Mike achar que ela seguiria seu conselho, sem, de fato, prometer que o faria.

– Hannah?

Hannah deu um sorriso que torcia para ser sincero.

– Não precisa se preocupar, Mike. Não estou querendo seu emprego.

– Meu emprego? – Mike começou a sorrir. –Você realmente acha que daria conta?

– Claro que não. Eu não aceitaria nem numa aposta. Pense no seu uniforme.

Mike lançou um olhar de quem achava que ela tinha enlouquecido.

– O que há de errado com ele? A camisa marrom fica elegante com calças bege.

– Fica em você. Mas com meu cabelo?

Mike olhou-a, depois começou a rir.

– Faz sentido. Uma camisa marrom não combina com cabelos ruivos.

– Isso mesmo. Pode ficar com seu emprego, Mike. Eu prefiro assar cookies. Ao menos, não preciso me preocupar em encontrar vítimas de assassinato nos meus fornos. E, falando em fornos, Boyd levou Maryann ao concurso. Você descobriu a que horas ele a levou para casa?

– Sim. Nós fomos até lá para contar a ela sobre o irmão. Acho que essa é a única parte do trabalho que eu realmente detesto.

– Não tem como ser fácil contar às pessoas que alguém que elas amam está morto.

– Não é. Bill me alertou para perguntar a hora, antes de darmos a má notícia. Ainda bem que fizemos isso.

– Por quê?

– Ela ficou histérica e nós tivemos de levá-la ao hospital.

– Ih – disse Hannah. Maryann e Danielle nunca se deram bem. O fato de que ambas estavam no Lake Eden Memorial era como enfiar um rato e um gato no mesmo saco, principalmente se Maryann desconfiasse que Danielle tivesse matado Boyd. – Diga-me que elas não estão em quartos anexos.

– Não estão. O Dr. Knight colocou-as em extremidades opostas de um corredor. E, só para garantir que não haja confusão, eu pus um guarda do lado de fora da porta de Danielle.

– Para sua própria segurança? Ou é procedimento policial?

– Um pouquinho de cada – admitiu Mike.

– Foi o que pensei. A que horas Boyd deixou o apartamento de Maryann?

– Às oito e vinte. Ela ofereceu-lhe café, mas ele disse que tinha de estar em casa até as oito e meia, porque Danielle não estava se sentindo bem.

– Se Boyd deixou a casa de Maryann às oito e vinte, ele tem de ter sido morto entre oito e meia e dez horas.

– Isso mesmo. O Dr. Knight mediu a temperatura do fígado, mas não conseguiu aproximar mais que isso.

– Como se mede a temperatura de um fígado...? – Hannah parou. – Não me diga. Não quero saber. O que aconteceu com os vizinhos? Alguém viu ou escutou alguma coisa?

– Nada.

– E você não achou nada na viela? – perguntou Hannah.

– Muitas marcas de pneus, mas todos os vizinhos usam o local. É impossível dizer qual marca é recente. E a única coisa que encontramos na garagem foi a arma do crime e o seu porta-bolos. Você pode tê-lo de volta, assim que o laboratório checar as digitais. Você tem mais desses pretzels? São muito bons.

Hannah foi até a cozinha pegar outro saco e o trouxe de volta com uma cerveja gelada.

– Aqui. Estes têm sabor de alho.

– Ótimo! Adoro alho. – Mike esticou o braço para pegar o saco, mas não abriu. – Você também vai comer, não é?

– Acho que sim. – Hannah tinha uma ideia do rumo que a conversa estava tomando, mas quis ter certeza. – Por quê?

– Alho é forte, principalmente se a outra pessoa não come.

– Isso só se aplica se você estiver esperando receber um convite para dormir comigo.

Mike jogou a cabeça para trás, dando uma gargalhada.

– É isso que gosto em você, Hannah. Você sempre diz exatamente o que pensa.

Hannah gostaria de poder pegar suas palavras de volta. Ela não dormia com todo mundo, nunca tinha sido disso. Sexo casual não era a sua. Ela teve um rápido caso com um professor da faculdade e se apaixonou profundamente. Acabou mal e, antes de mergulhar nisso novamente, ela queria ter certeza de que a história não se repetiria.

– Por que não apenas comemos esses pretzels, tomamos outro drinque e vamos dormir?

– Para mim parece bom.

– Em nossas próprias camas – Hannah corrigiu a falsa suposição.

– Ah – disse Mike, franzindo um pouquinho a testa. – Tudo bem, Hannah, se é isso que quer.

Hannah conteve o impulso de falar mais. Também não era exatamente o que ela queria, mas era assim que seria. Dormir com o oponente era proibido, e naquele momento Mike era um oponente.

Meia hora depois que Mike foi embora, Hannah estava contente consigo mesma. Ela não tinha mentido para ele, mas também não prometera deixar de xeretar e investigar o assassinato de Boyd.

Capítulo 4

Na manhã seguinte, quando Hannah acordou e foi até a cozinha, onde encontrou seu café pronto, ela agradeceu a Thomas Edison por sua cafeteira elétrica com *timer*. Café era essencial para alguém que só tivera quatro horas de sono. Ela bebeu a primeira xícara escaldante em goladas e sorriu. Não havia nada como uma arrancada matinal de cafeína. Ela já estava servindo a segunda xícara de café quando o telefone tocou.

– Que maravilha. Era só o que faltava – murmurou Hannah, lançando um olhar sinistro ao telefone. Ao atravessar a sala para atender, ela lembrou a si mesma que o telefone era uma conveniência, mas isso não a impedia de deixar Alexander Graham Bell no fim da lista de seus inventores favoritos. Provavelmente era Delores. Sua mãe era a única a ligar tão cedo. Mas também podia ser alguma emergência, e um telefone tocando às seis da manhã precisava ser atendido.

– Hannah?

– Sim, mãe. – Hannah fez uma careta. Ela deveria ter deixado cair na secretária eletrônica.

– Acabei de ouvir o noticiário matinal na KCOW. Você sabia que Boyd Watson está morto, e eles suspeitam de assassinato?

– Sim, mãe. – Hannah esticou o fio do telefone e caminhou até o armário onde ficava a comida de Moishe. Ela soltou a cordinha que mantinha a porta fechada e tirou uma caixa de ração felina. A cordinha elástica era uma necessidade. Moishe aprendera a abrir a porta do armário no dia em que ela o adotou, e ele não era exatamente asseado quando se tratava de pegar seu próprio café da manhã.

– Achei que você não ouvisse o rádio assim, tão cedo – Delores pareceu surpresa.

– Não ouço. Fiquei sabendo ontem à noite.

– Ah, é? O Bill lhe disse?

– Não. – Hannah sabia exatamente como Delores reagiria quando soubesse que sua filha mais velha tinha estado na cena de outro assassinato, e ela ainda não estava pronta para lidar com isso. – Espere um pouco, mãe. Preciso dar comida ao Moishe.

– Não dá para esperar?

– Não, se eu quiser meu tornozelo intacto. – Hannah pousou o fone e empurrou Moishe para o lado, com o pé. Isso provavelmente era o resultado de ficar tanto tempo na rua, mas ele tendia a ficar excessivamente entusiasmado quando ia ganhar comida. Depois de encher sua tigela de ração e dar-lhe água fresca, ela pegou novamente o telefone. – Estou de volta.

– Como ficou sabendo, se Bill não contou? Foi o Mike Kingston?

Hannah sentou-se junto à mesa e cedeu ao inevitável. Ela falara demais, ao mencionar que sabia sobre o assassinato, e agora teria de pagar por isso.

– Mike também não me disse. Danielle me ligou ontem à noite.

– Por que ela ligou? – Delores pareceu surpresa.

– Porque sou amiga dela e ela não sabia o que fazer.

– Ela lhe disse que Boyd estava morto?

– Danielle não tinha condições de falar nada. Ela só me pediu que fosse até lá, e depois que vi Boyd, eu liguei para Bill e Mike.

– Então você encontrou outro corpo. – Delores pronunciou as palavras como uma maldição. – Você *precisa* parar de fazer isso, Hannah. Se não tomar cuidado, os homens dessa cidade irão pensar que o desastre paira sobre você, como uma nuvem de tempestade.

– E ninguém quer *cortejar* o desastre?

– Muito engraçadinha. – Delores deu uma risadinha da piada de Hannah. – Você tem bom senso de humor, se quiser. Eu só não entendo por que você não encontrou...

– Dá um tempo, mãe – Hannah interrompeu. – Você não quer que eu conte sobre ontem à noite?

Houve um breve silêncio e Hannah imaginou a mãe mudando de marcha. Delores estava toda preparada para um sermão, mas a possibilidade de ouvir detalhes fresquinhos que ela poderia repetir para as amigas era demais para resistir.

– É claro que quero. Conte-me, querida.

– Ele estava caído no chão da garagem, ao lado de sua Cherokee, e sua cabeça tinha sido arrebentada com um martelo. Havia sangue por todo lado.

– Não precisa ser tão gráfica – contestou Delores, mas Hannah sabia que suas frases seriam repetidas, palavra por palavra. – Danielle está mal com isso?

Hannah mordeu o lábio para conter uma resposta. Como é que sua mãe achava que uma esposa reagiria quando visse o marido com o crânio arrebentado?

– Ela está bem mal. Está com um resfriado e esse é o motivo por Boyd não tê-la levado ao concurso, e o choque de ver Boyd foi demais para ela. Bill levou-a para o hospital, ontem à noite.

– Pobrezinha! E quanto a Maryann? Ela era tão próxima do irmão. A mãe deles trabalhava e ela praticamente o criou, sabia?

– Maryann também está no hospital. Mike disse que ela ficou histérica quando soube de Boyd.

– Você acha que eu devo visitá-las? Maryann é do meu clube de leitura Regency Romance, e eu me sentei ao lado dela na última reunião do Dorcas Circle. – Delores citou dois das dúzias de clubes nos quais ingressou depois que o pai de Hannah morreu. – Realmente não conheço Danielle tão bem, mas gostaria de prestar minhas condolências.

Hannah sentiu um calafrio diante da ideia de sua mãe pulando de um quarto para o outro, no Lake Eden Memorial, num leva e traz de fofoquinhas de Maryann para Danielle.

– Não sei se elas podem receber visitas, mãe. Por que você simplesmente não manda cartões?

– Claro, farei isso. Eu faria, de qualquer jeito. Mas cartões são tão impessoais.

– Então, por que não pede a algumas de suas colegas de clube para que mandem flores? Tenho certeza de que Danielle e Maryann gostariam disso.

– Excelente ideia. Farei isso agora mesmo. Aliás, você estava muito bem na televisão, ontem à noite. Programei meu vídeo, mas não funcionou. Deve haver algo de errado com ele.

Hannah sorriu. Não havia nada de errado com o vídeo de sua mãe que um técnico diferente não pudesse consertar.

– Como sabe que eu estava bem, se seu vídeo não funcionou?

– Carrie gravou. Quando chegamos em casa, voltando do concurso, ela trouxe a fita e nós assistimos juntas. Tracey estava uma graça.

– Sim, ela estava. – Hannah deu uma golada em seu café e ficou imaginando como poderia terminar a conversa.

– Ainda não posso acreditar que temos outro assassinato em Lake Eden! Acho que a culpa é da televisão. Toda essa violência é má influência. Eles já têm algum suspeito?

Hannah cruzou os dedos, um velho hábito que sobreviveu à sua infância, e se preparou para mentir, descaradamente:

– Não sei, mãe.

– Bem, me fale se souber de alguma coisa. Preciso ir, querida. Preciso ligar para Carrie e pedir a ela que me ajude com as flores.

Hannah desligou o telefone com um sorriso no rosto. Ela tinha acabado de se deparar com uma tática excelente para encurtar as conversas telefônicas da mãe. Ela só precisava dar a Delores algo para fazer e a mãe mal poderia esperar para desligar e começar.

Dez minutos depois, Hannah estava de banho tomado e quase vestida. Ela deu uma olhada no termômetro do lado de fora da janela do quarto e estremeceu. O mercúrio estava abaixo da marca de -12 °C. Seria um dia frio. Ela vestiu jeans limpos e abriu o armário para escolher um pulôver. Tinha muitas escolhas. A maioria de suas amigas gostava de presenteá-la com o tema "cookie" e ela tinha uma coleção de camisetas e malhas com legendas na frente. Algumas eram perspicazes, outras, fofas, e muitas, simplesmente tolas. Hannah escolheu uma azul radiante, com letras douradas que diziam "A felicidade é uma gota de chocolate a cada mordida".

Hannah fechou a porta do armário e deu uma olhada em seu reflexo na superfície espelhada. Ela parecia cansada e estava com olheiras, mas isso não tinha jeito. Escovou os cabelos para trás, prendeu com uma fivela dourada que Andrea lhe dera, em seu último aniversário, e seguiu até a cozinha para a última xícara de café da cafeteira.

Moishe pulou da cama, de onde ele a observava se vestir, e se esfregou em seus tornozelos enquanto ela andava pelo corredor. Hannah sabia que aquilo significava que sua tigela de comida estava vazia novamente. Quando ela o levou para casa, ele era um fiapo laranja e branco, mas agora pesava mais de dez quilos. Bob Hagaman, veterinário da cidade, disse que ele era saudável, e só isso interessava a Hannah. Com sua orelha rasgada e um olho cego, ela certamente não o inscreveria num concurso do Clube de Felinos de Lake Eden.

Depois que a vasilha de Moishe estava reabastecida, Hannah deixou seu gato mastigando alegremente e serviu-se da última xícara de café. Ela ainda tinha quinze minutos até sair para o trabalho e essa era sua hora favorita do dia.

Hannah sentou-se à mesa branca de fórmica que havia comprado num brechó e pegou o bloco pautado em verde, igual aos outros que tinha em todos os cômodos de seu apartamento. Havia algo maravilhoso quanto a uma folha em branco de um bloco. As linhas estavam ali, simplesmente esperando para serem preenchidas, e a página podia se transformar em qualquer coisa, desde uma lista de supermercado até a abertura de um grande romance. As possibilidades eram infinitas.

Ela se lembrou de seu primeiro caderno de capa vermelha, que ela levara, toda contente, para a pré-escola. Havia o desenho de um cacique na frente, um desenho em preto de um rosto bem traçado, com um cocar de penas.

Não se faziam mais cadernos com grandes chefes de tribo. Hannah sabia, pois tinha tentado comprar um recentemente. Aquilo provavelmente tinha algo a ver com a nova campanha politicamente correta. Se fosse feita a vontade dos políticos, os chefes de tribos indígenas do caderno agora seriam chamados de "Líderes Comunitários Nativos Americanos". Em Lake Eden, Minnesota, "índio" não era uma palavra relativa a raça. Jon Walker, o Chippewa puro-sangue que tomava conta do balcão de prescrições na farmácia Lake Eden, havia explicado que "Nativo Americano" era um termo equivocado. Ele fizera algumas pesquisas e acreditava que seus ancestrais tinham vindo da Sibéria para a América do Norte e conquistado o povo indígena.

Hannah esticou o braço para pegar uma caneta da caneca lascada que ganhara nova vida como porta-lápis. Aquele seria um dia bem cheio. Com suas tarefas de jurada, sua aparição na televisão para promover o concurso do Sr. Hart e seu trabalho na Jarro de Cookies, não haveria um minuto a perder.

Hannah escreveu a data no alto da página. Agora que Boyd estava morto, eles teriam de escolher outro jurado para o concurso. Ela duvidava que qualquer um dos concorrentes da noite anterior derramaria alguma lágrima pela morte dele. Talvez até pensassem que ele havia merecido esse destino, já que tinha feito comentários tão cruéis a respeito das sobremesas.

E se um deles fosse um péssimo perdedor? Hannah mordia a ponta da caneta. Seria possível que um competidor, ou membro de sua família, tivesse seguido Boyd até em casa, confrontado-o na garagem e arrebentado sua cabeça? Parecia improvável, mas ela não podia descartar essa hipótese, ainda que sumariamente. Já que todos os competidores ficariam em Lake Eden até sábado à noite, ela teria tempo suficiente para checar essa teoria.

Hannah fez uma anotação na primeira linha. *Checar álibis dos competidores e seus familiares.* O vencedor não era suspeito, mas ela investigaria os três que haviam sido eliminados. O assassinato de Boyd não havia sido premeditado, disso Hannah estava certa. Se o criminoso tivesse ido à casa de Boyd com a intenção de matá-lo, ele teria levado sua própria arma, e não pegado o martelo no quadro de ferramentas de Boyd.

A segunda linha estava esperando para ser preenchida e Hannah escreveu a margem de tempo do assassinato, *quarta-feira à noite, entre 20h30 e 22 horas.* Ela pensou nisso por um instante, depois acrescentou: *Voltar a interrogar os vizinhos.* Os guardas da delegacia do xerife já haviam falado com eles, mas não faria mal em fazê-lo novamente. Às vezes, as pessoas não querem se envolver e dizem o mínimo possível às autoridades.

Uma olhada no relógio disse a Hannah que era hora de partir, mas ela ainda acrescentou mais um item à sua lista: *Rancores locais.* Era possível que o assassinato não tivesse ligação aos comentários cruéis de Boyd como jurado substituto. Alguém estava zangado o suficiente para pegar o martelo e arrebentar o crânio de Boyd, e ela precisava descobrir se alguém mais em Lake Eden tinha uma razão forte para querê-lo morto.

Lisa chegara cedo novamente e estava com tudo sob controle quando Hannah chegou à Jarro de Cookies. Hannah fez algumas coisas na confeitaria e depois foi à loja para desfrutar dos vinte minutos de tempo de sossego inesperado. Ela não acendeu as luzes. Isso convidaria os clientes que chegam cedo. Apenas se serviu de outra xícara de café e se sentou a uma das mesinhas redondas, aproveitando a vista do cliente, de seu belo balcão de mogno e das prateleiras que abrigavam os potes de vidro de cookies, abastecidos com as ofertas do dia.

Abrir a Jarro de Cookies havia sido ideia de Andrea. Quando Hannah voltou da faculdade para ajudar sua mãe a lidar com a morte do pai, ela estava meio perdida. Embora a família a incentivasse a voltar e terminar sua tese, a ideia de lecionar literatura inglesa a uma classe de alunos nada inspirados tinha perdido a graça. Havia outra razão particular, que ela não mencionara à mãe, nem às irmãs: o campus simplesmente ficara pequeno demais para Hannah, seu ex-amante e a nova esposa dele.

Hannah suspirou e segurou a xícara de café com as duas mãos. O antigo chavão era verdade, e o tempo realmente cura. Em raras ocasiões, ela pensava em Bradford Ramsey e no tempo que passaram juntos; ela sentia somente uma pontada de tristeza. Era a primeira vez que ele lecionava, e Bradford era jovem, bonito e brilhante. Hannah tinha se apaixonado profundamente e fora tão ingênua quanto uma mulher de sua idade poderia ser. Ela devia ter desconfiado que o motivo pelo qual Brad nunca pudesse passar um feriado com ela tinha menos a ver com seus pais idosos e mais a ver com a noiva, que estava morando com eles na época.

Desde que regressara a Lake Eden, Hannah havia crescido muito. Ela adorava seu trabalho, tinha muito mais autoconfiança e conseguira estabelecer um relacionamento afetuoso com Andrea. Ela até aprendera a lidar com a mãe, o que exigiu algum esforço. A única área de sua vida que ainda trazia problemas era a romântica. Depois de ter levado uma porta na cara, ela seria cuidadosa ao abri-la novamente.

A vista do lado de fora da imensa janela panorâmica de vidro era espetacular, e Hannah abriu um sorriso. O sol de inverno despontava no horizonte e os raios dourados tocavam os telhados cobertos pela neve, fazendo com que brilhassem como se fossem feitos de partículas de vidro colorido. O imenso pinheiro antigo, do outro lado da rua, bem em frente à loja, lembrava perfeitamente uma árvore de Natal com seus galhos nevados. Vários pássaros azuis e vermelhos estavam pousados, como se fossem aves de enfeite.

Enquanto Hannah estava ali sentada, desfrutando da vista panorâmica perfeita, um carro encostou diante de sua loja. A fumaça branca subiu do escapamento, e Hannah se levantou e se aproximou da janela para ver se identificava quem estava dentro. Ela não reconhecia o carro. Era um Grand Am novinho, vermelho-esportivo, com placas do revendedor. Numa cidade do tamanho de Lake Eden, carros novos davam aos seus donos o direito de se gabar, e Hannah não ouvira ninguém dizer que havia comprado um veículo novo.

A porta do motorista abriu e uma mulher surgiu. Ela tinha cabelos pretos curtos, um corte estiloso, e usava um casaco verde-azulado caro, que Hannah vira na vitrine do Beau Monde Fashions. A mulher se virou e caminhou em direção à porta da frente da Jarro de Cookies, e as sobrancelhas de Hannah se ergueram de surpresa. Era Lucy Richards, uma repórter do *Lake Eden Journal*, e ela estava com um visual totalmente novo.

Hannah fez um cálculo de cabeça do custo das novas aquisições de Lucy. O casaco tinha custado quatrocentos dólares. Hannah sabia porque tinha visto na vitrine de Claire Rodgers. As botas de couro forradas com pele que Lucy calçava não eram baratas, e Hannah nem sequer podia especular o preço do luxuoso Grand Am. Lucy morava sem pagar aluguel, no apartamento do sótão de sua tia-avó Vera Olsen mas isso não justificava todas aquelas coisas novas. Rod Metcalf, dono e editor do pequeno jornal semanal, não pagava muito além do mínimo. Não havia como Lucy ter economizado o suficiente para um casaco novo, botas novas *e* um carro novo!

Hannah sentou-se encostada na parede, torcendo para que não fosse vista. De forma alguma ela abriria cedo para Lucy Richards. Elas se bicaram na semana anterior, depois que a matéria de Lucy sobre o Concurso de Sobremesas Hartland Flour tinha saído no jornal. Ela pusera palavras na boca de Hannah que não foram ditas e Hannah ainda estava digerindo aquilo.

Lucy batia na porta e continuava ali, batendo o pé, impacientemente. Hannah deixou que ela batesse, sabendo muito bem que estava congelando lá fora. O horário de abrir era em menos de quinze minutos e talvez Lucy desistisse e fosse embora.

Então Lucy começou a tremer e Hannah ficou com pena. Talvez ela tivesse vindo se desculpar pelo comentário indevido. Hannah levantou-se da cadeira, apertou o interruptor de luz e seguiu até a porta para destrancá-la.

– Está frio aqui fora! – Lucy entrou cheia de si, marcando os pés no tapete perto da porta. – O café está pronto?

– É claro. – Hannah gesticulou na direção de uma banqueta e foi para trás do balcão servir uma xícara para Lucy.

– Obrigada. Vou querer dois cookies de aveia com passas. Lucy enlaçou os dedos ao redor da caneca, tremendo ligeiramente. Depois, respirou fundo e disse: – Sinto muito pela matéria. Meu gravador não estava funcionando direito e eu escrevi o que lembrava.

Não chegou a ser um pedido de desculpas, mas o fato de Lucy oferecer qualquer tipo de satisfação era novidade.

– Mas não foi por isso que eu vim.

– Ah, é? – Hannah serviu a Lucy os dois cookies, num guardanapo branco com o nome da loja em letras vermelhas. Depois ela pegou um pano e limpou o balcão já imaculado. Lucy queria algo e Hannah não perguntaria o que era. Ela simplesmente esperaria, forçando que Lucy desse o primeiro passo.

– Eu queria falar com você em particular, Hannah. – Lucy terminou o primeiro cookie e começou a comer o segundo. – Sei que não concordamos em tudo, mas tenho um trabalho a fazer.

– Deve ser um trabalho *muito* bom. – Hannah gesticulou na direção do Grand Am. – Aquele carro deve ter custado uma nota.

– É financiado. E eu não ganhei o dinheiro no jornal. O que Rod me paga é só uma fração do que ele vale.

Foi uma declaração perfeita e Hannah podia imaginar várias outras, bem apropriadas. Ela teve de morder o lado interno da bochecha, mas não disse nenhuma delas. Em vez disso, ela falou:

– Estou vendo de você está de casaco novo. Muito bonito. E botas novas.

Depois de fazer esse comentário, Hannah apoiou as costas e esperou. Depois de seis anos de faculdade esperando em filas intermináveis para se matricular, a cada semestre, ela era muito boa em fazer isso.

– Sim. – Lucy parecia ligeiramente desconfortável. – Na verdade, meu adiantamento pagou por isso.

– Adiantamento?

– Pelo meu livro.

– É mesmo? – Hannah ficou curiosa. – Eu não sabia que você tinha escrito um livro.

– Ah, eu não escrevi ainda. Por isso que eles chamam de adiantamento. Será um relato sobre uma pessoa rica e famosa.

– Isso certamente exclui qualquer pessoa de Lake Eden!

– Verdade. – Lucy deu uma risadinha. – Não posso contar detalhes, Hannah. Meu editor não quer que eu diminua o valor do impacto, de quando meu livro sair.

– E quando será?

– Ainda não tenho certeza. Tudo depende de quando eu terminar de escrever. Eles estão com muita pressa, mas eu disse que não quero deixar Rod na mão, no jornal. Ele depende de mim para todas as grandes reportagens.

– É muita lealdade de sua parte. – Hannah teve de se esforçar para não cair na gargalhada. Rod tinha contratado Lucy como um favor a Vera Olsen, e Hannah sabia que ele não deixava Lucy escrever nenhuma notícia que considerasse importante.

Lucy envaideceu-se, entusiasmando-se com o assunto:

– Eles acham que será o grande sucesso do ano. Foi por isso que recebi um adiantamento tão grande.

– Entendo. – Hannah ouviu aquilo duvidando muito. Lucy nunca tinha mencionado conhecer ninguém rico e famoso, e Hannah desconfiava que ela tinha inventado o negócio todo para explicar seu carro e guarda-roupa novos. Ou Lucy tinha estourado o cartão de crédito, ou o dinheiro havia sido presente de um amante com muita grana sobrando. Hannah suspeitava da última opção. Uma vez, Vera dissera a Delores que sua sobrinha-neta Lucy havia sido expulsa da faculdade por ser muito "danada".

Lucy pegou seu caderno e folheou até uma página em branco:

– Diga-me o que aconteceu ontem à noite. Estou fazendo a matéria.

Hannah hesitou. Ela não deixaria que Lucy transcrevesse o que ela diria erroneamente outra vez.

– Você não precisa que eu lhe diga nada. Você estava lá.

Por algum motivo, o comentário pareceu deixar Lucy agitada, pois ela bateu a caneca ao pousá-la no balcão.

– Eu estava *onde*?

– No concurso. Eu a vi conversando com alguns dos competidores.

Lucy revirou os olhos.

– Não banque a boba, Hannah. Isso não tem nada a ver com o concurso.

– Não? – Hannah fez uma cara de perfeitamente inocente. – Então, o que é?

– Convenci o Rod a publicar uma manchete "Treinador Local Assassinado" e preciso de detalhes sobre como você encontrou o corpo de Boyd Watson.

Hannah fez de tudo para não deixar um gemido escapar. As pessoas já ficariam aborrecidas o suficiente com o crime. Sensacionalismo apenas acrescentaria combustível às labaredas de pânico.

– O que a faz pensar que eu estive lá?

– Uma das minhas fontes viu a sua caminhonete. Fale logo, Hannah. Eu realmente preciso saber.

Hannah sacudiu a cabeça.

– Não posso lhe dizer, Lucy. É parte de uma investigação em andamento, do departamento do xerife.

– Grande coisa. – Lucy abanou a mão, desconsiderando a preocupação. – Como ele estava? E o que a Danielle disse? Isso é o que as pessoas querem ler.

– Então elas terão de esperar pelo comunicado oficial. – Hannah manteve-se firme. – Se você quer detalhes, terá de ir até a delegacia do xerife e perguntar.

– Eles não me dirão nada. Nunca dizem. Ora, vamos, Hannah. Eu deixarei você ler minha matéria antes que seja publicada, e você pode editar o texto, tirando qualquer coisa que não goste.

Hannah não acreditou nem um segundo, mas essa não era a questão.

– Eu já lhe disse, Lucy. Não posso dizer nada até que o departamento do xerife dê OK.

– Então você está trabalhando com eles, para resolver o crime?

Lucy anotou algo em seu caderno e Hannah começou a franzir o rosto.

– Eu não disse isso!

– Mas você teve algo a ver com o esclarecimento do último caso de assassinato, não teve?

Hannah sabia que estava pisando em gelo fino. Era verdade que ela havia ajudado Bill a resolver o assassinato de Ron LaSalle, mas ninguém deveria saber disso.

– Não foi? – Lucy repetiu.

Lucy estava pressionando e Hannah sabia que tinha de dizer algo. Ela contentou-se com:

– Eu não sabia muita coisa, Lucy. Só passei a informação que veio até mim. Qualquer cidadão de Lake Eden, obediente da lei, teria feito o mesmo.

– Ah, claro. – Lucy revirou os olhos. – Certo, se é assim que você quer jogar. Vamos voltar ao Treinador Watson. Você tem alguma suspeita de quem poderia tê-lo matado? Afinal, você foi a primeira pessoa na cena do crime.

– Não.

– Não, você não foi a primeira na cena do crime? – Lucy segurava a caneta em posição, sobre o papel. – Ou não, você não tem nenhum suspeito?

– Não para ambos. – Hannah ficou com a consciência tranquila ao ponderar que não estava exatamente mentindo. Danielle tinha encontrado Boyd e isso significava que Hannah não havia sido a primeira na cena do crime. E ela não tinha nenhum *verdadeiro* suspeito – ao menos, ainda não.

– E quanto a Danielle? Ela tinha algum motivo para matar o marido?

Hannah conteve uma resposta afiada quanto ao parentesco de Lucy:

– Eu realmente não sei, Lucy. E certamente não posso especular. Você está perguntando à pessoa errada. Deveria falar com Bill ou Mike Kingston.

– Eu queria fazer mais do que falar com Mike Kingston. – Lucy ergueu a mão para afofar seus cabelos curtos. – Mas acho que não deveria estar falando isso a *você*.

Hannah cerrou os dentes. Lucy estava tentando coagi-la a passar alguma informação e ela se recusava a entrar nesse jogo.

– Desculpe, Lucy. Eu já lhe disse, não posso lhe contar coisa alguma. Eu nem deveria estar falando com você.

– Isso significa que você sabe mais sobre o caso do que pode me contar?

– Não. Significa que devo me preparar para abrir a loja. Você está desperdiçando seu tempo, Lucy. E já passou do tempo que era bem-vinda. Um dólar e vinte e cinco centavos pelos cookies e o café.

– Eu a vejo depois. Estou com pressa. – Lucy se levantou e foi até a porta. Quando chegou lá, ela se virou e disse: – Já que você não colaborou em nada com um membro respeitável do Quarto Estado, eu simplesmente terei de falar com a Danielle!

Hannah não conteve um gemido quando Lucy passou como um raio pela porta, batendo-a. Ela pegou o telefone e discou o número de Mike, na delegacia, torcendo para que ele tivesse chegado cedo.

– Kingston. – Mike atendeu no terceiro toque.

– É a Hannah. Estou na loja e Lucy Richards acabou de ir embora. Ela tentou arrancar informações sobre o assassinato de Boyd Watson.

– Era de esperar. – Mike deu uma risada. – Ela ligou para a casa de Bill no instante em que a notícia saiu, na KCOW, e não teve uma recepção muito calorosa.

– Imagino. – Hannah sorriu. – Bill parece um urso rabugento de manhã.

– Foi Andrea quem atendeu. Ela está de folga e Bill estava no chuveiro.

– Ih. – O sorriso de Hannah aumentou. Qualquer um que acordasse Andrea às seis da manhã, em sua folga, ouviria muito. – Quando a Lucy saiu daqui, ela disse que ia falar com a Danielle. Tem alguma forma de você mantê-la longe?

– Sem problema. Rick Murphy está de guarda no quarto e eu disse a ele que não deixasse ninguém entrar.

– Bom. – Hannah ficou satisfeita, por um momento, mas depois percebeu a implicação do que Mike dissera. – Danielle pode ter *alguns* visitantes, não pode?

– A essa altura, não é aconselhável.

– Por razões médicas?

– Não. Ela ainda está com uma gripe forte, mas o Dr. Knight disse que não corre perigo algum. – Mike ficou em silêncio por um instante, depois suspirou. – Olhe, Hannah. Goste você ou não, a Danielle é nossa principal suspeita.

– Mas até os presos em cadeias recebem visitantes – protestou Hannah. – Você já pegou o depoimento de Danielle, não pegou?

– Sim.

– Então não é o caso de ninguém influenciá-la, ou dizer-lhe o que falar.

Houve um momento de silêncio, depois Mike suspirou.

– Isso é verdade.

– Danielle não está presa, está?

– Não, oficialmente não.

– Então você deveria me deixar visitá-la. – Hannah organizou seus argumentos. – Ela está totalmente sozinha, Mike, e provavelmente está morta de medo. Não é certo mantê-la trancafiada e isolada de seus amigos, quando ela nem foi oficialmente acusada de nada.

– Está bem.

– Posso ir visitá-la?

– Sim, mas só você. Vou ligar para o Rick e dizer a ele para deixá-la entrar.

Hannah respirou fundo, aliviada.

– Ótimo! Vou agora de manhã, e levarei uns cookies.

– Hannah?

– Sim, Mike.

– Você só vai como amiga, não é?

– Claro que sim.

– Você não decidiu ignorar meu conselho de não se envolver, não é?

– Ora, Mike, você deveria saber que eu jamais ignoraria seu conselho. – Hannah respondeu, com honestidade, sem dizer a metade de seus pensamentos. *Pensei muito sobre seu conselho, ontem à noite, e cheguei à conclusão de que você estava errado e eu estava certa. E já que Danielle não tem ninguém ao lado dela, pode apostar que eu vou me envolver!*

Capítulo 5

Hannah tinha acabado de servir seus últimos clientes matinais quando Lisa enfiou a cabeça na porta vaivém que dava para a confeitaria.

– Hannah? Preciso de você aqui atrás um minuto.

–Volto já – Hannah pediu licença a Bertie Staub, dono do salão de beleza Cut'n Curl, e seguiu para os fundos. Quando empurrou a porta, ela se surpreendeu ao ver Delores sentada diante da bancada de inox, segurando a bolsa no colo. Ela estava vestida com uma saia vermelho-cereja e um suéter que pareceria jovial demais na maioria das "matronas" de Lake Eden, mas combinava perfeitamente com Delores. Seus cabelos escuros e brilhosos estavam bem penteados e sua maquiagem, impecável. Hannah não se iludiu, achando que Delores se arrumara para visitá-la no trabalho. Ela sabia que a mãe nunca punha o pé do lado de fora da porta sem estar perfeitamente arrumada. Delores Swensen sempre se dedicou a estar pronta para a foto, esperando o clique da câmera.

– Mãe? – Hannah ficou intrigada. Nas raras ocasiões em que Delores havia visitado o Jarro de Cookies, ela sempre viera pela porta da frente. – Alguma coisa errada?

– Não, querida. Apenas me esqueci de lhe dizer algo ao telefone esta manhã. – Delores virou-se para Lisa. –Você pode assumir a loja por um minuto no lugar de Hannah, não pode, Lisa?

Lisa sorriu, entendendo a indireta não muito sutil de que a conversa delas era particular.

– Claro, Sra. Swensen. Gostaria de um cookie? Os Crocantes de Melado acabaram de sair do forno.

– Não, obrigada, querida. Eles estão com um cheiro delicioso, mas eu estou de olho em minhas calorias. O Natal está chegando, sabe?

Os lábios de Hannah deram uma tremida. Delores era um tamanho 38 exato quando se casou com o pai de Hannah, e ainda vestia perfeitamente aquele número.

A maior parte das mulheres de Lake Eden que havia passado de meio século tinha relaxado um pouco com a aparência, mas Delores estava determinada a ficar atraente, fazendo dieta, cuidando dos cabelos com profissionais, usando maquiagem com fórmulas especiais e o que cirurgia cosmética pudesse lhe prover.

No instante em que Lisa havia sumido pela porta vaivém, Delores virou-se para Hannah:

– Eu estava tão agitada hoje de manhã, quando soube de Boyd, que esqueci completamente o motivo por ter ligado para você.

– Ah, é? – Hannah pegou um cookie morno e experimentou, sabendo muito bem que aqueles eram os prediletos de sua mãe. – Tem certeza de que não quer só um cookie, mãe?

Delores hesitou.

– Bem... só um. Mas não me tente com mais. Tenho um lindo vestido novo para a noite de Natal e não vai servir se eu engordar.

– Aqui, mãe. – Hannah entregou-lhe um cookie. – O que você queria me contar?

– Acho que você não deve apostar todas as suas fichas de uma só vez.

– O quê?

– Só quero que você tenha cuidado, querida. Sei que você se sente atraída por Mike, mas seria realmente uma pena deixar escapar um bom pretendente como Norman. A Lucy Richards está atrás dele, sabia? A Carrie me contou, ontem à noite.

– Lucy Richards? E Norman? – Hannah teve dificuldade de acreditar em seus ouvidos. O meigo e engraçado Norman e a repórter que se achava uma versão feminina de Bob Woodward era uma combinação improvável como óleo e água. – Eles estão saindo?

– Ainda não, mas Carrie disse que passou pela clínica na semana passada e Norman estava em seu consultório com Lucy, com a porta fechada. Depois que Lucy foi embora, Carrie perguntou a ele sobre ela, e Norman foi muito reticente.

– Reticente?

– Carrie perguntou por que ele estava no consultório com Lucy e ele se recusou a dizer. Tem alguma coisa acontecendo Hannah, e Carrie não está gostando nada disso. Acho melhor você começar a prestar mais atenção em Norman, antes que Lucy pegue a sobra.

O queixo de Hannah caiu. Que sobra? Ela tinha saído com Norman três vezes, e não houve nada de romântico. Mas dizer isso só levaria a mais discussão e ela precisava voltar ao trabalho.

– Pode deixar que eu vou ficar de olho. Vou falar com o Norman hoje, prometo.

– Faça isso mesmo. – Delores demonstrou ter ficado satisfeita, porque ela se levantou e alisou a saia. – Preciso correr, querida. Eu disse a Carrie que a pegaria em dez minutos.

–Vão fazer compras de Natal, no shopping? – Hannah arriscou um palpite.

– Claro que não. – Delores pareceu bastante ofendida. – Eu faço as minhas compras no dia seguinte ao Natal. As ofertas são simplesmente incríveis. Estou com todos os meus presentes embrulhados e guardados há quase um ano.

Hannah levou a mãe até a saída e voltou para a loja. Delores sempre fora incrivelmente organizada. Hannah admirava essa qualidade na mãe, mas sabia que não daria certo para si própria. Se comprasse os presentes do ano que vem no dia seguinte ao Natal, ia esquecer onde os guardara e teria de sair no último minuto para comprar tudo de novo.

Durante as duas horas seguintes, Hannah serviu café e cookies sem parar. Enquanto passava pelas mesas, carregando os cookies e reabastecendo o café, ela ouviu pelo menos uma dúzia de teorias diferentes sobre o assassinato de Boyd Watson. Kathy Purvis, esposa do diretor da escola, achava que Boyd tinha interrompido um assalto à sua casa. Lydia Gradin, caixa do banco First National, tinha certeza de que um carro cheio de membros de uma gangue de Minneapolis era responsável. A Sra. Robins e suas amigas do prédio de idosos Lakewood Senior Apartments achavam que o assassino só podia ter fugido do reformatório masculino, em St. Cloud; enquanto o Sr. Drevlow, vizinho de Lisa, insistia que havia sido um homicida lunático do hospital de Wilmar, que havia sido liberado por conta do corte de gastos. Somente uma pessoa mencionou o Concurso de Sobremesas Hartland Flour, e foi de passagem. O "coveiro" Gibson, agente funerário local, especulava que um velho inimigo de Boyd o teria reconhecido na televisão, enquanto ele estava julgando o concurso e vindo a Lake Eden para matá-lo. Hannah não ouvira ninguém mencionar o nome de Danielle sem dizer em seguida "pobrezinha", e ela supunha que, até agora, o segredo vergonhoso de Boyd estava seguro. Ela também sabia que os pensamentos solidários dirigidos a Danielle poderiam se transformar em suspeita num instante. Se os moradores de Lake Eden descobrissem que Boyd batia em Danielle, eles ficariam convencidos de que ela o havia matado, em legítima defesa ou como retaliação.

Por volta de onze e quinze havia poucos clientes na loja. Já estava tarde para cookies de café da manhã, o cafezinho do meio da manhã já tinha terminado, e o pessoal dos cookies depois do almoço só apareceria após meio-dia, ou mais tarde. Hannah tinha acabado de programar o preparo de um café fresco para o movimento do meio-dia quando Andrea entrou pela porta.

– Oi, Hannah. – Andrea pendurou seu casaco nos ganchos quase vazios e se sentou numa banqueta, junto ao balcão. Ela deu uma olhada para o Sr. Lempke, cuja filha o deixara sob os cuidados de Hannah para dar uma corrida até a farmácia, e franziu ligeiramente o rosto. – Ele está com o aparelho auditivo ligado?

Hannah sacudiu a cabeça.

– Roma levou as baterias até a farmácia, para comprar novas.

– Bom. Eu preciso falar com você sobre Danielle. Bill me contou tudo a respeito e eu quero fazer algo para demonstrar meu apoio. Nem por um segundo eu acredito que ela o tenha matado, mas se o fez, ele merecia!

– Eu sei. – Hannah serviu uma xícara de café da jarra de vidro que havia enchido, antes de esvaziar a cafeteira, e empurrou-a para a irmã. Andrea estava bem corada, com uma cor quase igual ao rosa de seu suéter caro de caxemira, o que realçava o azul de seus olhos. – Você está realmente chateada, não é?

– Pode apostar que sim! Bill disse que o Xerife Grant tem certeza de que Danielle é culpada, e você sabe o que isso quer dizer.

– Receio que sim. – Hannah começou a franzir o rosto. – Simplesmente irão seguir os procedimentos?

– Isso mesmo. Bill diz que não se atreverá a ficar na berlinda por conta disso. Ele é detetive há menos de dois meses e eles não vão escutá-lo mesmo. E ele também não acha que Mike irá contra o Xerife Grant.

– Por ter acabado de se transferir para cá?

– Isso, e porque ele não tem certeza se Danielle *não matou*.

Hannah ficou tão chocada que, por um momento, nem conseguia falar. Quando ela falou, sua voz foi dura:

– Qual é o problema dele? Ele é imbecil? Eu *disse* a ele que Danielle não era capaz de matar Boyd!

– Você não pode culpá-lo, Hannah. Ele não conhece Danielle como nós conhecemos, e ainda tem a mentalidade de policial de cidade grande. Aposto que em Minneapolis muitas esposas maltratadas matam seus maridos.

– Mas aqui é Lake Eden – Hannah lembrou-a. – Aqui é diferente.

– Eu sei. – Andrea soprou a superfície de sua xícara e deu um gole hesitante. – Como é que sua jarra mantém as coisas tão quentes? Temos a mesma e nosso café está sempre morno.

– Você enche com água fervendo e deixa alguns minutos, antes de colocar o café?

– Não, mas vou tentar isso amanhã de manhã. Então, o que vamos fazer primeiro, Hannah?

– Sobre o quê?

– Sobre Danielle. Cabe a nós provarmos que ela não matou Boyd.

Hannah recuou e encarou a irmã, surpresa.

– *Nós?*

– Você não achou que eu a deixaria encarar algo assim sozinha, achou? – Andrea deu um sorrisinho malicioso. – Não sou tão boa em bisbilhotar quanto você, mas estou aprendendo.

Hannah não estava bem certa se gostava de ser classificada como bisbilhoteira, mas deixou passar.

– Traga seu café e vamos lá atrás. Preciso arrumar minha caixa de ingredientes para esta noite.

Depois da troca feita, com Lisa assumindo o lugar de Hannah atrás do balcão, Andrea se sentou junto à bancada central de trabalho, com o casaco no colo, e observou Hannah encher uma caixa com ingredientes para a sobremesa que planejava fazer na televisão.

Hannah trabalhava com eficiência, medindo os ingredientes e colocando-os em embalagens plásticas. Depois de ter juntado tudo de que precisava, ela começou a guardar na caixa. Havia um recipiente com açúcar, meio quilo de manteiga, e um saco plástico cheio de damascos em cubinhos. Hannah acrescentou um pão de forma branco fatiado, sua receita escrita à mão, e caminhou até o isopor para se assegurar de que tinha ovos e creme de leite suficientes. Quando tampou a caixa, ela se virou e viu Andrea olhando-a, curiosa:

– O quê?

– Eu estava apenas tentando imaginar o que você vai preparar esta noite.

– Pudim de Pão com Damasco. Era uma das receitas favoritas da bisavó Elsa, mas ela usava uvas-passas em vez de damascos. Eu gosto mais assim.

– Eu também. Damascos são muito melhores do que passas. Então, o que você vai fazer, Hannah?

– Na verdade, não dá tempo de assar durante o noticiário, então eu farei uma receita com antecedência e preparo outra diante da câmera. Foi o que fiz com o Bolo Swensen de Morango com Chantilly.

– Não é isso. Quero dizer, o que vamos fazer quanto a Danielle? Precisamos ajudá-la.

– Eu sei. Mas e quanto a Bill? Ele não vai gostar se você se envolver em outra investigação de assassinato.

Andrea acenou, descartando a preocupação.

– Ele anda tão ocupado que nem vai notar. Vamos visitar Danielle no hospital. Precisamos apurar todos os fatos que pudermos, antes de começar.

– Você não pode visitá-la, Andrea. Eu convenci Mike a me deixar vê-la, mas somente eu.

– Eu sei, Bill me disse. Mas Rick Murphy está de sentinela em sua porta e eu o conheço desde o Segundo Grau. Se eu o mantiver ocupado conversando comigo, ele não conseguirá escutar o que você e Danielle estiverem dizendo.

– Isso é brilhante. – Hannah estava impressionada.

– Obrigada. Então, você vai me deixar ajudar, não vai, Hannah?

Hannah hesitou, levando algum tempo para encher um saco com cookies para Danielle.

– Bill pode me matar quando ele descobrir, mas você realmente poderia ser útil.

– Que ótimo! – Andrea estava nitidamente radiante. – Sabe, eu realmente gosto de fazer as coisas com você, Hannah. É uma pena que o assassinato de Ron LaSalle tenha sido necessário para nos aproximar assim.

Hannah estava pensando nisso quando foi dizer a Lisa para segurar as pontas, até que elas voltassem. Era mesmo uma pena que seu relacionamento com Andrea não tivesse sido amigável até elas investigarem o primeiro assassinato juntas. Antes disso, havia uma competição entre as duas irmãs, com cada uma delas achando que a outra estava em vantagem.

Andrea era a irmã popular, aquela a quem nunca faltou um namorado. Bonita e *mignon*, o retrato da rainha da formatura, ela ficava à vontade em qualquer situação social, principalmente quando envolvia garotos. Andrea era a versão mais jovem de Delores, e sua popularidade provava isso. Por outro lado, Hannah lembrava seu pai. Ela era alta, magricela e extremamente habilidosa, com uma tendência a ceder ao seu senso de humor malvado. Os garotos gostavam de Hannah para tê-la como companheira de estudo, ou uma colega com respostas espertas, mas ela certamente não deixou nenhum adolescente com as mãos suando. Este era o forte de Andrea. Bill sempre disse que Andrea poderia encantar os pássaros para saírem das árvores, e era verdade. E Hannah sabia que a única forma de alcançar o mesmo efeito era atirando neles, com uma espingarda de chumbinho.

Quando Hannah voltou à confeitaria, ela pegou sua parka de inverno e a caixa de ingredientes e virou-se para Andrea, que franzia o rosto.

– O que é agora?

–Você não vai ao hospital desse jeito, vai?

– Que jeito? – Hannah ficou intrigada.

– Com essa parka velha e maltrapilha.

– Minha parka velha e maltrapilha estava nova no ano passado – Hannah informou-a. – E é bem mais quente que esse seu sobretudo fútil.

– Meu casaco não é fútil. É um sobretudo perfeito, de couro, e saiu na *Vogue* no mês passado!

– Isso é para Nova York, aqui é Minnesota. Não se usa um casaco sem forro, que mal cobre os joelhos, quando lá fora está abaixo de zero.

– Eu uso. – Andrea vestiu o casaco e seguiu até a porta dos fundos. Depois de ter saído, ela se voltou para Hannah. – Só porque está frio, não significa que você tem de parecer um esquimó. Meu casaco é uma declaração de que estou na moda.

– É uma declaração de que está na moda ficar congelada dos joelhos para baixo. – Hannah seguiu à frente, até a caminhonete. – Pelo menos use calças de lã com ele.

– Mas isso arruinaria o propósito. Realmente, Hannah, você não tem nenhuma noção de moda.

Hannah estava se preparando para dar um fora na irmã, quando percebeu que elas estavam brigando por algo ridículo. Ela sorriu ao destrancar a caminhonete, sentou-se atrás do volante e esperou que Andrea entrasse. Talvez elas sempre fossem se bicar, como faziam no colégio, mas isso não precisava terminar em briga.

Hannah esperou até que Andrea estivesse com o cinto de segurança, depois deu ré, com o maior empenho possível.

– Esqueça o que eu disse, Andrea. Eu sei que minha parka não é exatamente atraente. E concordo que eu poderia usar um pouquinho da sua noção de moda.

– E eu poderia usar um pouquinho do seu bom-senso. Está bem mais frio do que eu achei que faria hoje.

– Tenho um cobertor. – Hannah esticou o braço para pegar a velha manta que ela tinha na caminhonete, para emergências. – Embrulhe-se, Andrea. Essa caminhonete demora uma eternidade para aquecer.

Andrea pegou a manta e abriu no colo.

– Obrigada, Hannah. Talvez a gente possa ir qualquer hora ao shopping e dar umas dicas uma à outra.

Essa sugestão apenas flutuou no ar gélido por um momento. Depois, as duas irmãs começaram a rir, imaginando as brigas que teriam se algum dia fossem juntas ao shopping.

O Hospital Lake Eden Memorial ficava na Rodovia Old Lake, a oito quilômetros do Jarro de Cookies, bem fora da área central da cidade. Havia sido construído numa subida com vista para a superfície congelada do lago, e era a menina dos olhos do Dr. Knight. O prédio de concreto em forma de V havia sido pintado num tom alegre de amarelo e era todo cercado por pinheirinhos plantados, de modo que cada um dos vinte e quatro quartos tivesse uma vista eterna do verde e do Lago Eden.

Hannah contornou a parte de trás do prédio e entrou no estacionamento. A essa hora não havia quase nenhum carro e ela parou ao lado do novo Explorer do Dr. Knight. Havia colunas com tomadas elétricas nas vagas mais afastadas, reservadas para as enfermeiras e a equipe do hospital, mas Hannah decidiu que não precisava ligar sua caminhonete. Elas não ficariam mais que uma hora. Provavelmente, menos.

– Pronta? – Hannha virou-se para a irmã.

Andrea assentiu e tirou a manta.

– Detesto hospitais.

– Eu também. – Hannah esperou Andrea sair e trancou a caminhonete. Elas andaram no mesmo passo e, quando chegaram à frente do hospital, Hannah abriu a porta pesada de vidro e elas entraram no hall. Limparam as botas no tapete, depois seguiram pelas portas duplas que levavam à imensa recepção.

O horário de visitas estava afixado numa placa, acima do balcão da recepção. Era das 14h00 às 16h00 e das 19h00 às 21h00. Era quase meio-dia e o balcão estava deserto. Hannah não se deu o trabalho de apertar a campainha para pedir assistência. Que dificuldade poderia haver em encontrar o quarto de Danielle? Seria o único com um policial uniformizado no lado de fora.

O corredor do hospital cheirava a desinfetante e couve-flor. Ao menos Hannah torcia para que fosse couve-flor. A mistura a fez torcer o nariz e desejar os aromas confortantes de baunilha e chocolate.

– Cheira mal aqui – disse Andrea, baixinho.

– Eu sei. – Hannah imaginou se alguém já teria feito um estudo sobre os odores deixados pelos pacientes ainda mais doentes. Ela apostava que couve-flor estaria bem perto do topo da lista.

– Acho que é a comida – comentou Andrea, assim que elas se aproximaram de um carrinho de comida, com uma bandeja de almoço. – Você trouxe alguns cookies para Danielle, não trouxe? Ninguém deveria ter de comer essa comida.

– Claro que eu trouxe. – Hannah ergueu o saco que estava carregando, cheio até a boca, com cookies de chocolatc, noz-pecã e chocolate.

– Essa comida daqui é toda branca. – Andrea fez uma careta. – Eu sabia que seria ruim, mas não tão ruim assim.

Hannah olhou a bandeja. Andrea estava certa. A comida não tinha cor. Havia um emplasto de pudim de baunilha, num copinho plástico, uma entrada de peixe cozido com algum tipo de molho cremoso e uma concha de purê de batata, um quadradinho cheio de couve-flor aparentemente cozida e um pedaço de pão branco, com um tiquinho de manteiga. Hannah teria dispensado o almoço, mesmo que estivesse com fome. E pela aparência das bandejas quase intocadas, a maioria dos pacientes do Lake Eden Memorial tinha feito o mesmo.

– Aquele deve ser o quarto de Danielle. – Andrea apontou na direção da outra ponta do corredor. – Lá está Rick.

Hannah reconheceu a silhueta alta e magra do filho mais velho de Cyril Murphy.

– Por quanto tempo você acha que conseguimos mantê-lo falando?

– Pelo tempo que você precisar. Tudo que tenho a fazer é perguntar sobre seu bebê. É o primeiro filho dele.

Hannah seguiu em frente, com os cookies e um sorriso no rosto. Rick reportava-se diretamente a Mike e, se desconfiasse que aquilo era mais que uma visita amigável, ele faria algum comentário. Hannah nem queria pensar no que Mike diria se percebesse que as irmãs Swensen estavam numa missão para provar que ele estava errado e ainda pegar o verdadeiro assassino de Boyd.

Pudim de Pão com Damascos

Não preaquecer o forno ainda. O pudim de pão precisa descansar por meia hora antes de ir ao forno.

8 fatias de pão de forma branco (caseiro ou comprado)
½ xícara de manteiga derretida (aprox. 110 g)
½ xícara de açúcar
½ xícara de damascos secos picados em cubinhos (não muito pequenos, mas alguns nacos)
3 ovos batidos (apenas bata com um garfo)
2 ¼ xícaras de nata ou leite "da superfície"* (você também pode usar creme de leite light OU uma mistura "meio a meio", ou seja, metade leite, metade creme de leite fresco)
Creme de leite fresco OU chantilly OU sorvete de baunilha para cobrir.

Unte uma caçarola com bastante manteiga. Remova a casca do pão e corte cada fatia em 4 triângulos (apenas faça um "X" com sua faca). Derreta a manteiga numa tigela refratária grande e adicione o pão em triângulos, misturando levemente com uma colher, até que estejam cobertos de manteiga.

Arrume aproximadamente ⅓ dos triângulos no fundo da caçarola. Polvilhe ⅓ do açúcar e metade dos damascos picados.

Coloque metade do restante dos triângulos de pão e salpique a metade do açúcar restante e TODO o restante dos damascos.

Cubra com o restante dos triângulos de pão. Raspe a tigela para não desperdiçar a manteiga que restou no fundo e disponha-a sobre o pão. Polvilhe o restante do açúcar e reserve.

* Leite "da superfície" é o nome usado pela bisavó Elsa para a nata que flutuava na superfície das garrafas antigas de leite.

Bata os ovos na tigela da manteiga e acrescente o creme de leite light. Despeje essa mistura sobre a caçarola e deixe descansar em temperatura ambiente, por 30 minutos (isso permite que o pão absorva a mistura de ovos e creme de leite).

Preaqueça o forno em 175 °C, com a grade na posição central. Asse o pudim de pão descoberto, por 45 a 55 minutos, até que esteja firme e dourado na superfície.

Deixe esfriar um pouco (uns 5 minutos) e sirva em pratos de sobremesa, com creme de leite fresco OU chantilly OU uma bola de sorvete de baunilha por cima.

Você pode fazer esta receita com qualquer fruta seca, incluindo groselhas ou uvas-passas. Andrea gosta de damascos, a mamãe prefere tâmaras e Michelle achou gostoso com peras secas. Não experimentamos com ameixas. Carrie Rhodes é a única pessoa que conheço que gosta de ameixa seca (e não vou fazer nenhum comentário sobre isso!).

Capítulo 6

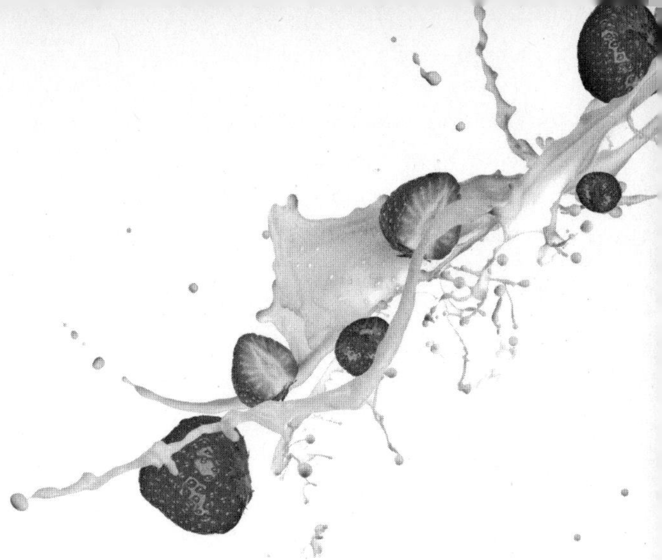

– Oh, Hannah, você veio!

– Claro que vim. Eu disse que viria. – Hannah tentou dar um sorriso alegre, mas foi difícil. Danielle estava sentada, havia traços de lágrimas recentes em seu rosto, e ela estava com aquela expressão que Hannah imagina ser de um cachorrinho surrado.

– Achei que não fossem deixar que eu tivesse visitas. – A voz de Danielle falhou um pouquinho.

– Não iam, mas eu os convenci. – Danielle tinha "vítima" estampado no rosto e Hannah sabia que precisava fazer algo ou elas seriam derrotadas antes mesmo de começar. Danielle precisava de uma carga de coragem e a crença de que controlava seu próprio destino.

– Coma um *cookiezinho* de chocolate. – Hannah enfiou a mão no saco e deu-lhe um. Depois deixou o saco ao alcance de Danielle, na mesinha de cabeceira. – O chocolate vai animá-la e dar um pouco de energia.

Danielle mordeu o cookie e surgiu um sorriso fraco em seus lábios.

– Obrigada, Hannah. São gostosos. Não consegui comer meu almoço. Você deveria ter visto...

– Eu vi. Eu também não teria comido. – Hannah interrompeu. Discutir a comida do hospital seria apenas perda de tempo. – Andrea está lá fora, falando com Rick Murphy. Eu não queria dar a ele a chance de nos ouvir. Precisamos conversar, Danielle.

Danielle ficou consideravelmente animada.

– Então, você vai me ajudar?

– Claro que vou, mas preciso lhe fazer algumas perguntas sobre Boyd. Você pode esquecer o quanto está se sentindo mal, por um minuto, e se concentrar?

– Eu me sinto bem melhor agora, com você aqui. – O rosto de Danielle ganhou um pouquinho de cor e ela bateu de leve na lateral da cama. – Sente-se, Hannah, e eu lhe direi tudo que sei. Não é muito. Tudo aconteceu exatamente como eu disse, ontem à noite.

–Você pode saber de alguma coisa, sem saber que sabe. – Hannah percebeu que ela tinha dito algo confuso e tentou outra tática. – Farei as perguntas e você responde, está bem?

– Certo. Só me fale uma coisa antes. Eles vão me prender?

– Não, se eu tiver algo para falar a respeito. Pelo que ouvi, eles vão mantê-la no hospital por pelo menos cinco dias.

– Isso é melhor do que ir para a cadeia – disse Danielle, mas ela não pareceu convencida. – Eu não o matei, Hannah. Você acredita em mim, não acredita?

Hannah esticou o braço e afagou a mão dela.

– Eu acredito em você. Por isso que Andrea e eu vamos tentar pegar o verdadeiro assassino. Agora, pense nisso cuidadosamente, Danielle. Pode ser muito importante. Você notou alguma mudança no comportamento de Boyd ultimamente? Digamos, na última semana? Qualquer coisa que o tenha deixado zangado ou aborrecido, de forma incomum?

– Bem... – Danielle hesitou e Hannah sabia que ela estava repensando. – Ele ficou muito zangado com o The Gulls. Eles perderam nove arremessos no último jogo. Mas isso não era incomum. Ele sempre fica zangado, se eles perdem.

– E quanto às aulas dele?

– Estava tudo bem. Ele estava muito orgulhoso de sua turma do quarto período de história. Eles fizeram algum tipo de avaliação e todos foram muito bem.

– Ele estava tendo problemas com alguém do corpo docente?

– Não. – Danielle sacudiu a cabeça. – Estava tudo bem. A única coisa que consigo lembrar que *realmente* o aborreceu foi aquele telefonema que ele recebeu na terça-feira.

Hannah sentiu uma pontada de interesse. Danielle não havia mencionado uma ligação telefônica.

– Que telefonema foi esse?

– Um que ele recebeu logo depois de chegar em casa para o almoço. Eu estava fazendo sopa de tomate, no micro-ondas. Ele gosta... gostava.

O lábio de Danielle começou a tremer, quando ela mudou o verbo para o passado, e Hannah soube que seria melhor distraí-la.

–Vamos voltar ao telefonema de Boyd. Quem ligou para ele?

– Eu não sei. Ele não me disse.

– Mas você sabe que ele recebeu uma ligação?

– Sim. Boyd estava na sala, esperando que eu levasse o almoço, e eu atendi o telefone na cozinha. Era uma mulher, e ela perguntou pelo Boyd; então eu gritei para que ele atendesse na extensão.

–Você não reconheceu a voz?

– Não. Não era ninguém com quem eu já tivesse falado. Tenho certeza disso. Mas sei que era uma ligação local.

– Como sabe disso? – perguntou Hannah.

– Era meio-dia e eu ouvi o relógio da cidade bater uma hora.

– Você ouviu o relógio bater *uma hora*?

– Boyd estava reclamando disso outro dia. Ainda está programado para o horário de verão, porque Freddy Sawyer estava doente, com gripe, quando o horário antigo voltou. Adiantamos o relógio na primavera e atrasamos no outono, sabe?

– Sei.

– Bem, ninguém queria subir a escadaria e foi uma semana antes de Freddy voltar ao trabalho. Ninguém pareceu notar que o relógio estava errado e não reclamaram; então, eles resolveram deixar, até a próxima primavera.

– Não se admira. – Hannah achou engraçado. Havia épocas que as coisas eram bem relaxadas em Lake Eden. Vamos voltar ao telefonema. Dava para saber que idade tinha a mulher, pela voz dela?

Danielle pensou, por um momento.

– Ela não parecia jovem, como uma das alunas de Boyd, mas não era velha.

– Lembra-se de algo característico em sua voz?

– Bem... ela meio que embaralhava as palavras.

Hannah ficou atenta.

– Ela parecia bêbada?

– Na verdade, não. Era mais como um problema de fala. Minha avó costumava chamar isso de "boca cheia de papa". Acha isso importante, Hannah?

– Pode ser. Diga-me tudo que ela disse. Repita palavra por palavra.

– Está bem. A primeira coisa que ela disse foi *Boyd está?* Só que saiu engraçado. E quando eu disse que estava, ela disse *Ponha-o na linha*. Ela também disse isso meio fungado, não sei imitar.

– *Ponha-o na linha?* Isso não é meio grosseiro?

– Eu achei. Quero dizer, ela não me chamou pelo nome, nem disse "por favor", nada disso. Ela parecia estar com pressa. E eu sei que Boyd ficou muito zangado depois de falar com ela.

– Como sabe disso?

– Logo depois de falar com ela, ele entrou na cozinha como um raio, com o rosto vermelho e meio manchado. Ele sempre fica assim quando está zangado. A primeira coisa que ele fez foi me acusar de ouvir sua ligação particular, mas eu não ouvi, Hannah. Eu juro.

– Eu acredito em você. – Hannah achava que sabia o que havia acontecido a seguir. – Você se lembra do que ele disse?

– Sim. Ele disse que o telefonema não era da minha conta e eu merecia ser punida por ficar ouvindo. Eu jurei que tinha desligado logo depois que ele entrou na linha, mas... mas ele disse que não podia confiar em mim, e foi quando ele fez isso.

Danielle ergueu a mão até o olho roxo, e Hannah engoliu em seco. Boyd Watson tinha sido um covarde, mas não adiantaria nada falar disso agora.

– Você disse que desligou o telefone logo depois que Boyd pegou a extensão. Ouviu algum dos dois dizer alguma coisa antes de desligar?

– Ouvi Boyd dizer alô. Tive de ficar na linha, até que ele pegasse, ou a ligação seria desligada. E ouvi a primeira coisa que a mulher disse a ele. Foi *Boyd, nós precisamos conversar.*

– Foi tudo que ouviu?

– Foi. Quando desliguei, até dei uma batidinha com o fone, para que Boyd soubesse que eu tinha saído da linha.

– Então Boyd ouviu você desligar, mas ainda assim acusou-a de ficar ouvindo?

– Isso mesmo. Eu sei que parece terrível dizer, agora que Boyd está... morto, mas eu acho que ele estava todo agitado por causa da ligação e procurou briga. Sabe como as pessoas ficam quando estão frustradas. Precisam descontar em alguém e eu... eu estava ali.

Isso já estava bom para Hannah. Ficou claro que a ligação havia sido importante.

– O que Boyd fez, depois de acertá-la?

– Ele pediu desculpas e me abraçou. – O lábio de Danielle voltou a tremer. – Ele pegou um pouco de gelo para o meu olho, depois logo ligou para o Dr. Holland.

Hannah já sabia que o Dr. Holland era o terapeuta de Boyd. Danielle lhe dissera isso antes.

– Quanto tempo Boyd falou com o Dr. Holland?

– Somente o tempo para marcar uma consulta de emergência. Depois ele ligou para a escola, para arranjar um substituto para suas aulas vespertinas, e foi de carro até St. Paul, para ver o Dr. Holland em sua clínica.

Hannah fez uma anotação mental: "verificar se Boyd compareceu à consulta". Isso não seria fácil. O Dr. Holland era psiquiatra e psiquiatras não gostam de dar nenhuma informação sobre seus pacientes.

– A que horas Boyd voltou para casa?

– Pouco depois das seis. Eu sei porque pus o chili para cozinhar à cinco e meia, e no pacote dizia que tinha de cozinhar por trinta minutos. Estava tudo pronto quando Boyd chegou em casa, e ele gostou muito. Ele disse que foi o melhor chili que eu já tinha feito. E ele foi muito meigo comigo, até a hora em que ele... ele morreu.

Hannah não conseguia pensar em nada para dizer. O agressor de esposa tinha sido meigo com ela depois de agredi-la. Em seu dicionário, aquele era um elogio bem fraco.

– Esse quarto é bonito, não é, Hannah? – Danielle mudou de assunto e Hannah assentiu. Ela ainda estava doente e já tinha sido suficientemente interrogada por um dia. – Sinto falta da minha casa, mas aqui não é tão ruim.

Quando Hannah olhou em volta, percebeu que o chocolate que ela empurrara para Danielle tinha cumprido sua função. O quarto de hospital era perfeitamente comum e lembrava um quarto de hotel barato, mas surpreendentemente limpo.

– Disseram-me que as moças luteranas fizeram essas mantas. – Danielle esticou o braço para alisar a manta em *patchwork*, na cama. – E algumas das outras moças da igreja doaram os quadros. Eu gosto daquele, ao lado da janela. Boyd e eu sempre planejamos fazer uma viagem para ver o mar.

Hannah levantou para olhar a paisagem marítima que Danielle mencionara. Depois outro quadro chamou-lhe a atenção – um que estava pendurado dentro da porta aberta do banheiro. Era um bordado de duas mãos enlaçadas, com a legenda "Ofereça sua dor como um tributo ao Senhor".

Hannah ficou irritada com o bordado. Se o Senhor fosse piedoso, como os três clérigos locais insistiam, Ele certamente não ia querer que alguém sofresse. E a ideia de que a dor poderia ser um tributo era bárbara!

– O que foi, Hannah? – perguntou Danielle. –Você encontrou outro belo quadro?

– Não. O Dr. Knight deixa você levantar para usar o banheiro, Danielle?

– Ainda não. Ele diz que estou fraca demais e posso escorregar e cair. Mas ele me prometeu que eu poderia levantar amanhã.

– Que bom. – Hannah escondeu o bordado com o corpo, removeu-o da parede e o pôs no bolso maior da parka. Ela deixou a consciência tranquila dizendo a si mesma que aquilo não era roubar, já que amanhã pretendia trazer a moldura de volta, com algo mais apropriado dentro. – É melhor que eu vá, Danielle.

–Você vai procurar a mulher que fez aquela ligação?

– Esse é o plano. – Hannah foi até Danielle e afagou seu ombro. – Amanhã eu voltarei para vê-la. E, enquanto eu estiver fora, tenho um dever de casa para você.

Danielle sorriu.

– Se eu fizer meu dever de casa, você vai trazer mais cookies de chocolate para mim?

– Com certeza – prometeu Hannah. – Quero que você faça uma lista, Danielle. Escreva os nomes de todos que tinham alguma razão para estar zangados com Boyd.

– Mas Boyd não fez nada de errado, Hannah. Por que alguém estaria zangado com ele?

Hannah percebeu que Danielle estava ainda em fase de negação, e nada que ela dissesse poderia convencê-la de que Boyd não tinha sido um bom marido, um bom vizinho, um bom homem.

– Não importa se Boyd fez ou não algo errado. As pessoas ainda ficam zangadas com as outras, e seus motivos nem sempre se justificam. Há três meses, Herb Beeseman multou minha mãe por excesso de velocidade. Ela admite que estava correndo, mas ainda está zangada com ele.

– Entendo o que você quer dizer. – Danielle abriu a gaveta de seu criado-mudo e tirou um bloco de anotações da Delegacia de Polícia do Condado de Winnetka e uma caneta. – Mike Kingston me deu isso. Engraçado, Hannah. Ele me pediu para fazer o mesmo tipo de lista.

– Pediu? – As sobrancelhas de Hannah se ergueram. Talvez ela tivesse sido precipitada ao julgar Mike. Se ele havia pedido a Danielle que fizesse a lista, talvez não estivesse se curvando ao xerife, no fim das contas. – Escreva o nome de todo mundo em quem você conseguir pensar e dê uma cópia a cada um de nós. Liste qualquer um que tenha se irritado com Boyd, independentemente do motivo.

Danielle abriu o caderno e esticou o braço para pegar outro cookie.

– Fico contente que você tenha me pedido para fazer algo, Hannah. Faz com que eu sinta que estou ajudando. Mas você tem certeza de que quer que eu escreva *todo mundo*?

– Tenho certeza.

– Mesmo que seja por causa de algo tolo?

– Não deixe ninguém de fora.

– Está bem. – Danielle escreveu um nome na primeira linha. – Vou começar com Norman Rhodes.

– Norman? – Hannah ficou surpresa. – Por que Norman ficou zangado com Boyd?

– Porque ele cancelou três consultas seguidas e depois sua obturação temporária caiu. Norman não ficou nada contente de ter de ir ao consultório à meia-noite para colar de volta.

Hannah repensou suas instruções originais.

– Talvez seja melhor que você faça uma anotação do *motivo* pelo qual cada pessoa estava zangada com Boyd. Isso facilitará muito para mim.

– Certo. Farei isso. Eu a vejo amanhã, Hannah. Terei a lista pronta para você, eu prometo.

Hannah deu um tchauzinho e seguiu para a porta, deixando que Danielle trabalhasse. Se a forma como a caneta de Danielle voava pelo papel indicasse algo, ela teria uma lista de suspeitos tão longa quanto a lista telefônica de Lake Eden.

– E então? – perguntou Andrea, no instante em que Hannah se sentou atrás do volante.

– Então que deixei Danielle fazendo uma lista das pessoas que estavam zangadas com Boyd. – Hannah afivelou seu cinto de segurança e girou a chave na ignição. – E ela me contou sobre um telefonema estranho que Boyd recebeu na terça-feira, quando voltou para casa para almoçar.

Andrea ouviu, enquanto Hannah lhe contava sobre a ligação telefônica e como Boyd tinha deixado o olho de Danielle roxo logo depois de desligar. Depois que Hannah contou a história toda, Andrea disse:

– Danielle está certa. A ligação poderia ser a chave do assassinato de Boyd. Quem você conhece que tem problemas de fala?

– Tem o Freddy Sawyer, mas é do sexo errado. – Hannah estava se referindo ao homem com um leve retardado mental que fazia trabalhos pela cidade. – E Lydia Gradin, ligeiramente fanha, mas ela não embaralha as palavras. E você? Conhece alguém?

Andrea pensou a respeito enquanto Hannah dava ré, saindo da vaga do estacionamento:

– Tem a Sra. Knudson. Ela tem embaralhado a pronúncia das palavras desde aquele derrame.

– A Sra. Knudson tem oitenta anos e Danielle disse que a mulher parecia jovem – lembrou Hannah. – Também disse que a mulher era grosseira. Dá para imaginar a avó do Reverendo Knudson sendo grosseira?

– Não, ela é sempre muito educada. Tem a Loretta Richarson. Ela ainda tem aquele arrastado do Sul, mas Danielle reconheceria sua voz. E Helen Barthel, que às vezes gagueja quando está nervosa, mas ela não embaralha as palavras.

– Mais alguém? – Hannah contornou o hospital e desceu pelo caminho coberto de neve.

– Acho que não. Só pode ser alguém que não conhecemos. Danielle tem certeza de que a ligação era local?

– Tem. – Hannah freou no sinal de PARE, olhou em ambas as direções e entrou na Rodovia Old Lake. – Pode ser alguém que tenha vindo para a cidade para o concurso. A maioria está hospedada desde a manhã de terça. Você tem tempo para dar uma corrida até o Hotel Lake Eden?

– Não tenho nada além de tempo. Tracey só sai da escola às quatro e hoje é meu dia de folga. Eu ainda estaria na cama se não fosse por Lucy Richards. Aquela bruxa me ligou no raiar do dia hoje de manhã!

– Bruxa?

– Sim, não posso falar palavrão porque sou mãe. Como diz a professora de Tracey, os mais miudinhos ouvem melhor.

– Eu não sou miudinha, sou grandona. Você não vai me corromper. – Hannah sorriu, virando na estrada que conduzia à margem do lago. – E eu concordo totalmente com você quanto a Lucy Richards. Ela foi à loja, hoje de manhã, e tentou me pressionar para tirar informação sobre o assassinato de Boyd.

Andrea pareceu surpresa.

– Como foi que ela descobriu que você esteve lá?

– Ela disse que uma de suas fontes lhe disse. Fiquei repetindo que eu não sabia de nada e, se soubesse, não poderia dizer, mas levei dez minutos para me livrar dela.

E isso não é nada. Quando ela finalmente foi embora, saiu sem pagar pelos cookies e o café.

– Lucy é a pessoa mais mal-educada que eu conheço. – A voz de Andrea foi dura, e Hannah sabia que ela ainda estava zangada pelo telefonema cedo. – Se ela embaralhasse as palavras, eu desconfiaria que ela fosse a mulher que ligou para Boyd.

– Mas ela não fala assim.

– Eu sei.

Hannah virou à direita, na placa que dizia "Hotel Lake Eden", e seguiu pela estrada de pedrinhas que passava por uma alameda de carvalhos. Seus galhos eram pretos e escuros, contrastando com o céu carregado, e pareciam mortos como pregos. Claro que não estavam. Novas folhas verdes começariam a despontar com o primeiro sopro de primavera. Era sempre assim. Ela emergiu em meio aos carvalhos, fez a curva e a casa imensa e rústica surgiu à vista.

– Este hotel é simplesmente deslumbrante – comentou Andrea. – Toda vez que venho aqui de carro fico impressionada.

– Eu também. Sally e Dick gastaram muito tempo e dinheiro reformando esse lugar.

Hannah entrou no estacionamento e começou a procurar vaga. Estava cheio de carros de hóspedes, e o único que ela reconheceu era o velho ônibus VW de Dick. Ele estava estacionado no último local disponível da fileira dos fundos e Hannah encostou ao seu lado, criando sua própria vaga. Essa era uma vantagem de ser dona de um veículo com tração nas quatro rodas durante o inverno. A Suburban conseguia abrir seu próprio espaço na neve acumulada.

– Você tinha de estacionar aqui? – reclamou Andrea, abrindo a porta do passageiro e olhando para a neve no chão.

– Sim. Todas as vagas comuns estão ocupadas. Passe para cá e saia pelo meu lado. Tem menos neve aqui.

Enquanto Andrea passava para o outro lado, Hannah pensava na linhagem do Hotel Lake Eden. A construção original estava na família Laughlin há cinco gerações. Erguida no fim do século XIX, o tataravô de Dick não poupara gastos para construir seu refúgio de verão. Franklin Edward Laughlin, um magnata pouco conhecido do ferro, juntava a família, os empregados e quaisquer amigos que desejassem passar alguns meses às margens do lago, e todos viajavam de carruagem até a mansão de quarenta cômodos, que ele modestamente chamava de "Chalé Lake Eden".

– Esse lugar é praticamente um monumento ao tataravô de Dick, não é? – Andrea desceu e conduziu o caminho até a entrada do hotel.

– Isso é o que eu sempre achei – concordou Hannah.

F. E. Laughlin devia considerar sua casa de veraneio um palácio pessoal, porque ele criou um fundo para ser utilizado exclusivamente na manutenção da propriedade.

O "chalé" em condições impecáveis, mas nunca modernizado, havia passado de filho mais velho para filho mais velho, até que Dick o herdara, quatro anos antes. A fortuna do ferro de F. E. também passara adiante, como parte do legado, mas não tinha ido tão longe. Quando Dick herdou o "Chalé Lake Eden", os cofres da família estavam quase vazios.

Hannah olhava em volta, enquanto elas caminhavam, passando pelas plantas ornamentais de Dick. Seus arbustos eternamente verdes cresciam lindamente, e todos os animais eram reconhecíveis. A juba do leão ainda não estava totalmente cheia, mas uma temporada cuidaria disso. O esquilo, com seu rabo viçoso, estava tomando forma, e o urso tinha um ótimo visual – estava de pé, nas patas traseiras, e já tinha um metro e meio.

Dick e Sally estavam morando em Minneapolis quando ele herdou o hotel. Eles vieram olhar a propriedade, apaixonaram-se pelo local e se mudaram para Lake Eden na semana seguinte. Eles haviam sido forçados a obter empréstimos pesados para a instalação elétrica, hidráulica e uma cozinha moderna, com eletrodomésticos industriais, mas a aposta estava compensando. No ano passado, Dick e Sally estiveram lotados durante toda a temporada e o Hotel Lake Eden finalmente vinha apresentando lucro.

– Algo certamente cheira bem – disse Andrea, assim que elas subiram os degraus de madeira e empurraram a porta da frente para abri-la.

– Cheira mesmo. – Hannah sorriu ao entrar no imenso *lobby*, com suas vigas de madeira maciça e lareira gigantesca de pedras. O cheiro no ar era de dar água na boca. Era provocadoramente picante e, por trás do tempero, ela pôde detectar um toque de chocolate. Só podia ser o Frango ao *Mole* de Sally, um de seus pratos prediletos.

– Venha, Andrea. Vamos até o bar. – Hannah seguiu rapidamente, rumo ao bar com forração de madeira, que também servia de salão de jantar. – Se o bufê ainda estiver servido, eu vou convidá-la para o almoço.

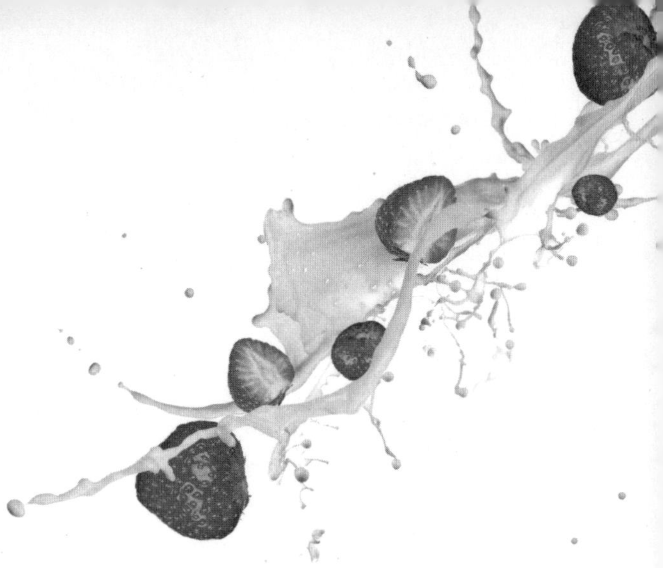

Capítulo 7

No instante em que elas entraram no bar, Hannah avistou Sally Laughlin. Era difícil deixar de vê-la, com sua blusa laranja de gestante. O primeiro filho dos Laughlin nasceria em janeiro, e Sally estava sentada numa banqueta do bar, com os pés apoiados na do lado. A mesa de bufê ainda estava posta e Hannah virou-se para Andrea:

– Espere até provar o Frango ao *Mole* de Sally, é fantástico.

– Nunca ouvi falar de Frango ao *Mole*. O que é?

– Culinária mexicana, frango cozido em molho de chocolate amargo, com uma porção de temperos.

– Frango e chocolate? – Andrea estremeceu. – Isso não parece muito apetitoso.

– Mas é. Apenas experimente e verá. – Hannah conteve um sorriso. Ela devia ter lembrado que Andrea não era muito aventureira quando se tratava de comida. No último Dia de Ação de Graças, Hannah tinha acrescentado pimentões vermelhos e castanhas-d'água no recheio do peru e Andrea recusou-se a experimentá-lo.

– Venha, Andrea. Vamos cumprimentar Sally. Acho que o Dr. Knight está errado quanto à previsão de seu parto. Ela parece estar quase pronta para estourar.

Andrea olhou, como se fosse contestar aquela mudança de assunto, mas ao ver Sally esqueceu de dizer a Hannah que tivesse mais tato.

– Espero que todos esses hóspedes não sejam demais para ela. Ela não parece muito confortável.

– Olá. – O rosto de Sally iluminou-se com um sorriso, assim que elas se aproximaram de sua banqueta. – Estou apenas fazendo uma pausa. O que estão fazendo por aqui, meninas?

– Viemos por causa do Frango ao *Mole* – respondeu Hannah, antes que Andrea pudesse dizer alguma coisa.

– Então vão fazer seus pratos e voltem aqui. Vocês podem me contar todas as fofocas locais.

– E você pode nos contar todas as fofocas dos seus hóspedes. – Andrea agarrou a oportunidade para mergulhar na conversa. – Adoro saber sobre as pessoas de fora da cidade.

Hannah esperou até chegarem à mesa do bufê e virou-se para a irmã.

– Essa foi boa, Andrea.

– O quê? – Andrea pegou um prato e serviu um pouco de salada de espinafre.

– O papo de que você adora saber sobre as pessoas de fora da cidade.

– Ah, isso. – Andrea descartou o comentário acenando com a pegador de salada. – Só achei que Sally ficaria mais inclinada a falar conosco se disséssemos que estamos interessadas. Eu só gostaria que você não tivesse dito que viemos pelo Frango ao *Mole*.

– Por que não?

– Porque agora terei que pegar um pouco, e como vamos nos sentar no bar, com Sally, terei de comer.

– Relaxe, você vai gostar. – Hannah afagou-a no ombro. – E pense no quanto irá se divertir contando a Tracey sobre isso.

– Isso era o que você sempre costumava falar, quando fazia o jantar e não ficava bom. *Isso é realmente exótico, Andrea. Experimente um pouco para que possa contar às suas amigas.*

Hannah ficou acanhada. Andrea era esperta e qualquer coisa que ela dissesse pioraria. Ela observou a irmã pegar um pouquinho do *mole* e um bocado de macarrão com queijo, em silêncio. Ela não cometeria o equívoco de dizer a Andrea que o macarrão com queijo de Sally não era de caixinha.

Depois que seus pratos estavam servidos, Hannah seguiu na frente, de volta ao bar, e elas subiram nas banquetas ao lado de Sally. Hannah gostou quando Andrea experimentou o Frango ao *Mole* primeiro. Quando ela era criança, fazia a mesma coisa com os legumes.

Andrea mastigou pensativa, depois sorriu para Sally:

– Isso está maravilhoso, Sally. Eu não tinha certeza se iria gostar de frango com chocolate, mas gostei.

– Obrigada. Os hóspedes também elogiaram muito. Comida de bufê é bem comum, mas eu tento fazer um prato diferente, todos os dias, para mantê-los interessados.

– Eles formam um grupo bom? – perguntou Hannah, abrindo caminho para a conversa sobre os hóspedes.

– Super. Claro que alguns competidores estão um pouquinho nervosos. É importante, sabe.

– Que tal as três moças que foram eliminadas ontem à noite? – perguntou Hannah. – Sei que eu não deveria dizer isso diante das circunstâncias, mas aposto que não ficaram muito contentes com o que Boyd Watson disse na televisão.

– Isso é pouco! – Sally riu. – Elas estavam se mordendo de raiva quando voltaram para cá, mas a moça que ganhou foi tão legal com elas que todas se acalmaram e se divertiram na festa.

– Então todas as três estavam na festa? – perguntou Andrea, aproveitando perfeitamente a deixa de Hannah.

– Estavam aqui, assim como suas famílias; então, pode esquecer delas.

– Esquecer delas? – Hannah tentou fazer uma expressão de inocência.

– Ora, vamos, Hannah. – Sally esticou o braço e de um apertãozinho no braço dela. – Eu sei por que você está perguntando e fiquei imaginando quanto tempo ficaria de papo furado. Imaginei que fosse por uns cinco minutos, mas estava errada.

Hannah ficou impressionada. Sally era ligeira.

– Não sou boa de papo furado. Sou melhor quando já entro de sola.

– Como está a esposa de Boyd? Deve ter sido um choque horrível.

– Foi. – Hannah decidiu confidenciar a Sally. – E, para piorar as coisas, ela é a principal suspeita.

Sally deslizou os pés para tirá-los da banqueta e sentou-se mais ereta.

– Não foi ela, foi?

– Não, e Andrea e eu esperamos *provar* que não foi. Se eu lhe contar uma coisa, você promete não espalhar?

– Pode contar comigo. Eu só encontrei Danielle uma vez, mas gostei dela. E ela certamente não parecia ser do tipo que mataria o marido. Mas tenho de admitir que não gostei dele. Eles vieram até aqui para jantar, no verão passado, e ele só reclamou. Depois que eles foram embora, Dick disse que sentia pena dela. Nós só tivemos de aturá-lo algumas horas, mas ela estava empacada com ele, pela vida toda.

– Uma vida curta – frisou Hannah. – Danielle tinha uma boa razão para matar Boyd e isso é parte do problema. Mas nós temos uma pista provável.

– O que é?

– Danielle me disse que Boyd recebeu o telefonema de uma mulher, na terça-feira, por volta de meio-dia. Foi uma ligação local e Danielle não reconheceu a voz da mulher, mas disse que Boyd ficou realmente zangado depois de falar com ela. Nós achamos que pode ter sido uma de suas hóspedes.

Sally pensou a respeito, por um minuto, depois assentiu.

– Isso certamente é possível. Quase todo mundo entrou antes de meio-dia e não havia nada programado até o banquete, às sete.

– Essa mulher tinha algum tipo de defeito na fala – Andrea disse a ela. – Danielle disse que ela embaralhava as palavras, mas não parecia bêbada.

Sally sacudiu a cabeça.

– Não notei ninguém com um problema assim, mas não tenho certeza se conheci todos os hóspedes. Por que vocês não dão uma passada pelas mesas, depois de terminarem o almoço? Esse pessoal fica por aí para o bufê de sobremesa.

– Isso não é nenhuma surpresa – frisou Hannah –, já que a maioria entrou no concurso. Talvez eles esperem ganhar algumas sugestões suas.

Sally pareceu contente ao descer da banqueta.

– Preciso correr. Dick está na cozinha recheando as bombas e eu tenho de cobrir com a calda de chocolate. O que você vai fazer na televisão esta noite, Hannah?

– Pudim de pão com damascos.

– Ah, que bom. Outra receita para o meu arquivo. Eu pedi à emissora que me passasse um fax com a receita do bolo amanteigado e fiz quatro ontem à noite. Você acha que posso servir com pêssegos em calda, já que os morangos estão tão caros?

– Com certeza. Você pode usar qualquer fruta enlatada ou congelada.

Sally saudou-a com um gesto de agradecimento:

– Obrigada, Hannah. Serei a primeira a ligar para a emissora, depois de assisti-la esta noite.

Quando Hannah e Andrea terminaram o almoço, elas seguiram em direção às mesas. O salão era imenso, e elas se separaram, cada uma cobrindo metade. Hannah seguiu direto na direção do Sr. Rutlege. Ela queria ver como ele estava se sentindo depois de seu calvário na cadeira de Norman.

– Oi, Sr. Rutlege. – Hannah estendeu a mão para apertar a dele. – Lamento muito que o senhor tenha saído do júri.

– Eu não lamento. – A bela mulher de cabelos castanhos, sentada ao lado dele, sorriu para Hannah. – Sou Belle Rutlege.

– Hannah Swensen.

– Eu sei. Vi você na televisão ontem à noite. Jeremy e eu éramos os únicos aqui. Todos os outros foram para a escola.

– Você ficou triste por seu marido não poder ter sido jurado?

– Fiquei triste pelo dente dele ter doído e ele ter passado maus bocados. Mas estou feliz que ele não tenha precisado falar na televisão ontem à noite!

– Por quê?

– Todos os nossos amigos, de casa, pensariam que ele teve uma recaída. Jeremy estava embolando as palavras, e ele é o líder do A.A. da nossa cidade!

Os sentidos de Hannah assumiram um alerta total diante dessa notícia. Ela virou-se para Jeremy Rutlege e perguntou:

– O senhor parecia bêbado?

– Como um gambá. Tentei explicar a Belle que era o curativo. Norman disse para deixar por doze horas. Mas toda vez que eu tentava falar, ela ria tanto que nem conseguia me ouvir.

Hannah passou mais alguns minutos papeando com eles, depois foi buscar Andrea. Ela esperou Andrea terminar sua conversa com o grupo ao qual se juntara e puxou-a para o corredor.

– Missão cumprida.

–Você encontrou a mulher que deu o telefonema? – Andrea ficou nitidamente empolgada.

– Não, mas sei onde procurar.Venha, Andrea.Vou explicar no caminho de volta à cidade. Precisamos ver Norman Rhodes antes que cheguem os pacientes de hoje à tarde.

Hannah apertou a campainha na janela da recepção e, quando Norman abriu a vidraça jateada, ela ficou chocada. Ele tinha olheiras escuras e parecia nervoso e inquieto.

– O que há de errado, Norman? – Hannah disparou.

– Nada. Acho que ultimamente tenho trabalho até muito tarde.

– Bem, não trabalhe tanto. – Hannah disse a primeira coisa que lhe veio à mente. Algo estava errado e não tinha nada a ver com o consultório de Norman, mas não era hora de perguntar sobre isso. Ela esperaria até ter um momento sozinha com ele.

– Bom conselho, Hannah. – Norman sorriu, mas foi uma imitação fraca de seu sorriso normal. – Olá, Andrea. Alguma emergência?

– Sim, mas não tem nada a ver com nossos dentes – Hannah disse a ele. – Preciso ver sua agenda de consultas, Norman. É realmente importante.

– Por quê?

– Não posso lhe dizer. É confidencial.

– E eu não posso deixar que você veja, pelo mesmo motivo.

– Ora, vamos, Norman. – Hannah tentou com seu melhor jeitinho, mas dava para ver que Norman não estava caindo na dela. – Está bem, eu lhe digo por que preciso. Tem a ver com o assassinato de Boyd Watson.

–Você está investigando, novamente? – as sobrancelhas de Norman se ergueram.

– Sim, mas Bill não sabe, e ele vai me matar se descobrir – respondeu Andrea. – Podemos confiar em você, com nosso segredo, não podemos?

– Claro.

– Então, podemos olhar sua agenda de consultas? – Hannah tentou aproveitar a vantagem.

Norman pensou por um momento, depois sacudiu a cabeça.

– Não posso deixar que façam isso, Hannah. Seria diferente se vocês, de fato, estivessem trabalhando com o departamento do xerife. Então, eu teria de colaborar. Mas não estão. Vocês entendem, não é?

Hannah ficou olhando para Norman. Ele parecia muito intenso e, enquanto ela olhava, uma das pálpebras dele fechou, numa piscada.

– Claro que entendo. Você não pode nos dar permissão. Seria uma violação de sua ética odontológica.

– Certo. Esperem um segundo. Vou deixá-las entrar pelos fundos. – Norman fechou a vidraça. Um instante depois, ele abriu a porta da parte interna da clínica e gesticulou para que elas entrassem. – É melhor eu fechar isso. É minha agenda de consultas. – Norman fechou uma agenda espiral de capa vermelha que estava sobre o balcão. – Vocês me dão licença, por um minuto? Tenho de verificar algumas radiografias.

Depois que Norman seguiu pelo corredor, Andrea virou-se para Hannah:

– O que foi tudo isso?

– Norman trata a lista de seus pacientes como segredo de Estado. Ele leva essa questão da confidencialidade muito a sério. Não pode nos dar permissão para olhar sua agenda de consultas, mas está nos dando a chance de olhar escondido enquanto ele está fora.

Andrea seguiu Hannah em volta da mesa, para que elas pudessem olhar a agenda de consultas:

– Isso parece meio tolo, mas eu não sou dentista. Sou corretora.

– E uma corretora não tem ética? – Hannah não pôde resistir em provocá-la um pouquinho.

– Claro que tem. Apenas são diferentes, só isso. Você quer checar a terça-feira à noite, certo?

– Segunda *e* terça. O Sr. Rutlege disse que precisava deixar o curativo por doze horas e Norman atende emergências depois do horário. A mulher que ligou para Boyd pode ter sido uma paciente que veio tarde, na noite de segunda-feira.

Andrea abriu a agenda na data de segunda-feira.

– Não há nada depois das seis e as duas últimas consultas foram homens.

– Certo. Experimente a terça de manhã.

As duas irmãs olharam a página abaixo, depois que Andrea tinha folheado. Norman estivera ocupado na manhã de terça.

– Anote os nomes, Andrea. Vou lê-los para você. – Hannah esperou até que Andrea pegasse um bloco de anotações e uma caneta. – Luanne Hanks, às oito. Sr. Hodges teve uma consulta às nove, mas você não precisa escrever. Depois, Amalia Greerson, e Eleanor Cox. É isso?

– É isso. – Hannah fechou a agenda e saiu de trás da mesa.

– Não pode ser a Amalia. – Andrea seguiu a irmã, olhando as anotações que tinha feito. – Ela ligou para o escritório pouco antes do meio-dia, na terça, e perguntou pelo Al. Eu atendi e ela não estava falando embolado.

– Certo. Risque-a. E risque Eleanor também.

– Por quê?

– Porque Danielle conhece sua voz. Elas eram vizinhas antes de Otis e Eleanor se mudarem do lago.

Andrea suspirou:

– Resta Luanne. Acha que devemos falar com ela?

– É claro. Ela trabalha no café até as seis. Vamos dar uma passada no caminho de volta.

– Já terminei de ver as radiografias. – Norman gritou lá de dentro, saindo da sala de tratamento e caminhando pelo corredor, na direção delas.

Hannah deu uma olhada para seu rosto preocupado e ficou imaginando se o que Delores lhe dissera sobre Lucy Richards teria algo a ver com isso. Ela tinha prometido à mãe que arranjaria tempo para Norman, e queria *mesmo* falar com ele a sós:

– Você vai ao concurso esta noite, Norman?

– Eu não perderia. Eu deveria ter dito algo antes, Hannah, mas acho que simplesmente não sou muito sociável.

– Hein? – Hannah ficou intrigada.

– O concurso. Eu tinha a intenção de dizer que você estava muito bem na televisão. E achei que você realizou um ótimo trabalho, fazendo com que os competidores se sentissem melhor depois que Boyd acabou com eles. Ele foi bem cruel, mas acho que talvez eu não deva dizer isso, agora que ele está morto.

– Não sei por que você não deveria dizer. É a verdade. – Hannah imaginou qual seria a reação de Norman se ele soubesse exatamente o quão cruel Boyd realmente fora.

– Eu sei, mas minha mãe está sempre dizendo que não se deve falar mal dos mortos.

– Isso é apenas uma velha superstição. Em algumas partes da Europa, as pessoas acreditavam que, se você falasse mal de alguém que tivesse morrido, ele voltaria para assombrá-lo. Você não acredita em fantasmas, não é, Norman?

Norman sorriu e sacudiu a cabeça:

– Nunca fui grande fã do oculto.

– São as pessoas vivas que podem feri-lo, não as mortas. – A voz de Andrea foi seca. – Agora, ninguém precisa se preocupar com Boyd Watson.

Hannah assentiu, sabendo que Andrea estava pensando nos maus-tratos que Danielle sofrera. Ela lançou um olhar de alerta para a irmã; afinal, o segredo não era delas para ser contado, e rapidamente mudou de assunto:

– Se você não estiver ocupado, por que não passa em meu apartamento depois do concurso, Norman? Faz muito tempo que não temos chance de conversar.

– Isso é verdade. – Norman pareceu satisfeito, ao concordar. – Estarei lá, Hannah.

A campainha da janela tocou e Norman abriu a vidraça.

– Olá, doutor. Estarei aí num segundo.

Depois ele se virou para Andrea e Hannah:

– Preciso voltar ao trabalho. Meu paciente da uma e meia chegou.

– O Dr. Knight? – perguntou Hannah, torcendo para que fosse. Ela poderia fazer algumas perguntas antes que Norman pegasse a broca.

– Não, Dr. Bennett. Nós fizemos um acordo. Eu cuido dos dentes dele e ele cuida dos meus.

Hannah ficou pensativa, enquanto eles caminhavam para fora da clínica. Ela nunca tinha pensado nisto, mas um dentista precisa de seu próprio dentista, assim como um médico precisa de seu próprio médico. Enquanto atravessavam a rua e seguiam rumo ao Café Hal & Rose, Hannah pensou se um confeiteiro de cookies precisaria de outra fonte de cookies, mas rapidamente rejeitou a ideia. Ela gostava de seus próprios cookies. Passara horas aperfeiçoando as receitas. Talvez estivesse sendo um pouquinho convencida, mas ela não via nenhum motivo para comer um cookie inferior quando os seus eram os melhores do estado.

Capítulo 8

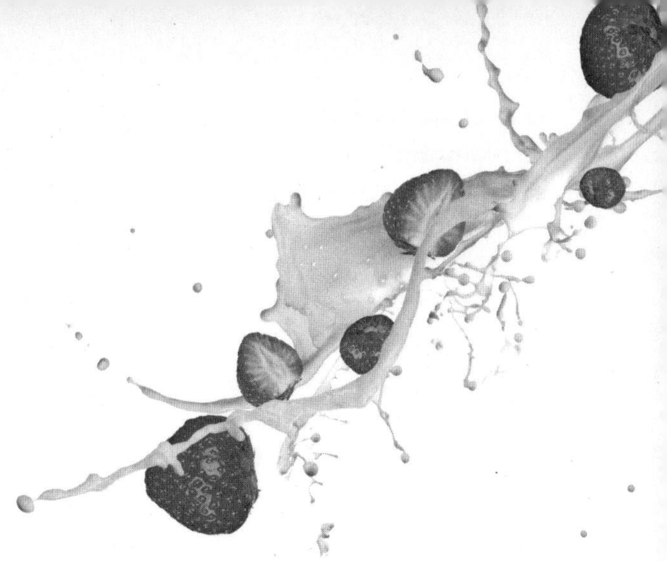

O Café Hal & Rose ficava no outro lado da rua da Clínica Odontológica Rhodes, na esquina da Rua Principal e da Segunda Avenida. O prédio de tijolinhos amarelos havia sido erguido nos anos 1940, e Harold e Rose McDermott eram os segundos donos. Havia um apartamento amplo de dois quartos no segundo piso e os McDermott moravam ali. Você podia contar que Rose começava a se gabar todo inverno, quando o clima esfriava, porque ela podia usar a escada interna e nunca precisava se agasalhar com parka e botas para ir ao trabalho.

Hannah empurrou a porta para abri-la e elas entraram no café. O ar exalava carne assada e Hannah quase lamentou por já ter almoçado. Temperada com um ramo de folhas de louro e alecrim e cercada de cebolas, batatas e cenouras inteiras, era um dos pratos prediletos de Hannah.

Rose era uma boa cozinheira e servia comida simples. Além de hambúrgueres, feitos à perfeição na grelha, seus pratos básicos eram a carne assada, peru com todos os acompanhamentos, e presunto, com batata caseira assada. Ela também servia sanduíches abertos, com as opções de recheio de carne, peru ou presunto. Cada sanduíche vinha com uma porção de purê de batatas e molho de carne. Os donos originais tinham pendurado uma placa acima da caixa registradora que dizia "Comida Boa e Barata" e Rose fazia jus à promessa. Hannah não conseguia pensar em outro restaurante no Condado de Winnetka em que um cliente poderia pedir um hambúrguer, batatas fritas e o que Rose chamava de "xícara de café sem fundo", reabastecida à vontade, por duas pratas.

O movimento do almoço já tinha passado há tempo, e as mesas fixas de madeira que perfilavam a parede lateral estavam vazias, mas havia o pessoal costumeiro, sentado diante do longo balcão de madeira. Ed Barthel estava sentado numa ponta, com a banqueta virada, para que pudesse espiar lá fora pela imensa janela de vidro e observar as moças que entravam na loja de tecidos Trudi Schuman, para o encontro do clube de costura. Estava bem óbvio que ele levara a esposa Helen de carro até a cidade para a reunião, e estava matando tempo com uma xícara de café, antes de levá-la de volta para casa.

Richard Bascomb, prefeito de Lake Eden, estava sentado na outra ponta do balcão. Richard era um bom político, um belo homem de cabelos grisalhos, de cinquenta e poucos anos, com um verdadeiro talento para a política de cidades pequenas. Hannah tinha de admitir que ele era um bom administrador. Lake Eden vivia tranquilamente sob seu mandato. Mas havia algo no prefeito de que ela não gostava. Ela achava ser sua falta de sinceridade. O Prefeito Bascomb fingia ser um bom camarada de todos, mesmo que nunca tivesse visto a pessoa, e ele estava sempre de olho num bom contato político. Em seu último evento de arrecadação de fundos, ele veio até a mesa de Hannah depois que ela fez uma doação de cookies e café, e, enquanto a elogiava por ter feito um bom trabalho, já estava olhando por cima de seu ombro, avistando outra pessoa mais importante na sala.

Enquanto elas caminharam em direção ao balcão, Hannah ouviu vários ruídos vindos da sala dos fundos. Alguém devia ter vencido no jogo de pôquer que começava quando o café abria, pela manhã, e só acabava quando Rose apagava as luzes e dizia a todos que estava na hora de fechar. A sala dos fundos era território de Hal. Ele adorava jogar pôquer e chamava sua sala de "local do banquete privativo". Até onde Hannah sabia, nunca havia sido servido um banquete por trás da porta cortinada, mas havia cerveja e café de sobra, e um estojo de charutos sempre abastecido. Qualquer jogador local de pôquer era bem-vindo a entrar no jogo. A designação "privativo" era uma maneira de Hal burlar a lei que proibia fumo e jogo em restaurantes públicos.

Andrea cutucou Hannah e gesticulou na direção dos pôsteres coloridos, junto às mesas do fundo.

– Rose até que podia ter um bom decorador. Está vendo as datas naqueles pôsteres de leilão rural? Alguns têm mais de vinte anos.

– Será que ela está esperando que virem antiguidades?

– Vão virar, mas só daqui a trinta anos. E, mesmo assim, não consigo imaginar quem iria querer comprá-los.

Luanne Hanks veio da sala dos fundos, carregando uma cafeteira cheia até a metade. Quando ela viu Hannah e Andrea, colocou a jarra na chapa quente e apressou-se em ir até elas:

– Oi. Ainda temos presunto e peru, se quiserem almoçar.

– Só café – respondeu Hannah. – Tudo bem se sentarmos a uma dessas mesas?

– Claro que sim. Podem sentar que eu já vou lá.

Hannah e Andrea se sentaram e esperaram que Luanne trouxesse o café. Não demorou muito. Luanne apareceu carregando uma bandeja em menos de um minuto.

– Preto para você. – Luanne colocou a caneca na frente de Hannah. – E você gosta com creme, não é, Andrea?

– Como se lembrou disso, Luanne? Quase não venho aqui.

– Truques do ofício. – Luanne sorriu modestamente. – Vocês têm certeza de que não querem algo com o café?

Hannah sacudiu a cabeça.

– Temos certeza. Você tem um segundo, Luanne? Precisamos muito falar com você.

– Claro. Rose deu uma subidinha, mas agora já voltou. O que foi?

– Precisamos perguntar sobre sua consulta odontológica. Você foi ao Norman na terça-feira às oito?

Luanne pareceu surpresa:

– Sim. Quebrei um dente na segunda à noite e o Dr. Rhodes consertou para mim. Ele é um dentista muito bom e eu entrei e saí em quinze minutos. Nem precisei tomar anestesia.

– Então, ele só obturou seu dente? – perguntou Hannah, trocando olhares com Andrea. Não parecia que Luanne era a mulher que havia ligado para Boyd.

– Isso mesmo. Eu ia deixar para lá. Realmente detesto ir ao dentista, mas ficava passando a minha língua, toda hora, e Rose notou. Ela me fez ir.

Hannah assentiu. Outra suspeita eliminada.

– Você foi a primeira paciente de Norman, naquela manhã?

– Não. Outra moça chegou cedo, mas ela já tinha ido embora quando eu cheguei.

– Ele lhe disse isso? – perguntou Andrea.

– Não exatamente. Mas havia uma echarpe no encosto da cadeira e eu a entreguei a ele. Ele disse que sua primeira paciente devia ter esquecido, e ele devolveria quando ela voltasse para a próxima consulta.

– Mas você não sabe quem era?

– Só sei que ela comprou a *minha* echarpe. – Luanne suspirou profundamente.

– Sua echarpe?

– Uma que eu compraria de presente para minha mãe. Você tinha de ver, Hannah. Claire Rodgers a pusera na vitrine da Beau Monde. Era de caxemira verde-escura, com rosas bordadas. Minha mãe realmente gostou, e eu estava juntando dinheiro para comprar para ela de presente de Natal. Acho que eu deveria ter pedido para reservar, mas era tão cara que achei que ninguém mais fosse comprar.

– Obrigada, Luanne – Hannah sorriu. Ela tinha a informação de que precisava. Se a echarpe era tão cara, Claire provavelmente lembraria quem comprou. – Como vai a Suzie?

– Crescendo sem parar. Agora ela está andando direitinho. Passem lá, qualquer hora, para nos visitar. Vocês duas são sempre bem-vindas.

– Iremos – prometeu Hannah. Luanne estava fazendo um belo trabalho, criando a filha sozinha. Devia ser difícil, pois ela também sustentava a mãe viúva.

– Você acha que ela já pode ter brinquedos, Luanne? – perguntou Andrea.

– Que tipo de brinquedo?

– Tracey tinha um brinquedo redondo, de plástico, com animaizinhos nos botões. Se você aperta a figura, ela emite um som. A vaca faz muu, o porco faz oinc. Acho que também tem um gato e um cachorro, e uma porção de outros.

– Suzie adoraria algo assim, de Natal. Onde você comprou?

– Foi um presente. Eu ainda o tenho; está por lá, em algum lugar. Se eu conseguir encontrar, você gostaria dele para a Suzie?

Luanne pareceu um pouquinho desconfortável. Hannah pôde ver que ela queria o brinquedo para Suzie, mas sempre fora orgulhosa demais para aceitar caridade.

– Bem... se você tiver certeza de que Tracey não quer mais...

– Ela não quer. Tracey não brinca com aquilo há anos. Vou procurar para ver se consigo achar. Mas talvez você tenha de comprar pilhas novas.

– Posso fazer isso – disse Luanne rapidamente, e Hannah elogiou a irmã em silêncio por sua delicadeza. Contanto que Luanne tivesse de comprar algo para fazer com que o jogo funcionasse, isso não seria exatamente caridade.

– Se eu achar, vou trazer. Provavelmente também há alguns outros. Ela tinha muitos desses brinquedos a pilha. Tudo bem se eu trouxer Tracey comigo? Ela gosta muito da Suzie.

– Claro. Suzie sempre pergunta quando ela virá brincar novamente. – Luanne pegou a bandeja e deu um passo atrás. – É melhor que eu volte ao trabalho. O prefeito Bascomb toma muito café e, a essa altura, provavelmente já precisa de um reabastecimento.

No instante em que Luanne saiu, Andrea debruçou-se sobre a mesa.

– Nós vamos à loja de Claire?

– Eu vou à loja de Claire – Hannah corrigiu-a, depois de dar uma olhada no relógio. – São quase três horas. Você terá tempo de distribuir alguns panfletos, no bairro de Danielle, antes de buscar a Tracey?

– Claro. Primeiro passo na Kiddie Corner e levo a Tracey comigo. Ela adora ir junto quando distribuo panfletos. Você quer que eu fale com os vizinhos de Danielle?

– Sim. Precisamos descobrir se alguém viu ou ouviu alguma coisa incomum, entre oito e meia e dez da noite de ontem.

– Farei isso, mas Bill e Mike já vasculharam o bairro. De que adiantará se eu fizer as mesmas perguntas?

Hannah percebeu que um pouquinho de adulação seria bom.

– Os vizinhos de Danielle podem lhe dizer alguma coisa que não diriam a um policial. Além disso, você é muito boa com as pessoas.

– Claro que sou. Sou corretora imobiliária. – Andrea envaideceu-se um pouquinho. – O Al tem uma pilha de calendários no escritório, e eu poderia distribuí-los pessoalmente. Nada como um brinde de graça para fazer as pessoas falarem. Você pode contar comigo, Hannah. Se os vizinhos de Danielle souberem de alguma coisa, eu vou descobrir o que é e lhe direi no concurso esta noite.

* * *

Hannah sabia que vinha se esquivando de suas responsabilidades e se sentia culpada em pedir a Lisa que olhasse a loja por mais alguns minutos.

– Tem certeza de que você não se importa, Lisa? Eu não devo levar mais de cinco minutos. Só preciso fazer uma pergunta à Claire.

– Sem problema – Lisa tranquilizou-a. – Os quitutes estão todos prontos e eu gosto de atender os clientes. – Lisa aproximou-se um pouquinho mais, para que os clientes que estavam na loja não ouvissem. – É sobre o assassinato de Boyd Watson?

– Sim, mas não mencione isso. Eu não deveria estar bisbilhotando por aí.

– Ordens de Mike? – Lisa esperou até que Hannah assentisse, depois sorriu. – As ordens de Mike que você planeja não seguir?

– Isso mesmo. E Bill não sabe que Andrea está me ajudando; portanto, é um segredo duplo.

– Eu gostaria de poder ajudar. – Lisa pareceu um pouco desolada. – Você não consegue pensar em algo que eu possa fazer?

Hannah pensou a respeito, por um instante.

– Fique de ouvidos em pé por aqui. Sua mãe provavelmente lhe disse para não ficar escutando a conversa dos outros, mas, nesse caso, é por uma boa causa.

– Farei isso, mas os clientes provavelmente não dirão nada na minha frente.

– Dirão, sim. Se você achar que alguém está falando sobre o assassinato, apenas leve a cafeteira e fique em pé, ao lado. As pessoas nunca prestam atenção em quem serve o café. É como se fôssemos invisíveis.

– Mal posso esperar para tentar. – Lisa parecia estar se divertindo. – Eu costumava desejar ser invisível no colegial. Simplesmente detestava quando a professora me chamava. Mais alguma coisa?

Hannah sabia que podia confiar em Lisa quando resolveu se confidenciar.

– Preste atenção em qualquer mulher jovem que embaralhe as palavras. Danielle disse que Boyd recebeu um telefonema de alguém assim, e isso o deixou muito zangado. A essa altura, é nossa única pista.

– Vou prestar atenção. Vá falar com a Claire e não se preocupe com nada por aqui. Deixe comigo.

Hannah saiu sorrateiramente pelos fundos e correu pelo asfalto coberto de neve até a entrada dos fundos da loja de Claire. O vento estava aumentando e, embora a Beau Monde fosse logo ao lado, Hannah estava tremendo quando chegou lá. Ela bateu freneticamente na porta dos fundos e esperou, com os braços enlaçados no corpo para manter-se aquecida, desejando ter levado sua parka. Os meteorologistas estavam prevendo que aquele seria o inverno mais frio já registrado. Se eles não estivessem exagerando, os moradores de Lake Eden teriam de se vestir com trajes de sobrevivência apenas para pegar o jornal de manhã.

– Oi, Hannah. – Claire destrancou a porta e acenou para que ela entrasse. – Onde está seu casaco?

– Ficou na loja. Você tem um minuto, Claire?

– Claro. Agora está tranquilo. A única pessoa aqui é a Marguerite Hollenbeck e ela está no provador. Fique à vontade. Só vou dar uma olhada nela e já volto.

Claire passou pela cortina florida que conduzia à loja e Hannah sentou-se no banco, diante da máquina de costura. A salinha dos fundos de Claire era pequena e abarrotada. Havia caixas de vestidos empilhadas no canto, uma tábua de passar com um ferro, que ficava sempre armada junto à parede dos fundos, e uma pequena escrivaninha que Claire usava para suas faturas e contas. Também havia um balcão grande que se estendia por toda a parede interna, e Claire usava-o para dobrar as roupas compradas, embrulhá-las em papel de seda e colocá-las nas caixas lilases da Beau Monde. Uma arara de vestidos longos ocupava grande parte do espaço restante, e estava repleta de trajes que aguardavam ajustes. Hannah notou um terno listrado de azul-turquesa, verde-limão e rosa-shocking, e ela sorriu quando viu o nome na etiqueta. Devia ter adivinhado que Betty Jackson o comprara. Betty sempre vestia listras verticais. Alguém lhe dissera que elas "emagrecem", mas não mencionaram que as listras não conseguem enganar ninguém para achar que um tamanho 48 é pequeno.

– Marguerite está bem – relatou Claire, ao passar de volta pela cortina. – Ela pegou cinco vestidos e ficará ocupada por um tempo. Está tudo certo com o seu vestido para esta noite, não?

– Está tudo perfeito – Hannah garantiu. Claire havia providenciado todos os seus trajes para o concurso, e as duas estavam gratas ao Sr. Hart. Claire estava grata porque ele pagou o preço de varejo e a aparição na tela era um bônus. Hannah estava grata porque o Sr. Hart lhe dissera para ficar com as roupas, e elas foram uma aquisição bem-vinda ao seu guarda-roupa limitado.

–Você vai usar o vestido verde-escuro esta noite?

– Sim. É realmente muito bonito, Claire. – Hannah sabia que ela jamais teria uma oportunidade melhor para perguntar a Claire sobre a echarpe. Ela decidira não deixar que Claire soubesse que ela estava investigando o assassinato de Boyd Watson. Já contara a um número suficiente de pessoas. – Eu vim por causa daquela echarpe que você tinha na vitrine, Claire. Achei que ficaria muito boa com o vestido desta noite e quero comprá-la.

– Que echarpe era?

– Uma verde-escura de caxemira, com rosas bordadas.

– Ah, *aquela*. – O rosto de Claire ficou num tom sinistro de palidez e ela recostou na mesa. – Lamento, Hannah, mas aquela echarpe... se foi.

– Alguém comprou?

– Não exatamente... É... Ela desbotou na vitrine e eu tive de devolver ao fabricante.

– Você tem outra igual?

– Não. As rosas eram bordadas à mão e era peça única. Por isso era tão cara.

Hannah observou enquanto Claire pegava a caixa de vestido para montá-la. Suas mãos estavam tremendo e ela parecia não olhar Hannah nos olhos. Só havia uma conclusão a ser tirada diante do súbito nervosismo de Claire. Ela estava mentindo.

– Tem certeza de que ninguém a comprou? – perguntou Hannah, novamente. – Eu sei que você fica atribulada antes do Natal. Talvez tenha vendido a alguém e se esquecido.

– Não esqueci. – Claire olhou Hannah diretamente nos olhos. – Ninguém comprou aquela echarpe, Hannah. Mas você realmente não precisa de uma com seu vestido. Ele é perfeito do jeito que está.

Hannah decidiu dar sossego a Claire e se levantou para sair.

– Você provavelmente tem razão. Foi só uma ideia, só isso. É melhor eu voltar para a loja. A Lisa está segurando as pontas sozinha e nós tivemos muito movimento hoje.

– E é melhor que eu volte à Marguerite, antes que ela ache que eu a desertei. – Claire ficou claramente aliviada pelo fim da discussão e caminhou até a porta dos fundos. – Vou vê-la na televisão esta noite.

Enquanto Hannah atravessou correndo o trecho de asfalto, ela tentou dar sentido ao que Claire lhe dissera. Quando Claire disse que a echarpe tinha desbotado na vitrine, ela estava mentindo. Mas quando ela insistiu que ninguém a comprara, ela estava dizendo a verdade. Era um quebra-cabeça e Hannah adorava desvendá-los, embora este a tivesse deixado desnorteada.

Hannah abriu a porta do forno e pôs o Pudim de Pão com Damascos lá dentro. Parecia estranho pôr algo num forno frio, mas ela lembrou a si mesma de que aquilo era o *show business* e Julia Child fizera a mesma coisa em seu programa. Então, quando o gerente de palco lhe deu o sinal positivo, Hannah abriu o forno de baixo e tirou a sobremesa que ela havia preparado antes do início do noticiário. Ela servira em pratinhos de sobremesa, enquanto Rayne Phillips dava o relato da meteorologia, e despejara creme de leite por cima, durante as notícias esportivas de Wingo Jones.

Hannah caminhou até a geladeira, abriu a porta e deparou-se com uma porção de prateleiras reluzentes. Elas estavam completamente vazias. Ela estivera tão ocupada com a investigação que tinha se esquecido de trazer o creme de leite!

Alguém estava acenando para ela, na lateral do palco, e Hannah avistou Lisa segurando o creme de leite. O gerente de palco também a viu e fez sinal para que ela fosse em frente, mas Lisa sacudiu a cabeça. Os gestos ficaram indo e vindo por um tempo, com o gerente fazendo um sinal de "venha cá", e a cabeça de Lisa sacudindo em recusa.

Hannah conteve um sorriso e o gerente de palco abaixou-se sob a câmera e foi até o local onde Lisa estava. Houve uma breve discussão, que Hannah podia imaginar qual era. *Ora, vamos, ela precisa desse creme de leite. Mas eu não posso! Pode, sim. Você não vai querer decepcioná-la, não é?* Finalmente Lisa, vermelha até a raiz dos cabelos castanhos, caminhou cenário adentro e entregou o creme de leite a Hannah.

Lisa virou rapidamente o rosto, para que público não pudesse vê-lo.

– Ele me disse para ajudá-la com as sobremesas.

– Bom. A ajuda será útil – sussurrou Hannah de volta. – Vou servir as tigelas e você põe o creme de leite. Depois vou levar a bandeja e você pode entregá-las aos repórteres, está bem?

Lisa concordou e elas serviram as sobremesas juntas. Elas tinham acabado de servir quando o gerente de palco sinalizou para que se aproximassem. Hannah veio com a bandeja e Lisa a seguiu, sob o olhar do repórter de notícias.

– É um rosto novo, pessoal – comentou Chuck Wilson, que em seguida se virou para Lisa. – Quem é você?

Lisa respirou fundo e Hannah adivinhou o que estava se passando na cabeça dela. Ela não tinha resposta. E pareceria uma idiota se não tivesse.

– Meu nome é Lisa Herman e eu sou assistente de Hannah no Jarro de Cookies.

– Obrigado, Lisa. – Chuck sorriu, enquanto olhava para o prato de sobremesa. – Isso parece delicioso. O que é, Hannah?

– Pudim de Pão com Damascos – respondeu Hannah, torcendo para que ele não fizesse outra pergunta à Lisa antes que ela terminasse de servir os jornalistas. As mãos de sua assistente já estavam tremendo e, se ela ficasse mais nervosa, Dee-Dee Hughes acabaria com Pudim de Pão com Damascos em seu suéter amarelo.

Parecia que Dee-Dee estava numa missão para chamar a atenção à sua silhueta perfeita, porque no instante depois que Lisa a servira, ela disse:

– O Natal está chegando e eu sei que preciso vigiar meu peso. Essa sobremesa não tem poucas calorias, tem?

– Não, mas tem metade das calorias de uma fatia de torta de maçã – Lisa surpreendeu Hannah ao responder. – E teria ainda menos se fosse servida com leite, em vez de creme de leite.

Hannah silenciosamente aplaudiu Lisa por calcular as calorias. Ela deve ter adivinhado que Dee-Dee Hughes faria as mesmas perguntas que fizera na noite anterior.

– Nunca comi um pudim de pão como este – Wingo Jones deu sua pequena contribuição. – Geralmente é feito com passas, não é?

– Sim – respondeu Hannah, dessa vez. – Mas não há problema em fazer com outras frutas secas.

Wingo pareceu confuso.

– Eu não sabia que passas eram frutas secas. Achei que fossem... passas. Sabe, da caixinha? Para uma dose rápida de energia?

– Passas são uvas secas – explicou Lisa. – Assim como há ameixa e ameixa seca.

Rayne Phillips lambeu os lábios, depois deu um sorriso feliz para a câmera.

– Isso é muito bom, pessoal! Vocês não vão nos dizer como conseguir a receita, para que possamos fazer em casa, Chuck?

Chuck Wilson seguiu a dica e explicou aos telespectadores que podiam ligar para a telefonista da KCOW e pedir uma cópia da receita de Hannah. Houve uma filmagem final dos repórteres com Hannah e Lisa, em pé atrás deles, depois o noticiário acabou.

Hannah esperou até que voltassem ao cenário da cozinha para começar a guardar as coisas. Elas trabalharam em silêncio, por um momento, depois ela se virou para Lisa:

– Foi você ótima esta noite, Lisa. Disse exatamente as coisas certas.

– Fui? – Lisa pareceu surpresa. – Eu jamais conseguiria se você não tivesse me pedido para ajudar a servir. Depois que comecei a trabalhar, esqueci que estava tão nervosa.

– Seu pai estava assistindo em casa? – Hannah pegou uma das caixas.

Lisa assentiu, pegando a outra e seguindo Hannah à lateral do palco.

– O Sr. Drevlow foi até lá para ficar com ele. Eu realmente espero que ele tenha gravado para mim. Eu não sabia que apareceria na televisão!

O gerente de palco esperava por elas e ouviu o comentário de Lisa.

– É melhor dizer a ele que grave uma fita amanhã à noite também. Acabei de receber uma ligação da cabine. Mason quer que você ajude Hannah diante das câmeras até o fim do concurso.

– Eu? – a voz de Lisa saiu ligeiramente esganiçada, de tão animada que ela estava. – Nossa, tenho de contar para o meu pai! Ele vai ficar tão empolgado que vou precisar pôr *A Noviça Rebelde* para fazê-lo dormir.

O gerente de palco pareceu intrigado, mas Hannah sabia exatamente o que Lisa queria dizer. Lisa lhe contara que pôr *A Noviça Rebelde* na televisão era como contar uma história para que o pai dormisse. A voz de Julie Andrews tinha um efeito tão calmante que Jack Herman nunca passava das primeiras cenas e já pegava no sono.

– É a voz dela – Lisa fez o melhor para explicar. – É muito calmante. E ele já assistiu tantas vezes que conhece a história.

O gerente de palco pareceu meio confuso; então Hannah interveio.

– Todos têm um truque diferente para adormecer. Meu pai costumava ouvir Wagner. Eu prefiro ler um livro ruim de culinária.

– Um livro *ruim* de culinária?

Hannah sorriu ao assentir.

– Um bom livro faz minha barriga roncar; então, eu realmente não consigo dormir.

Hannah despediu-se de Lisa, que estava explodindo de euforia, e saiu para procurar Andrea. Tracey estava escolhendo o nome do jurado substituto para aquela noite, e Hannah seguiu pelo corredor, até a sala de aula que o Sr. Purvis tinha designado como sala de maquiagem. Ela encontrou Andrea em pé, ao lado de Bill, observando o cabeleireiro pentear e borrifar laquê nos cabelos de Tracey.

Andrea avistou Hannah na porta e virou-se para Bill:

– Preciso falar com Hannah sobre um novo imóvel que entrou esta tarde. Você pode levar a Tracey até o palco, quando ela estiver pronta?

– Pode ir, meu bem – Bill concordou. – Iremos encontrá-la, assim que Tracey tiver terminado aqui.

– Que novo imóvel? – perguntou Hannah, no instante em que elas acharam um local reservado. – Achei que você fosse distribuir os calendários, no bairro de Danielle.

– Eu distribuí. Foi onde consegui o imóvel. O primo da Sra. Adamczak está vendendo a casa. Ela o pôs ao telefone e eu o convenci a deixar o imóvel comigo. Isso não tem importância, Hannah. Consegui novas informações para nós.

Hannah sorriu. Ela sempre podia contar com Andrea.

– O que é?

– Você conhece a Sra. Kalick, não? É a viúva que mora no fim da quadra de Danielle.

– Eu a conheço. O que foi que ela lhe disse?

– Ela disse que estava se preparando para ir deitar, quando ouviu carros na viela. Não tinha certeza do horário, mas ela sabe que era entre oito e meia e dez horas. A janela de seu banheiro dá para a viela e, quando ela olhou para fora, viu a Cherokee de Boyd Grand passando. E outro carro o seguia.

– Bom trabalho, Andrea! – Hannah elogiou-a. – Isso pode ser realmente importante. A Sra. Kalick reconheceu o segundo carro?

– Não. A luz da rua fica na outra extremidade da quadra e estava escuro na viela. Mas estava enluarado e ela notou que o teto do carro era de cor clara. Disse que era grande, como um Cadillac ou um Lincoln, mas essa não é a parte empolgante. Havia um terceiro carro, Hannah.

– Havia?

– Sim. Ele foi até a entrada da viela, apagou os faróis e estacionou logo atrás de um pinheiro grande. Tudo que a Sra. Kalick pôde ver foi o para-choque. Havia muitos arbustos atrapalhando.

– Por quanto tempo ficou lá estacionado?

– Uns quinze minutos, tempo suficiente para que a Sra. Kalick colocasse a dentadura de molho e passasse creme noturno no rosto. Ela disse que, quando olhou novamente, tinha sumido.

– Ela contou isso a Bill e Mike?

Andrea sacudiu a cabeça.

– Ela contou sobre o carro que estava seguindo Boyd, mas não mencionou o terceiro carro.

– Por que não?

– Ela imaginou que fosse Felícia Berger e o namorado. Acho que não é a primeira vez que eles estacionam embaixo do pinheiro, com os faróis apagados. A Sra. Kalick gosta de Felícia e não quis deixá-la em encrenca com os pais. Você sabe como os Berger são rígidos, Hannah. Eles não aprovam maquiagem, nem dança, e iriam acabar com a raça de Felícia se descobrissem que ela tem um namorado.

Hannah conhecia os Berger e eles eram as pessoas mais rígidas da cidade.

– Isso pode ser realmente importante, Andrea, principalmente se o carro *não* era do namorado de Felícia. A Sra. Kalick lhe disse mais alguma coisa?

– Não, mas o Sr. Gessel disse. Ele mora logo ao lado de Danielle e acredita ter ouvido dois homens discutindo na viela. Ele estava prestes a sair para ver qual era o problema quando as vozes cessaram.

– A que horas foi isso?

– Ele não sabe, mas disse que tinha acabado de ouvir o boletim meteorológico, na rádio KCOW. Eu liguei para a estação e chequei, Hannah. A previsão do tempo passa todas as noites, das oito e meia às nove.

– Que bom. – Hannah estava impressionada.

– Agora é sua vez, Hannah.

– O quê?

– Eu disse que é sua vez. O que você descobriu sobre a echarpe?

– Não muito, mas Claire ficou realmente nervosa quando a mencionei. Eu lhe disse que queria comprá-la e ela disse que tinha desbotado na vitrine e ela teve de devolver.

– Mas nós sabemos que isso não é verdade – frisou Andrea. – Luanne a viu no consultório de Norman. Você acha que Claire tinha duas echarpes idênticas?

– Não. Ela disse que foi bordada à mão e era peça única. Estava dizendo a verdade quanto a isso. Dava para ver. Eu até lhe dei a chance de mudar a história. Eu disse que sabia que ela tinha andado muito ocupada com o movimento do Natal e entenderia se ela tivesse esquecido quem comprou. Mas ela me olhou nos olhos e jurou que não vendeu.

– Então ela mentiu quando disse que devolveu, mas disse a verdade quando falou que ninguém a comprou?

– Isso mesmo. Simplesmente não faz sentido, Andrea. A única coisa que consigo pensar é que Claire deu a echarpe a alguém e não quis que eu soubesse quem era.

– Isso é realmente estranho. – Andrea franziu ligeiramente o rosto. – E é mais estranho ainda por Claire ter ficado tão nervosa. Acho que aquela echarpe é importante, Hannah. Precisamos descobrir quem está com ela.

Hannah deu uma olhada em volta e viu Bill e Tracey vindo na direção delas.

– Eu sei, falaremos sobre isso mais tarde, Andrea. Lá vêm o Bill e a Tracey.

– Certo. – Andrea os viu e deu um tchauzinho. Depois virou-se de volta para Hannah. – É melhor você dar um pulo na maquiagem, antes que o concurso comece.

– Já estive lá. Eles fizeram minha maquiagem antes do noticiário.

– Bem, você precisa de um retoque – disse Andrea. – Seu batom já saiu, seu rosto está brilhoso e seu cabelo está todo arrepiado novamente.

– Obrigada por me dizer, Andrea. – Hannah tentou manter o sarcasmo fora de sua voz ao seguir para a sala de maquiagem. Andrea não teve a intenção de criticar; ela só queria que Hannah tivesse a melhor aparência possível. No entanto, com duas lindas irmãs como Andrea e Michelle, e uma mãe que ainda ficava ótima de biquíni, somente o senso de humor impedia que Hannah andasse pelas ruas de Lake Eden com um saco de papel na cabeça.

Capítulo 9

Depois que o Sr. Hart havia cumprimentado o vencedor, uma senhora idosa que fizera um bolo delicioso com sementes de papoula, Hannah virou-se para Edna Ferguson, a nova jurada substituta.

– Você fez um trabalho maravilhoso, Edna.

– Você acha?

– Sim. – Hannah sorriu ternamente. – Achei que você lidou muito bem com aquele problema do pão de mel.

Edna fez uma careta.

– Eu realmente não gostei.

– Eu sei, mas você elogiou a competidora pela calda de conhaque.

– Era uma boa calda de conhaque. Só não ficou bom com o pão de mel, só isso.

– É verdade. – Hannah franziu ligeiramente o rosto, lembrando da combinação de mel com conhaque. – De qualquer forma, achei que você foi muito gentil.

– Tentei ser. Depois do que aconteceu ontem à noite, imaginei que a última coisa que nós precisávamos era de outro jurado sem tato na comissão. Eles ainda não prenderam ninguém, prenderam, Hannah?

– Acho que não. Falei com o Bill pouco antes do concurso e tenho certeza de que ele teria dito algo.

– Bem, eu espero que o peguem logo! – Edna estremeceu ligeiramente. – Outro assassino à solta em Lake Eden! Isso me dá arrepios.

Depois de dar boa-noite a Edna, Hannah pegou as caixas que levara para a apresentação na televisão e as colocou na traseira da caminhonete. Enquanto dirigia rumo ao seu condomínio, onde Norman prometera encontrá-la, ela pensou no que Edna havia dito. Talvez Edna desconfiasse que o assassinato de Boyd tivesse algo a ver com o concurso. Isso explicaria sua cautela quanto a criticar os produtos dos concorrentes. Mas Hannah estava convencida de que os comentários cruéis que Boyd fizera, como jurado, não tinham nada a ver com sua morte violenta. Todos os competidores da noite anterior tinham álibis e isso significava que Boyd havia sido morto por outro motivo.

Hannah piscou os faróis para um carro que estava desviando ligeiramente para a faixa central. Ele retomou seu lugar na pista e ela ultrapassou. Ela tinha certeza de que os carros que a Sra. Kalick vira na viela estavam ligados à história. Assim como a discussão que o Sr. Gessel escutara. O telefonema que Boyd recebera na terça-feira também era importante para o quebra-cabeça. A primeira paciente de Norman, a moça misteriosa que deixara a echarpe, poderia ser a autora. Naquela noite Hannah pretendia dobrar Norman com uma oferta de cookies e descobrir exatamente quem ela era.

Hannah abriu a porta sorrindo. Por algum motivo estranho, ela ficou muito contente ao ver Norman, e não era somente por estar planejando pressioná-lo para obter informações sobre a paciente misteriosa. Norman não era o tipo de homem que causasse palpitações numa mulher. Dizer que seus cabelos estavam caindo era generosidade, e ele estava cheinho na região da cintura. Mas Hannah sabia que ela poderia usar uma dose de seu humor depois do dia exaustivo que passara, e Norman era um bom amigo.

– Oi, Norman. Estou muito contente que você tenha vindo.

– Está? – Norman pareceu surpreso e feliz com o cumprimento carinhoso. – Antes que eu me esqueça, você foi ótima esta noite, Hannah. E também estava muito bonita. O vestido fez seus cabelos parecerem de cobre.

– Obrigada, Norman. – Hannah decidiu não fazer a piada de como o cobre pode se tornar esverdeado. Era óbvio que Norman tinha feito um elogio sincero e ela não queria estragar. – Entre. Está frio aí fora e eu liguei minha lareira falsa.

– Miau! – Moishe também cumprimentou Norman com ternura, praticamente tropeçando nele, quando o dentista entrou pela porta.

– Oi, garotão. Só um segundo. – Norman tirou o casaco, pendurou na cadeira perto da porta e abaixou-se para pegar Moishe. – Você tem aterrorizado algum Chihuahua ultimamente?

Moishe começou a ronronar tão alto que Hannah podia ouvir do outro lado da sala. Ele nem se incomodou quando Norman o carregou nos braços, de barriga para cima, algo que teria rendido profundos e dolorosos arranhões em qualquer outra pessoa.

– Você gostaria de um pouco de vinho, Norman? Tenho uma garrafa aberta. – Hannah ficou um pouco acanhada ao lembrar que ela só tinha o garrafão verde de Chateau *Tampa de Rosca* que havia comprado no CostMart.

– Não, obrigado. Aceito só um refri diet, se você tiver. Se não, água.

Hannah abriu um sorriso. A maioria dos cidadãos de Minnesota não usava a palavra "refri". Embora Norman tivesse crescido em Minnesota, ele tinha morado bastante tempo em Seattle, para pegar essa expressão.

– O que eu disse para fazê-la sorrir? – perguntou Norman.

– Refri. Ninguém em Lake Eden fala refri. Você está com sorte, Norman. Eu acabei de fazer meu estoque para as festas e tenho Coca, Coca Diet, *root beer*, soda vermelha e 7-Up.

– Soda vermelha, pode ser? – Norman sorriu. – Não bebo isso desde que era criança. Onde você encontrou?

– No CostMart. Comprei todas que eles tinham. O gerente me disse que eles receberam um carregamento parcial, de alguma fábrica do Sul. Mas não é diet.

– Tudo bem. Aceito uma mesmo assim.

Hannah estava sorrindo quando foi até a cozinha pegar a bebida de Norman. Ela queria comprar um presentinho de Natal, e uma caixa de soda vermelha seria perfeita. Ela tirou a tampa do refrigerante – que parecia de morango, mas não era – e serviu num de seus melhores copos. Depois de servir sua taça de vinho do garrafão verde rotulado "Vinho Branco de Mesa", ela levou as duas bebidas até a sala.

Norman estava sentado no sofá, segurando Moishe. O bicho de estimação de Hannah ainda ronronava, com uma expressão feliz. Moishe gostava de Mike, mas ele adorava Norman. Ao sentar na outra ponta do sofá, ela ficou imaginando se seu bicho saberia de algo que ela não sabia.

– Coma um cookie de aveia com passas. – Hannah indicou a cestinha forrada com um guardanapo de linho que deixara na mesinha de centro, com alguns de seus cookies "seguros". Moishe não gostava de passas e isso os tornava à prova de gato.

– Obrigado. – Norman esticou o braço para pegar um cookie e deu uma mordida. – Estes são os meus favoritos.

Hannah riu.

– Foi isso que você disse dos cookies crocantes de chocolate. Não podem ser todos seus favoritos.

– Podem, sim. Seus cookies são tão bons que qualquer um que eu esteja comendo é o meu favorito, naquele momento. – Norman parou e franziu o rosto. – Isso faz sentido?

– Para mim, faz – disse Hannah, sorrindo. – Ela sempre se sentia bem quando alguém elogiava seus cookies.

– Gosto de sua lareira – comentou Norman. – Quase parece real.

– Também gosto. Ela emite bastante calor e eu nunca fico com pouca reserva de madeira. Andrea e Bill têm uma de verdade e ele sempre se preocupa se o fogo ainda está queimando quando eles vão dormir.

– Por isso que eu quero uma lareira no quarto. Dá para colocar algumas toras antes de deitar, e isso manteria o quarto agradável e aquecido. Seria romântico, também.

Hannah sempre achou que uma lareira no quarto seria algo romântico, mas ela nunca ouvira outra pessoa dizer isso.

– Você tem razão, Norman. Não sei por que as pessoas não as têm.

– Acho que é porque as pessoas não desenham suas próprias casas. Elas compram uma casa que já existe, ou contratam um arquiteto para desenhar tudo. Talvez eu deva comprar um desses programas de arquitetura para o meu computador e tentar ver se tenho habilidade para desenhar minha própria casa perfeita.

– Isso parece divertido.

– Se eu conseguir o programa, você gostaria de me ajudar? Não sei nada de cozinha e coisas assim. Eu provavelmente me esqueceria de deixar espaço para a lava-louça ou o forno.

– Fornos – Hannah o corrigiu. – Se você planeja receber bastante gente, precisa de dois. Um peru de Ação de Graças já enche um forno inteiro. Você precisa de um segundo forno para os acompanhamentos.

Norman riu.

– Está vendo o que eu quero dizer? Eu nunca teria pensado nisso. Fica bem óbvio que preciso de você, Hannah. Vamos trabalhar nisso juntos e desenhar nossa casa dos sonhos.

Hannah começou a se sentir desconfortável. Desenhar uma casa dos sonhos com um homem com quem ela só tinha saído três vezes era uma coisa bem séria.

– Se der certo, nós podemos inscrever a planta de nossa casa dos sonhos num concurso que estão fazendo, através do jornal de Minneapolis. O primeiro prêmio é de cinco mil dólares e nós podemos dividir. Que tal, Hannah? Quer tentar?

– Claro. – Hannah sorriu, aliviada. Norman não estava propondo nada além de ingressarem juntos num concurso, e isso seria divertido. – Você pode comprar o programa e eu pensarei na cozinha perfeita.

Eles ficaram em silêncio, por um momento, observando as chamas dançando nos buracos da tora a gás. Não era romântico, mas aconchegante. Hannah estava relutante em quebrar o clima perguntando a Norman sobre sua paciente, mas ela tinha de descobrir quem havia deixado a echarpe em seu consultório.

– Norman?

– Sim, Hannah?

– Eu gostaria de apenas ficar olhando o fogo com você, mas preciso lhe fazer uma pergunta.

– Certo. O que é?

– É sobre sua primeira paciente de terça-feira de manhã, não a Luanne Hanks, mas aquela que você não anotou em sua agenda de consultas. Quem era ela?

Norman suspirou.

– Eu estava torcendo para que você não descobrisse isso. Você realmente tem de saber, Hannah? Ou só está curiosa?

– Eu realmente preciso saber. Talvez eu não precise saber seu nome, mas tenho de descobrir se você arrancou um dente dela.

Norman pareceu intrigado.

– Por que você quer saber isso?

– Porque uma mulher ligou para Boyd Watson ao meio-dia, na terça-feira, e estava falando embaralhado. Isso o deixou muito aborrecido e talvez possa ter algo a ver com o motivo por ele ter sido morto. Andrea e eu achamos que ela pode ter vindo de seu consultório, com um curativo de algodão na boca.

Norman suspirou novamente e Hannah pôde ver que ele estava relutante em responder. Ele levou um minuto, mas depois disse:

– Está certo, Hannah. Eu extraí dois dentes do quadrante superior direito dela. Quando ela deixou meu consultório eram sete e quarenta e cinco e eu lhe disse que mantivesse o curativo por uma hora.

– Ela estava embaralhando as palavras?

– Sim.

Hannah respirou fundo.

– Então eu realmente preciso saber quem é ela. Só pode ser a mulher que ligou para Boyd.

– Era a Lucy Richards.

– Lucy? Por que você não anotou o nome dela?

– Porque estou fazendo o trabalho dela por fora. É um favor, em troca de outro.

Norman pareceu extremamente inquieto e Hannah soube que havia muita coisa que ele não estava dizendo. Será que Delores estava certa quanto a Lucy e Norman? Ele estaria fazendo um favor para a mulher de quem gostava?

– Não há nada de errado nisso, Norman. – Hannah sorriu, na tentativa de deixá-lo à vontade. – Sei que não é da minha conta, mas você... é... sente alguma coisa por Lucy?

Norman apenas a encarou, por um momento, depois sacudiu a cabeça com tanta força que Hannah receou que seu cérebro fosse sair do lugar.

– Não! De onde você tirou essa ideia?

– Apenas um palpite. – Hannah não mencionaria a mãe dele, nem a dela. – Então você está fazendo um favor à Lucy, oferecendo seus serviços odontológicos. Que favor Lucy está fazendo por você?

Por um momento tenso e longo, Hannah achou que Norman não responderia. Então, ele suspirou e disse:

– Ela descobriu algo sobre mim, Hannah, um incidente que aconteceu quando eu morava em Seattle. Estou cuidando de seus dentes e ela concordou em não publicar a minha história. É realmente simples.

– É realmente *chantagem*.

– Na verdade, é extorsão – Norman corrigiu –, mas eu tenho de concordar. Ela me deixou numa situação delicada.

– O que Lucy sabe é tão ruim assim? – A pergunta saiu antes que Hannah tivesse tempo de pensar e ela desejou que não tivesse perguntado. Na verdade, não era de sua conta.

– É bem ruim. Se viesse à tona, não destruiria completamente a minha vida, mas as pessoas em Lake Eden jamais me olhariam da mesma forma. Fico mais preocupado com minha mãe. Ela ficaria arrasada.

A cabeça de Hannah girava. Norman tinha admitido que Lucy o chantageava. Será que ela teria tentado a mesma coisa com Boyd? E quanto a Claire? Lucy entrara toda cheia de si na Jarro de Cookies, usando um casaco novo da Beau Monde, e era dona da echarpe cara que Luanne queria comprar para a mãe. A história que Lucy contara, sobre o adiantamento do livro, era pura conversa fiada. Hannah tinha suspeitado quando ela contou. E agora ela desconfiava que cada centavo da nova fortuna de Lucy vinha de gente a quem ela ameaçara expor.

– Hannah?

– Sim? – Hannah deixou as ideias em espera e se virou para Norman.

– Eu fiz uma pergunta. Você precisa saber o que Lucy descobriu sobre mim?

Hannah tomou uma decisão instantânea.

– Não.

– Você receia não gostar mais de mim, se descobrir o que é?

– Você deveria me conhecer melhor que isso, Norman! – Hannah lançou um olhar sério. – Seu segredo é *seu* segredo. Mas se algum dia você escolher me contar a respeito, eu garanto que isso não mudará meus sentimentos por você.

– Obrigado, Hannah. Talvez eu lhe diga depois, mas não agora.

– Para mim está ótimo. – Hannah fez o melhor para conter sua curiosidade quanto ao que Norman fizera. – Pense bem, Norman. Acha que Lucy poderia estar fazendo a mesma coisa com outras pessoas da cidade?

Norman sacudiu os ombros.

– Isso certamente é possível. Como jornalista, ela tem acesso a todo tipo de informação. Foi assim que descobriu sobre mim. Na verdade, eu não descartaria isso quanto a ela. Quando ela veio ao meu consultório e exigiu que eu consertasse seus dentes, eu tive a impressão de que ela já fizera esse tipo de coisa antes.

– O que o fez achar isso?

– Ela sabia exatamente o que estava fazendo. Entregou-me a matéria e disse para eu lê-la; em seguida, falou que tinha um acordo para mim. E alertou que se eu apenas pensasse em entregá-la, eu veria a matéria na primeira página do *Lake Eden Journal* no dia seguinte.

Hannah ficou surpresa com a ingenuidade de Norman.

– E você acreditou nela?

– Claro que não. Eu tinha certeza de que Rod jamais publicaria, mas ela podia contar às pessoas, mesmo assim, e você sabe como a fofoca se espalha numa cidade do tamanho de Lake Eden. Além disso... – Norman hesitou... – Talvez eu não deva lhe contar essa parte.

– Conte logo, Norman – ordenou Hannah. – Eu quero saber.

– A essa altura, eu estava muito zangado. E estava até na expectativa de poder mexer nos dentes dela. Imaginei que poderia espetá-la com a minha pior agulha.

Hannah riu. Ela não pôde evitar. E ficou contente ao ver que Norman a acompanhou.

– Você fez isso?

– Não. Uma vez que comecei a trabalhar, meu lado profissional assumiu o controle. Sou um bom dentista, Hannah.

– Tenho certeza disso.

Norman deu um gole em seu refrigerante e suspirou.

– O que acha que eu devo fazer a respeito, Hannah? Relatar ao Xerife Grant?

– Ainda não. Até agora, você é a única vítima que conheço. Acho que primeiro precisamos tentar encontrar outras pessoas.

– Tem certeza de que há outras?

– Estou quase certa. Não se esqueça de que Lucy ligou para Boyd. Ela provavelmente estava armando a mesma coisa contra ele. E deve haver outros. Ela tem gastado dinheiro como se o dinheiro estivesse fora de moda.

– Mas como você vai encontrar suas outras vítimas? Elas não vão se apresentar e lhe contar a respeito. Você irá precisar de provas.

– Provas. – Hannah repetiu a palavra e sorriu. – É isso, Norman. Lucy tinha provas de que a história sobre você era verdade?

– Sim, ela tinha uma carta de...

– Deixe para lá – Hannah o interrompeu. – Não preciso saber de onde é. Mas ela tinha provas?

– Sim. A carta que ela me mostrou era uma cópia, mas ela disse que tinha a original.

– Então, tudo que eu tenho a fazer é descobrir onde ela guarda. É provável que haja outras coisas de outras vítimas no mesmo local. Posso descobrir quem são elas e... – Hannah parou no meio da frase e um sorriso se abriu em seu rosto. – Esqueça que eu disse isso. Devo estar cansada. Não preciso rastrear as outras vítimas de Lucy. Tudo que tenho a fazer é roubar suas provas.

– Como fará isso? Você nem sabe onde ela guarda.

– Não seria no escritório da redação do jornal. Rod poderia encontrar. – Hannah começou a eliminar as possibilidades. – E ela não guardaria no banco, porque fecha à noite e ela poderia precisar. Ela não confiaria em ninguém para guardar para ela, pois é importante demais. E isso significa que só pode estar em seu apartamento.

– Isso faz sentido, mas de forma alguma ela lhe daria permissão para vasculhar o apartamento dela.

– Eu não estava planejando pedir permissão. Quando é sua próxima consulta?

– Amanhã de manhã, às sete horas. Ela vai chegar cedo e eu vou tirar moldes. Mas você não pode invadir o apartamento dela, Hannah. Isso é ilegal.

– Extorsão também. Por quanto tempo você acha que consegue mantê-la na cadeira?

– Não sei. – Norman franziu o rosto e Hannah viu que sua ética estava pesando.

– Você precisa colaborar comigo, Norman. Precisarei de pelo menos uma hora.

Norman suspirou e cedeu.

– Posso fazer isso. Vou colocar água a mais no pó da obturação, e vai levar mais tempo para secar. Mas não posso segurá-la por mais de uma hora.

– Tudo bem. É um apartamento pequeno e eu devo terminar até uma hora. Ligue para o número de Lucy quando ela deixar seu consultório, para que eu saiba que é hora de partir.

– Certo, mas eu não gosto disso, Hannah. E se você for flagrada?

– Não serei – Hannah o tranquilizou, desejando ter alguém que a tranquilizasse também.

Cookies de Aveia e Passas

Preaqueça o forno a 190 °C
Use a grelha central

1 xícara de manteiga derretida (220 g)
2 xícaras de açúcar
2 colheres (chá) de extrato de baunilha
½ colher (chá) de sal
2 colheres (chá) de fermento em pó
2 ovos grandes, batidos (apenas bata com um garfo)
2 ½ xícaras de farinha de trigo (não precisa peneirar)
1 xícara de uvas-passas (escuras ou claras, a gosto)
2 xícaras de aveia em flocos TRITURADA (meça antes de triturar)

Derreta a manteiga numa tigela, no micro-ondas. Acrescente o açúcar e mexa. Depois acrescente a baunilha, o sal e o fermento.

Quando a mistura tiver esfriado, em temperatura ambiente, adicione os ovos. Acrescente a farinha e misture bem. Depois adicione as uvas-passas.

Prepare sua aveia (*use Quaker, se tiver – a embalagem de papelão é útil para muitas coisas*). Meça 2 xícaras, despeje no processador e bata até adquirir consistência de areia grossa. Junte a aveia triturada à massa e misture tudo (a massa ficará razoavelmente firme).

Usando as mãos, faça bolinhas com a massa, do tamanho de uma noz, e coloque-as numa forma untada, em média 12 bolinhas em cada forma (se estiver muito pegajoso para enrolar, coloque a massa antes na geladeira, por 30 minutos, e tente novamente). Pressione as bolinhas com a parte inferior de um garfo, em linhas cruzadas, para achatar os cookies e formar relevos decorativos.

Asse a 190 °C, por 10 minutos. Deixe a forma esfriar por 2 minutos, depois remova os cookies para que esfriem completamente.

Andrea gosta deles e jamais gostou de passas – não dá para entender.

Capítulo 10

Andrea estremeceu quando Hannah estacionou no fim da viela de Vera Olsen.

– Você tem certeza absoluta de que nós precisamos fazer isso?

– Tenho certeza. – Hannah desligou o motor e checou o relógio. Eram sete horas e, àquela altura, Lucy devia estar na cadeira do consultório dentário de Norman. – Compreenda, Andrea. De forma alguma nós podemos ficar sem fazer nada e deixar que Lucy se dê bem praticando extorsão!

– Acho que não. – Andrea estremeceu novamente. Estava fazendo uma manhã fria e o vento batia, mas Hannah desconfiava que a irmã estivesse com mais medo do que frio.

– Vamos, Andrea. Não temos muito tempo. Norman não pode manter Lucy no consultório para sempre.

– Você está certa. Vamos acabar logo com isso. – Andrea puxou seu gorro de lã para baixo, cobrindo as orelhas, e abriu a porta do passageiro. – Ainda bem que Tracey passou a noite com a avó. Não quero que ela descubra que a mãe é uma criminosa.

– Você não é uma criminosa. Eu assumo total responsabilidade por quaisquer problemas que possam surgir.

– Que problemas? – Andrea agarrou o braço de Hannah, enquanto elas caminhavam pela viela. – Você não disse nada sobre problemas quando me ligou ontem à noite.

Hannah ficou acanhada. Ela deveria ter mantido a boca fechada, mas agora era tarde demais para engolir as palavras.

– Eu realmente não espero problema algum.

– E quanto aos problemas que você não espera? É melhor você me dizer, Hannah.

– Bem – Hannah parou de falar e suspirou. Ela tinha aberto uma lata de vermes e eles estavam bem longe da pescaria. – Pode ser que nós sejamos pegas. Se isso acontecer, eu vou dizer ao Bill que arrastei você para cá, e você não sabia o que eu planejava fazer.

– Ah, claro. E o Bill vai acreditar em você. Estou começando a me arrepender disso, Hannah.

– Você prefere ficar na caminhonete e esperar por mim?

– Não. Eu disse que quero ajudar e vou fazê-lo. – Andrea caminhou um pouquinho mais rápido. – Ande logo, Hannah. Não queremos que ninguém nos veja.

– Ninguém nos verá. E, se virem, não saberão quem somos. Por isso eu lhe disse para usar o casaco velho e o gorro de Bill.

A entrada para o apartamento de Lucy era pela viela, e Hannah sabia que havia poucas chances de alguém vê-las. Havia uma escada externa exposta ao tempo, mas um enorme pinheiro com galhos fartos atrapalharia a visão dos vizinhos.

Quando elas chegaram ao pé da escada, Andrea hesitou:

– E se ela cancelou a consulta, Hannah? O que faremos?

– Primeiro, nós batemos. Se Lucy atender, eu direi que apenas passei para lhe trazer uns cookies de aniversário. – Hannah ergueu o saco que tinha na mão. – Ficaremos um pouco, depois partimos.

– Hoje é aniversário de Lucy?

– Não sei quando é, mas essa é uma boa desculpa. – Hannah conduziu o caminho subindo a escada de madeira. – Posso dizer que alguém me disse a data errada. Mas Lucy *não* está em casa, Norman me disse que ela nunca perdeu uma consulta e sempre chega na hora.

– Então por que você trouxe os cookies?

Hannah suspirou, desejando que a irmã não fosse tão alerta de manhã.

– Porque estar preparada não faz mal algum.

Ao chegarem ao topo da escada, Hannah bateu na porta. Ninguém atendeu, mesmo depois que ela bateu novamente. Ela se virou para Andrea:

– Está vendo? Eu lhe disse que Lucy não estava aqui. Segure esse saco. Preciso usar meu cartão de crédito.

– Por quê?

– Para abrir. Você apenas desliza, entre a maçaneta e a lingueta, e sacode um pouco, até que solte.

– Isso não vai funcionar. Lucy tem uma chave com trinco. Está vendo um segundo buraco de chave?

Hannah franziu o rosto. Andrea estava certa. Havia duas trancas na porta de Lucy.

– Não sei como abrir um trinco desses.

– Não dá para abrir. Bill diz que um trinco instalado apropriadamente é a melhor defesa contra roubo. – Andrea se debruçou sobre o corrimão, para examinar a janela que ficava à direita da porta. – É claro que um trinco não adianta muito se você se esquecer de trancar as janelas.

Andrea tirou as luvas e colocou-as no bolso. Ela destravou a parte de fora da janela, ergueu-a e pôs as palmas das mãos na vidraça interna. Empurrou-a para cima e a janela abriu. Em seguida, virou-se para Hannah com um sorriso triunfante:

– Vou me espremer para entrar. Sou menor que você. Segure minha parka e num instante estarei lá dentro.

Hannah observou, enquanto Andrea subia no corrimão e segurava o parapeito da janela. Ela deslizou para a frente, até que seu corpo inteiro estava do lado de dentro do apartamento. Hannah ouviu o barulho de algo caindo e quebrando e, alguns minutos depois, a porta abriu.

– Eu disse que conseguiria fazer isso. – Andrea sorriu, orgulhosa. – Mas eu certamente gostaria que Lucy não tivesse empilhado a louça na pia. Nós lhe devemos um prato e uma xícara.

O apartamento de Lucy, no sótão, sob o teto em declive, era composto de uma cozinha, um banheiro e um cômodo grande, multiuso. Andrea e Hannah começaram pela pequena cozinha e tiveram pouco trabalho ali. Depois de abrirem todos os armários e olharem o fogão, as prateleiras da geladeira e até dentro do freezer, elas foram vasculhar o banheiro.

O banheiro levou ainda menos tempo que a cozinha. Só havia quatro gavetas no gabinete e elas não encontraram nada no armário em cima do lavatório, exceto a maquiagem de Lucy, sua escova de dentes, um tubo de pasta pela metade e um frasco de aspirina vencida.

– Espere um segundo. – Hannah deteve Andrea quando ela estava prestes a sair do banheiro. – Não olhamos a caixa do vaso sanitário.

– O vaso sanitário?

– Vi isso num filme, uma vez. Se você colocar as coisas dentro de um pacote à prova d'água, pode escondê-las na caixa.

Andrea observou enquanto Hannah erguia a tampa e olhava dentro da caixa.

– Encontrou alguma coisa? – perguntou ela.

– Nada além de água e a parte interna de uma privada – respondeu Hannah. – Acho que Lucy não viu esse filme.

O cômodo grande e multiuso veio em seguida. Ele servia como sala, escritório e quarto.

– Para onde dá essa porta? – perguntou Andrea. – Vera me trouxe aqui uma vez, quando eu estava no Segundo Grau.

– Por quê?

– Estávamos procurando acessórios para a peça de teatro do último ano. Vera tinha muitas coisas que pertenciam aos seus pais e eles guardavam no sótão. Por onde você quer que eu comece, Hannah?

– Olhe o guarda-roupa e eu vou vasculhar a cômoda de Lucy.

Andrea tinha virado para seguir rumo ao guarda-roupa quando elas ouviram o barulho de alguém batendo. As duas irmãs trocaram olhares assustados e Andrea sussurrou:

– O que foi isso?

– Alguém está batendo na porta – Hannah sussurrou de volta.

– O que faremos?

Hannah podia ver que a irmã estava assustada e ela afagou seu braço.

– Não atendemos. Relaxe, Andrea. Se tivessem a chave, não teriam batido.

As batidas continuaram, por mais alguns instantes. Então tudo ficou em silêncio. As duas irmãs ficaram na expectativa, tentando ouvir passos descendo a escada, mas não havia som algum. Elas esperaram, num suspense aflitivo, mas as batidas recomeçaram.

– Ele é bem insistente – sussurrou Andrea.

– Eu sei. É de pensar que a essa altura os nós de seus dedos já estejam doendo. – Hannah gesticulou para a irmã abaixar, na beirada da cama de Lucy. – Deite aqui embaixo, Andrea. Acho que posso ver o alto da escada da janela da cozinha de Lucy. Vou dar uma espiada.

Nas pontas dos pés, Hannah foi até a cozinha e colou na parede, ao aproximar-se da janela acima da pia. Se o visitante de Lucy a visse, ela teria dificuldades para explicar o que elas estavam fazendo no apartamento da jornalista, sem ninguém em casa. As cortinas da cozinha eram de algodão amarelo, presas por argolas plásticas num varão acima da janela. Andrea as fechara quando elas entraram, mas havia um vão estreito entre os dois painéis.

O vão era perfeito. Hannah espiou o lado de fora e esticou o pescoço para um lado. Ela podia ver o alto da escada, mas estava vazio. Não tinha ninguém em pé ali. O visitante de Lucy ainda estava batendo; ela ouvia as batidinhas, como o corvo de Poe, na porta do quarto.

Corvo de Poe? Hannah assimilou a ideia e começou a rir. Ela esticou o braço e puxou a cortina, dando de cara com o olhar de um pica-pau bicando a soleira da porta de Lucy. O pássaro congelou por um instante, depois alçou voo, rumo ao imenso pinheiro ao lado da escada de Lucy.

Hannah riu, fazendo o caminho de volta ao cômodo grande, e viu Andrea espiando de trás da cama de Lucy.

– Pode sair, Andrea. É só um pica-pau.

– Um pica-pau? – Andrea pareceu ligeiramente encabulada quando saiu do espaço apertado, deixando, no caminho, um dos travesseiros fora do lugar.

– Deve ter algum inseto na soleira da porta de Lucy. Quando me viu, ele foi embora.

Andrea deu um grande suspiro de alívio.

– Eu só conseguia pensar no assassino de Boyd. Eu o imaginei no alto da escada, com uma faca na mão.

– Acho que o assassino não seria educado o bastante para bater. – Hannah deu um empurrãozinho na irmã, em direção ao armário de Lucy. – Vamos em frente, Andrea. Você olha o guarda-roupa e eu cuido da cômoda e da cama.

Hannah examinou cada gaveta da cômoda de Lucy, enquanto Andrea encarava o armário comprido que ficava sob o declive do teto, embutido em uma das paredes. Quando terminou a cômoda, Hannah se ajoelhou para olhar embaixo da cama de Lucy.

– Ela está cheia de roupas novas aqui – gritou Andrea, com a voz amortecida pelas roupas de Lucy. – A maioria ainda está com a etiqueta e são todas da Beau Monde Fashions.

Hannah assentiu, enquanto removia as fronhas dos travesseiros de Lucy e sacudia.

– Isso prova que Claire é uma de suas vítimas. Lucy não pode pagar os preços da Beau Monde. Ela deve ter obrigado Claire a lhe dar as roupas de graça.

– Não há nada aqui, Hannah. – Andrea surgiu de dentro do espaço comprido e estreito. Seus cabelos estavam embaraçados e ela tinha várias teias de aranha no suéter. – Lucy certamente não ganharia o prêmio de boa dona de casa. Seu guarda--roupa é um desastre. Onde você quer que eu procure agora?

– Olhe embaixo dos móveis. Ela pode ter colado um envelope com fita adesiva. E não se esqueça do sofá. Apalpe as almofadas e sinta se não há nada volumoso por dentro. Vou olhar a escrivaninha dela.

Lucy tinha uma escrivaninha antiga, com o tampo retrátil, e Hannah olhou admirada. Delores tinha uma muito parecida, e era um de seus pertences mais estimados. Hannah ajudara a levá-la para casa depois de um leilão num antiquário, e Delores lhe mostrara os compartimentos secretos. Por sorte, Hannah lembrou onde ficavam.

Depois de vasculhar o conteúdo de todas as gavetas comuns, Hannah tirou uma delas e enfiou a mão no espaço que liberava a trava. O fundo falso abriu com um clique bem lubrificado e ela esticou o braço, alcançando e puxando um envelope cinza. Havia dois pequenos círculos de cartolina no corpo do envelope – um na aba, outro logo abaixo – e um barbante vermelho unia as duas partes, servindo como lacre.

– Achei algo, Andrea.

Andrea veio correndo e viu Hannah desatar a corda.

– Onde encontrou isso?

– Num compartimento secreto.

– Esse envelope é bem antigo. Acho que não fazem nada assim há anos.

– Você tem razão. – Hannah franziu o rosto. – Pode ter sido do dono original da escrivaninha.

Depois de soltar o barbante, Hannah ergueu a aba do envelope e arregalou os olhos. Dentro havia um bolo de notas de cem dólares.

– Quanto tem aí? – perguntou Andrea, olhando para o dinheiro.

– Não sei. Deixe-me contar. – Hannah contou o dinheiro e virou-se para Andrea. – Dois mil dólares. E isso não pertence ao dono original da escrivaninha, é da Lucy e ela escondeu no compartimento secreto.

– Como sabe disso?

– Algumas notas têm o formato grande. É dinheiro novo, não é dinheiro velho. – Hannah retornou as notas ao envelope e amarrou novamente a cordinha para fechá-lo.

– O que vamos fazer com isso?

– Ainda não sei. Tudo depende de onde veio. – Hannah esticou o braço até o compartimento e tirou outro envelope. Era branco, tamanho ofício, e tinha o timbre da Delegacia de Polícia de Seattle acima do remetente.

– O que é isso?

– É a razão pela qual Norman está sendo extorquido. – Hannah o dobrou e enfiou no bolso traseiro de seu jeans. – Vou devolver para ele.

– Você não vai abrir primeiro?

– Não.

– Mas você não quer descobrir o que o Norman fez?

– Claro que quero, mas vou esperar que ele me conte. – Hannah olhou para Andrea e notou que a irmã tinha uma expressão estranha no rosto. – O que foi?

– Você abriria essa carta num piscar de olhos se fosse um podre de qualquer outra pessoa. Você deve gostar muito mais de Norman do que diz.

Hannah deixou passar e esticou o braço novamente até o compartimento. Estava claro que Andrea desconfiava de um romance, e Hannah não queria discutir seus sentimentos por Norman. Ele era um amigo, talvez o melhor amigo que ela tinha. Por enquanto, isso era o bastante.

– O que mais tem aí? – perguntou Andrea.

– Fotos e negativos. Acho que encontramos, Andrea.

– O pacote de munição para seus esqueminhas sujos?

– Essa é uma metáfora mista, mas realmente não importa. O importante é que nós achamos a mercadoria de Lucy. Dê uma olhada nestas fotos que ela tirou!

– Olhe a Claire e o Prefeito Bascomb entrando no Motel Blue Moon. – Andrea parecia ligeiramente chocada enquanto olhava a primeira foto. – Não admira que Claire tenha lhe dado todas aquelas roupas!

– Lucy provavelmente deu uma prensa no prefeito também. Ele é casado e não ia querer que a esposa visse essa foto. – Hannah pôs a foto na mesa e pegou outra. – Aqui está uma que Lucy tirou no Hotel Lake Eden.

– Você tem razão. Esse é o balcão da recepção. Quem são esses dois homens?

– Um é o Sr. Rutlege, o jurado que teve de ser dispensado. E o outro é marido de uma concorrente. Não consigo lembrar seu nome, mas ele está segurando o envelope cinza que nós encontramos.

– O que está com o dinheiro?

– Parece exatamente o mesmo.

– Ele subornou o Sr. Rutlege para que sua esposa ganhasse o concurso?

– Ele *tentou* suborná-lo. O Sr. Rutlege deve ter recusado, já que Lucy acabou ficando com o dinheiro.

Andrea pensou por um momento, depois disse:

– Isso faz algum sentido. Lucy deve ter visto o que aconteceu e confrontou o marido da concorrente. Ela provavelmente ameaçou tornar isso público, a menos que ele lhe desse o envelope com o dinheiro.

– Dever ser isso. – Hannah apontou outra foto. – Olhe esta. Lucy a tirou através da janela da cozinha de Danielle.

Andrea sentiu um arrepio ao ver a foto.

– É o Boyd e ele está batendo em Danielle. Ela parece muito assustada. E Boyd parece tão malvado.

– Ele *era* malvado. – A voz de Hannah estava séria. – Não consigo sentir pena dele, Andrea. Sei que ele não merecia morrer daquela forma, mas estou contente que Danielle não tenha mais de sofrer.

– Eu digo amém. Que bom que você encontrou isso, Hannah. Agora nós sabemos por que Lucy ligou para Boyd. Ela devia estar tentando tirar dinheiro dele.

Hannah olhou para a foto, por um longo momento, com as sobrancelhas franzidas, pensando.

– Essa foto tem de ter algo a ver com o assassinato de Boyd, mas não tenho certeza do que é.

– Também não sei, a menos... – a voz de Andrea foi sumindo e seu rosto empalideceu. – Você acha que Lucy... quero dizer, se Boyd não pagou e ela ficou zangada com ele, ela... ela não o *mataria*, mataria?

– Sem chance – Hannah a tranquilizou. – Lucy é baixa e Boyd era alto.

– E daí?

– O golpe que matou Boyd veio de cima. Lucy teria de estar em pé numa banqueta para atingi-lo na cabeça com tanta força.

– Certo. Estou entendendo. Mas e se Boyd estivesse ajoelhado e implorando piedade?

– De Lucy? Boyd era cinquenta quilos mais pesado que ela e nós já sabemos que ele não era escrupuloso quanto a bater em mulher. Se ele achasse que estava em perigo, teria agarrado Lucy, com martelo e tudo, e a teria jogado contra a parede.

–Verdade. Mas Lucy talvez o tenha enganado, para que ajoelhasse. Se ela deixou cair algo que rolou para debaixo do carro, Boyd poderia estar tentando pegar de volta para ela.

– Isso também não bate – disse Hannah. – Havia manchas de óleo no chão da garagem e Boyd estava usando calças cinza-claras. Se ele tivesse se abaixado no chão, teria manchas de óleo nos joelhos das calças.

Andrea suspirou, aliviada.

– Ainda bem que você me disse isso, Hannah. Por um segundo eu achei que nós poderíamos estar vasculhando o apartamento de uma assassi...

– Shh! – Hannah agarrou o braço da irmã para calá-la. – Estou ouvindo alguma coisa!

– Outro pica-pau?

– Dessa vez não.

As duas irmãs ficaram na expectativa, ouvindo atentamente. Elas ouviram o som de passos fracos e Hannah se virou para a irmã.

– É a Vera. Ela está subindo a escada.

– Deve ter ouvido enquanto andávamos aqui em cima. – Andrea pareceu em pânico. – Vamos ser flagradas, Hannah!

– Não vamos, não. Vá se esconder no guarda-roupa. Estarei com você num segundo. – Hannah deu um empurrãozinho em Andrea. – Anda!

Hannah juntou as provas que elas tinham encontrado, enfiou de volta no compartimento secreto e pôs a gaveta no lugar. Depois ela pegou os casacos, os gorros e o saco de cookies que trouxera, e correu para o guarda-roupa, o mais rápido que pôde. Se Vera Olsen as pegasse ali, ela ligaria para Bill e Mike para dar queixa. Andrea ia se safar com um tapinha na mão. Tanto Bill como Mike acreditariam que Hannah era a investigadora. Mas quando Mike descobrisse que Hannah havia ignorado seu alerta e estava se metendo em seu caso, ele a trancaria e mandaria derreter a chave.

Capítulo 11

– Ela não sabe que estamos aqui – sussurrou Hannah, empurrando a saia vermelha que estava passando em seu rosto.

– Como sabe disso?

– Se Vera achasse que éramos ladrões, ela teria ligado para a delegacia de polícia, lá de baixo.

Andrea ficou em silêncio, por um momento, depois sussurrou de volta:

– Você tem razão. De forma alguma, uma mulher da idade da mamãe confrontaria um ladrão.

Hannah sorriu sob a luz fraca que atravessava uma janelinha instalada na extremidade do guarda-roupa. Vera Olsen alegava ter cinquenta anos, mas Hannah vira sua foto num antigo anuário do Colégio Jordan, de 1957, na biblioteca da escola. A menos que Vera tivesse feito um ano durante uma década, ela estava mais perto de sessenta do que de cinquenta. Mas se Vera escolhera mentir a idade, Hannah não iria desmascará-la por isso.

A porta do guarda-roupa de Lucy era feita de pinho e Hannah cutucou Andrea e gesticulou na direção de um buraquinho na madeira. Ela encontrou outro para ela, e as duas irmãs ficaram espiando para ver o que Vera faria. A porta do quarto, ao lado da cama de Lucy, se abriu e Vera entrou com um sorriso no rosto. Ela não estaria sorrindo se achasse que estava prestes a confrontar um ladrão, e Hannah sabia que elas estavam seguras, ao menos por enquanto.

Vera atravessou o cômodo e seguiu direto ao computador de Lucy, que ficava numa mesa, em frente ao guarda-roupa. Ela apertou o botão que ligava o monitor e sentou-se na cadeira de Lucy, de costas para elas.

Andrea cutucou Hannah. Ela estava com uma expressão intrigada e Hannah respondeu sacudindo os ombros. Depois Hannah apontou para o olho e Andrea respondeu assentindo. O diálogo delas foi completo, sem palavras.

O que ela está fazendo, Hannah?

Não sei. Temos de olhar para ver.

Certo.

Vera murmurava uma musiquinha, enquanto o computador iniciava. Como o quarto era estreito e o monitor de dezessete polegadas estava em cima da CPU, Hannah e Andrea podiam ver a tela perfeitamente.

Uma vez que o computador já estava ligado, Vera usou o mouse de Lucy para clicar no ícone do provedor de Internet. Houve um som de discagem e o número foi acionado automaticamente, com uma série de bipes. Surgiu um ruído repentino e ininterrupto e mais alguns bipes, enquanto Vera se conectava; depois, uma voz gerada pelo computador disse:

– Bem-vinda, gostosa. Tem mensagem para você.

Andrea pôs a mão sobre a boca para abafar um riso e Hannah engoliu em seco. A ideia de Vera como "Gostosa" foi o suficiente para fazer com que ambas se sacudissem de tanto rir. Vera clicou no ícone da caixa postal e uma mensagem surgiu na tela. Estava em letras garrafais, e as duas irmãs mal conseguiam conter o riso enquanto liam.

OLÁ GOSTOSA – VOCÊ PEDIU UMA FOTO. AÍ ESTÁ. TUDO QUE VOCÊ PRECISA FAZER É CLICAR PARA BAIXAR. QUE TAL UMA SUA? VOU TE LIGAR ESTA NOITE PARA OUVIR SUA VOZ DOCE AO TELEFONE. TE ADORO, MEU BEM. LOBO GRISALHO.

Enquanto elas observavam, Vera baixou a imagem e a foto de um homem de cabelos grisalhos surgiu na tela. Ele estava sorrindo para a câmera e acenando, do deque de um veleiro aparentemente caro. Vera ligou a impressora colorida de Lucy e imprimiu a foto, tirando da bandeja com um sorriso. Depois ela apertou o botão para responder e digitou uma mensagem.

VOU LHE MANDAR MINHA FOTO AMANHÃ. TENHO QUE ENCONTRAR A FOTO CERTA. PROMETO QUE ESTAREI ESPERANDO PELA SUA LIGAÇÃO, AO LADO DO TELEFONE. TAMBÉM TE ADORO. GOSTOSA.

Hannah não arriscou olhar para Andrea, temendo não conseguir se conter. Vera Olsen, uma mulher que, para Hannah, nem sabia como usar um computador, estava tendo um romance on-line.

Depois de deletar sua mensagem pessoal e desligar o computador de Lucy, Vera atravessou o quarto, cheia de si e com a foto do Lobo Grisalho na mão. Ela abriu a porta, saiu e fechou-a em um clique.

Nem Hannah nem Andrea disseram uma palavra, enquanto ouviam os passos de Vera descendo. Quando estavam certas de que ela tinha voltado lá para baixo, Hannah cutucou a irmã. Elas saíram do armário, olharam uma para a outra e caíram na gargalhada.

– Você acha que Vera realmente vai mandar uma foto para o Lobo Grisalho? – perguntou Andrea.

– Por que não? Ela está bem para sua idade.

– Estaria ainda melhor se retocasse a raiz.

– Talvez faça isso. – Hannah riu. Só mesmo Andrea para notar algo assim. – Venha. São só sete e trinta e cinco, mas para que arriscar? Vamos pegar as provas e dar o fora daqui.

– Estive pensando nisso. Lucy não vai notar que sumiu?

– Claro que vai, mas não saberá quem pegou. E ela nem pode reclamar que foi roubada.

Andrea sorriu.

– Acho que não. Ela teria de explicar como conseguiu isso. E quanto ao dinheiro? Você vai levar também?

– Com certeza. Não pertence à Lucy. Vou devolver ao marido da concorrente e dar-lhe um sermão por tentar subornar um jurado.

Andrea encontrou uma pilha de envelopes pardos ao lado do computador de Lucy e entregou um a Hannah.

– Coloque tudo aqui e eu ponho embaixo da minha parka.

– Boa ideia. – Hannah puxou a gaveta, soltou a trava do fundo falso e tirou as provas. Colocou-as no envelope e enfiou novamente a mão no compartimento, para ter certeza de que não tinha deixado nada. – Aqui tem um rolo de filme fotográfico. É melhor levar isso também. Norman pode revelar para nós.

Andrea apontou na direção de vários outros rolos de filme que estavam na escrivaninha de Lucy.

– Aqui tem mais filme. Quer levar?

– Não. Se fosse importante, Lucy não teria deixado de fora. O rolo que ela escondeu no compartimento secreto é diferente. Isso pode ser alguma prova que ela não teve tempo de revelar.

– Você quer que eu dê uma olhada no apartamento, para termos certeza de que não deixamos nada? – ofereceu Andrea.

– Sim. Verifique a cozinha e o banheiro e eu vou checar aqui.

Hannah tinha acabado de concluir que elas não haviam deixado nenhum sinal que as denunciasse quando o telefone tocou. Hannah olhou para o relógio e franziu o rosto. Eram somente sete e quarenta, e Norman deveria segurar Lucy em sua cadeira de dentista até as oito horas.

– É o Norman? – Andrea apareceu na porta, demonstrando preocupação.

– Ainda não sei. Vamos esperar que a secretária atenda.

O telefone tocou uma segunda vez, depois a terceira. A secretária eletrônica de Lucy atendeu antes do quarto toque e elas ficaram ouvindo a mensagem de saudação. Aqui é Lucy Richards, jornalista. Deixe um número e eu retorno para você.

Hannah revirou os olhos. O mais próximo que Lucy tinha chegado do jornalismo havia sido com a descrição de um vestido de noiva.

Lucy? Onde está você, Lucy?

Os olhos de Hannah se arregalaram quando ela reconheceu a voz no alto-falante. Era o Norman e ele parecia nervoso. *Eu cheguei às sete para fazer os moldes e você está mais de meia hora atrasada. Não posso mais segurar o horário para você. Você terá de me ligar para remarcar.*

A secretária desligou e Hannah cruzou o olhar perplexo de Andrea.

–Vamos, Andrea. Hora de correr.

O coração de Hannah ainda estava disparado quando ela e Andrea entraram na Clínica Odontológica Rhodes. Elas tinham deixado o apartamento de Lucy correndo e só mesmo a sorte impediu que dessem de cara com ela.

Norman deslizou a vidraça assim que ouviu a porta da frente abrir e pareceu muito aliviado ao vê-las.

– Que bom que vocês não foram à casa de Lucy! Ela não apareceu para a consulta e não ligou para cancelar.

– Fomos, sim. – Hannah ainda estava meio zangada por Norman não ter ligado para alertá-las. – Estávamos saindo quando você ligou. Por que não nos avisou mais cedo?

– Eu tentei. De início, achei que ela estivesse atrasada, mas às sete e dez eu liguei para o celular de Andrea. – Norman virou-se para Andrea. – Eu liguei pelo menos doze vezes, mas você não atendeu.

Andrea suspirou.

– Eu o deixei na caminhonete de Hannah. Não queria que tocasse enquanto estávamos invadindo. Achei que Vera talvez pudesse ouvir.

– Terminou tudo bem – Hannah tranquilizou-a. Depois enfiou a mão no bolso de trás e entregou a Norman o envelope da Delegacia de Polícia de Seattle. – Acho que isso lhe pertence, não?

O queixo de Norman caiu quando ele viu o envelope.

–Você o encontrou!

– Isso e mais uma porção de coisas. – Andrea tirou da parka um envelope pardo. – Lucy tinha cinco vítimas das quais sabemos, e pode ter mais.

– Mais?

– Isso mesmo. – Hannah abriu o envelope e tirou o rolo de filme fotográfico. – Encontramos tudo num compartimento secreto, numa escrivaninha com abertura retrátil, e esse rolo de filme também estava lá. Devem ser mais provas, ou ela não teria escondido. Você pode revelar para nós, imediatamente?

Norman deu uma olhada em sua agenda e sacudiu a cabeça.

– Eu gostaria de ajudar, mas a Sra. Haversham está chegando às oito e meia. Não tenho como correr de volta para casa e revelar em menos de quarenta e cinco minutos.

– Eu dou um jeito em Jill Haversham para você – ofereceu Andrea. – Apenas direi a ela que você teve uma emergência e pedirei para remarcar. Depois a convidarei para tomar café da manhã, por ter sido tão compreensiva. Ela não sai muito e vai adorar.

Hannah virou-se para a irmã, surpresa. Andrea não era habitualmente tão generosa com seu tempo.

– Isso tem algo a ver com aquele duplex que ela tem e aluga, na Rua Maple?

– Bem... na verdade, tem. – Andrea ficou ligeiramente rosada. – Eu venho pensando em conversar com ela sobre o imóvel. Tenho um comprador interessado e ela pode ter um bom lucro.

Hannah sorriu. Quando se tratava de vender imóveis, sua irmã era tenaz como um cãozinho com um osso. Andrea vinha tentando fazer com que Jill Haversham vendesse seu duplex há pelo menos um ano, e ela não desistiria até conseguir.

– Se você quer deixar a Sra. Haversham por sua conta, por mim, tudo bem – concordou Norman. – Só tenho outra consulta às dez, e isso nos dará tempo suficiente. Vamos, Hannah. Traga o filme e vamos até minha câmara escura ver o que temos.

– Sua mãe pareceu bem surpresa quando me viu. – Hannah entrou no closet espaçoso que Norman transformara em câmara escura. – E eu não tenho certeza se ela aprovou quando você disse que nós íamos subir ao seu quarto.

Norman riu.

– Foi um equívoco da minha parte. Eu deveria ter dito que nós íamos subir para revelar um rolo de filme. Não teria sido tão ruim se a Sra. Beeseman não estivesse aí. Minha mãe nunca faria fofoca de você, mas não tenho muita certeza quando à Sra. Beeseman.

– Eu tenho. A Sra. Beeseman dirá a todo mundo que estiver num raio de oito quilômetros.

Norman olhou-a, curioso, enquanto Hannah entregava o rolo de filme.

– Você não parece aborrecida quanto a isso.

– Não estou. Qualquer um que me conhece não vai acreditar. Quem não me conhece, não importa.

– Essa é uma boa postura. – Norman segurou o rolo do filme sob a luz. – É preto e branco. Ainda bem que tenho o material completo. Eu comecei com preto e branco porque gosto do contraste. Usei por pelo menos dez anos antes de adicionar a cor. Agora, quase todo mundo usa.

– Então é incomum que Lucy tenha usado preto e branco?

– Na verdade, não. Ela trabalha para Rod e ele não imprime colorido com frequência. É simplesmente caro demais. Lucy provavelmente carregou a máquina com filme preto e branco para que pudesse revelá-lo na câmara escura de Rod. Ele revela no próprio escritório e manda o trabalho colorido para ser feito fora.

– Isso faz muito sentido. Lucy não ia querer mandar nenhum filme incriminador para ser revelado fora.

– Sente-se aqui, Hannah. – Norman apontou para uma banqueta no canto. – Preciso ficar na escuridão total, até que o filme esteja no tanque.

Hannah seguiu para a banqueta e se sentou. Ela estava interessada, pois nunca estivera numa câmara escura antes.

– Como você consegue ver o que está fazendo, se fica no escuro total?

– Não consigo, mas já fiz isso tantas vezes que meus dedos conhecem os movimentos. Muitos fotógrafos usam saquinhos, mas eu não gosto. Fazem minhas mãos suarem. Você está pronta para eu apagar a luz?

– Estou pronta. – Hannah esticou o braço e segurou na beirada da pia comprida. Ela não queria perder o equilíbrio e cair da banqueta quando a luz fosse apagada.

Norman apertou o interruptor e Hannah deu uma olhada em volta. Ela sabia que era dia claro, mas nem uma frestinha de luz penetrava na câmara escura de Norman. A escuridão absoluta fez com que ela se sentisse meio desequilibrada, e ela ficou contente por ter pensado antes em segurar na pia.

Os sons pareciam ser amplificados na escuridão. Hannah ouviu um pequeno estalo e imaginou que Norman devia ter tirado a tampa do rolo de filme. Depois surgiu um ruído de desenrolar. Agora que não conseguia julgar as dimensões visuais da sala, ela se sentia ligeiramente desorientada. Ela lembrou a si mesma que aquela devia ser a sensação dos cegos e agradeceu por não lhe faltar a visão.

Hannah ouviu algo tilintar em metal, talvez a lateral do tanque de revelação. Isso foi seguido por uma batida que lembrava uma tampa sólida metálica colocada sobre uma panela, depois uma pequena luz branca preencheu a sala.

– Só tem cem watts, mas parece bem forte, não é?

– Isso deve ser porque nossas pupilas estão dilatadas. O que você precisa fazer a seguir?

– Despejar o revelador e agitar cuidadosamente, por dois ou três minutos. Depois, vou jogar o revelador fora e adicionar o banho de imersão.

– Você precisa apagar a luz novamente?

– Não, a lata tem um dispositivo de luz, então posso acrescentar e descartar os líquidos.

Hannah observava enquanto Norman despejava o revelador. Dava para sentir o cheiro, e tinha um odor bem pungente. Ele agitou o líquido com muito cuidado no recipiente metálico, até que o cronômetro apitou. Então, escorreu o líquido e acrescentou outro, de um frasco diferente.

– Esse é o banho de imersão? – perguntou Hannah.

– Isso mesmo. – Norman o agitou dentro do tanque, por alguns segundos, depois jogou fora. – Agora preciso acrescentar o fixador.

Hannah ouvia o tique-taque do relógio. De onde estava sentada não conseguia vê-lo, mas quando tocou ela achou que haviam se passado uns três ou quatro minutos. – E agora?

–Vou abrir o tanque e enxaguar os negativos por cinco ou dez minutos. Depois vou colocá-los na secadora.

– Secadora? – perguntou Hannah. – Não é o que estou pensando, é?

– Não, é uma secadora para negativos.

– E aí teremos as fotos?

– Ainda não. Teremos tiras de negativos secos para colocar sob o amplificador e fazer as impressões. Você vai gostar dessa parte, Hannah. Quando as impressões saem, é quase mágico.

– Mas como você pode ver, se está no escuro?

– Não estará escuro. Usaremos uma luz de segurança para a impressão. É meio alaranjada e fraca, mas dá para ver.

– Isso é realmente interessante, Norman. Eu gostaria de ter me interessado por fotografia. Você pode acender a luz de segurança para que eu veja como está?

– Claro.

Norman apertou um interruptor e a luz forte da sala se apagou. Levou um tempo para que os olhos dela se ajustassem, mas depois Hannah percebeu a luz fraca alaranjada. Aquela luz a fez recordar de quando esteve sentada diante de uma fogueira de acampamento, no único verão em que foi acampar. Ela detestava as caminhadas, a comida e os monitores. Nunca fora fã de atividades organizadas, onde todos tinham de participar e fingir que estavam se divertindo. Mas as fogueiras do acampamento tinham sido maravilhosas, um círculo reluzente cercado pela mata.

– Quer aprender?

A pergunta de Norman trouxe Hannah de volta de suas lembranças dos lagos congelados, das mordidas de mosquito, dos cachorros-quentes crus e chamuscados, uma combinação que só pode existir diante de uma fogueira.

– Aprender o quê?

– Fotografia. Eu poderia lhe ensinar.

Hannah pensou por um minuto.

– Sim, eu gostaria. Mas não esqueça que também temos de desenhar nossa casa dos sonhos.

– Ainda bem que eu não mencionei isso à minha mãe hoje de manhã – disse Norman, com um sorriso provocador –, ou a Sra. Beeseman provavelmente ficaria no telefone até gastar.

Capítulo 12

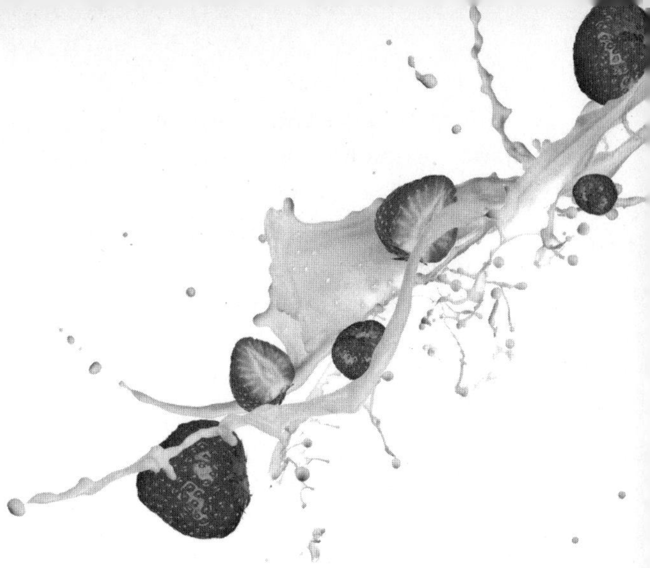

Norman entrou na cozinha.

– Hannah, suas fotos estão prontas.

– Ah, que bom. Eu mal posso esperar para ver como ficaram. Hannah deu à Sra. Beeseman o sorriso mais inocente do mundo. Norman havia sugerido que ela descesse e tomasse um café com sua mãe e a Sra. Beeseman, para minimizar o impacto de sua visita na cabeça das duas senhoras. – Foi bom conversar, Sra. Beeseman. Com a senhora também, Sra. Rhodes.

Hannah se levantou de sua cadeira e seguiu Norman para fora da sala. Os dois subiram as escadas e, quando teve certeza de que eles não podiam ser ouvidos, ela perguntou:

– O que conseguimos?

– Quatro impressões. Uma delas está boa, mas eu não pude fazer muito pelas outras três.

– Só quatro? E o restante do rolo?

– Estava vazio. Lucy deve ter rebobinado o filme, depois que conseguiu o que queria.

Norman abriu a porta da câmara escura e Hannah entrou. As impressões estavam organizadas sobre o balcão de frente para a pia.

– Eu as coloquei em ordem – explicou Norman. – A foto de Sally Laughlin, no Hotel Lake Eden, foi tirada primeiro.

Hannah olhou para a foto de Sally. Ela estava tirando uma bandeja de cogumelos recheados do forno, no hotel. Depois ela olhou a segunda imagem, franzindo o rosto. A iluminação estava ruim, e ela não conseguia identificar direito o fundo.

– O que é?

– Não tenho certeza. Parece algum tipo de prédio. Há um carro – Norman o apontou – e dois homens. Tentei clarear um pouquinho, mas não tive muito sucesso. Lucy usou a luz ambiente, em lugar do flash.

Hannah examinou a terceira foto impressa. Os dois homens estavam ligeiramente mais visíveis. Embora a imagem anterior sugerisse que eles estavam em pé conversando, nesta eles estavam numa pose bem mais antagônica. Ela ficou olhando a foto por um instante, em silêncio, depois perguntou:

– Você acha que o que está de frente para a câmera poderia ser Boyd Watson?

– Difícil dizer. Simplesmente não há luz suficiente.

Hannah pegou a última foto. O homem, cujas costas estavam diante da câmera, erguia o braço direito. Havia algo em sua mão, mas Hannah não conseguia identificar. Ela olhou, por um instante, depois resfolegou.

– O que foi? – perguntou Norman, ansioso.

– Essa é a foto do assassinato de Boyd Watson!

– Tem certeza?

– Não, mas faz sentido, se você pensar a respeito. – Hannah respirou fundo e soltou o ar, lentamente. Seu coração estava tão disparado que ela se sentia meio tonta. – Eu lhe disse sobre o terceiro carro que a Sra. Kalick viu, certo? Ela achou que fosse Felícia Berger e o namorado, mas isso muda tudo.

– Você acha que era Lucy?

– Sim. Ela deve ter estacionado o carro e seguido Boyd e seu assassino pela viela, a pé. É a única forma de ter conseguido tirar essas fotos.

Norman chegou mais perto para examinar novamente a foto.

– Faz algum sentido, Hannah. Isso explicaria por que Lucy não usou seu flash. Ela não queria que Boyd e seu assassino soubessem que ela estava ali. Infelizmente, porém, isso tudo é especulação.

– O que quer dizer?

– Essas fotos, na verdade, não provam nada. Ninguém pode identificar esses dois homens. Está escuro demais. Eles podem ser qualquer pessoa da cidade, ou de fora. E esse fundo não ajuda a identificar o local. Tudo que vemos são dois homens e um carro, e nem dá para saber que tipo de carro é.

Hannah franziu o rosto.

– Mas eu tenho certeza de que é a garagem de Boyd.

– Acho que você está certa, mas não temos como provar. Essas fotos podem ter sido tiradas em qualquer lugar. Nós nem sabemos quando foram tiradas.

– Não há data no filme?

– Não. Se Lucy tinha uma opção de data na câmera, ela não usou. Não podemos nem provar que ela as tirou na noite do assassinato de Boyd. Podemos perguntar a ela, mas acho que ela não seria imbecil o bastante para admitir que testemunhou um assassinato e não denunciou.

Hannah pensou a respeito, por um momento.

–Você tem razão, Norman. Lucy não nos diria nada. E eu não posso ir correndo até a delegacia do xerife com essas fotos. Mesmo que eu conte a eles que as encontrei na escrivaninha de Lucy, será minha palavra contra a dela, e isso é um desperdício.

– Mas Andrea estava lá. Ela pode jurar que o filme estava na escrivaninha de Lucy.

Hannah suspirou profundamente.

– Isso também não vai funcionar. Não posso envolvê-la, e não é só com a reação de Bill que estou preocupada. Mesmo que Mike e Bill consigam identificar o assassino de Boyd, através das provas que encontramos, o negócio todo pode ser invalidado no tribunal.

– Você está certa, Hannah. Algum advogado esperto pode argumentar que, como a busca ao apartamento de Lucy foi realizada pela esposa e cunhada de um detetive designado ao caso, ela fica comprometida.

– Fruto da árvore venenosa. – Hannah repetiu a frase que aprendera no episódio de *Law & Order*. – Estou entre a cruz e a espada, Norman.

– Talvez não. – Norman parecia estar pensativo. – Se pudermos identificar o assassino sem envolver Lucy, você talvez possa encontrar novas provas. E se Bill e Mike acabassem descobrindo, sem o auxílio das fotos de Lucy, seria aceito no tribunal.

Hannah ficou impressionada.

– Isso é brilhante, Norman.

– Eu também assisto *Law & Order*. Portanto, tudo que temos a fazer é identificar o assassino e seguir a partir daí.

– Certo. – Hannah suspirou profundamente. – O assassino está de costas para a câmera e as fotos estão tão escuras que não dá para reconhecermos nada dele. Não podemos provar onde as fotos foram tiradas, pois não há luz suficiente para ver o fundo. Nem sabemos, com certeza, *quando* as fotos foram tiradas. Será moleza, Norman.

– É isso que gosto em você, Hannah. Você sempre tem uma postura tão positiva!

Norman riu e Hannah o olhou surpresa, antes de rir também. As pessoas geralmente detestavam quando ela era sarcástica, mas Norman respondia à altura. Ela deu uma olhada nas fotos, novamente, examinando cada uma delas. Então teve uma ideia.

– Espere um segundo. Você pode provar que a foto de Sally foi tirada antes?

– É claro. Os negativos são numerados.

– Então sabemos que Lucy tirou as fotos do assassinato *depois* daquela foto de Sally. Isso nos dá uma margem de tempo. Tudo que temos a fazer é perguntar a Sally quando ela fez cogumelos recheados e saberemos quando Lucy tirou a foto.

– Isso vai restringindo o tempo – concordou Norman. – Vamos apenas torcer para que os cogumelos recheados não sejam um item rotineiro no cardápio de Sally.

Hannah soltou um gemido.

– Obrigada pelo banho de água fria, Norman. Eu nem tinha pensado nisso.

– Eu me esforço para agradar. – Norman pegou a última foto impressa, a que eles achavam ser a do assassinato. – Acabei de notar uma coisa.

– O quê?

– Quando o assassino ergueu o braço, a manga do casaco foi repuxada. Está vendo esse pontinho de luz aqui?

Hannah assentiu.

– O que é?

– Acho que é uma abotoadura. Deve ter sido iluminada pela luz da lua, e está mais clara do que o restante da foto. Às vezes, abotoaduras têm iniciais. Quer que eu tente ampliar?

– Você é um gênio, Norman! – Hannah ficou tão empolgada que jogou os braços ao redor de Norman e beijou-lhe o rosto. Norman pareceu ligeiramente surpreso, mas retribuiu o abraço.

Hannah se sentou na banqueta, enquanto Norman ampliava aquela parte do negativo. Ele tinha razão. Quando a impressão saiu, foi como mágica.

– Deixe-me secá-la. Só levará um minuto. – Norman acendeu a luz forte e seguiu até sua secadora, um enorme tambor metálico com uma superfície brilhosa.

– Quanto tempo vai levar?

– Apenas alguns minutos. Essa é uma secadora comercial e é rápida. Eu a comprei de um estúdio em Seattle, quando o dono se aposentou. – Norman colocou a impressão molhada virada para baixo, junto ao metal. – Quando a impressão escorregar, estará seca.

O tambor metálico começou a revolver como uma roda-gigante e Hannah ficou olhando até que a impressão caiu e aterrissou na lona, abaixo da secadora.

– Posso pegar agora?

– Sim. Traga até o balcão e vamos dar uma boa olhada. Acho que podemos descobrir algo, Hannah.

Hannah levou a impressão até o balcão e seu coração disparou ao examiná-la. A abotoadura do assassino era diferente, um perfil da cabeça de um cavalo com algo que parecia ser um diamante no olho.

– Isso é um design de relicário.

– Como sabe disso?

– Minha mãe coleciona joias antigas e ela tem todo tipo de livro sobre o assunto. Vamos voltar à clínica, Norman. Vou pegar a caminhonete e ir até a Sally para descobrir sobre aqueles cogumelos recheados. Depois vou atrás de Lucy para ter uma conversinha com ela.

– Cuidado, Hannah – alertou Norman. – Você não pode perguntar sobre as fotos.

– Eu sei, mas nós podemos falar sobre joias antigas. E eu posso mencionar que minha mãe está interessada em comprar um par de abotoaduras antigas, com cabeças de cavalos.

– Isso não vai fazê-la desconfiar?

– Como poderia? Se eu a pegar antes que ela volte ao apartamento, ela não saberá que o filme sumiu. Lucy não teve a chance de revelá-lo, e não sabe que tem uma imagem clara da abotoadura do assassino. Não se esqueça de que tivemos de ampliar para ver.

Norman pensou a respeito, por um minuto.

– Você tem razão. Seria apenas um pontinho de luz no visor.

– Imagino que se Lucy o seguiu até a casa de Boyd, ela pode ter notado suas abotoaduras. Se o fez, talvez me diga seu nome.

– Você acha que Lucy de fato lhe diria o nome do assassino?

– Por que não? – Hannah sacudiu os ombros. – Ela sempre se gaba por ser tão observadora, e isso lhe dará uma chance de se exibir. Ela jamais suspeitará que eu sei que o homem das abotoaduras antigas é o assassino de Boyd.

– Pode ser que funcione, *sim*, eu acho. – Norman pareceu duvidoso.

– Vale a tentativa. – Hannah limpou a garganta e olhou Norman diretamente nos olhos. – Quanto àquele envelope que eu lhe dei... só quero que você saiba que eu o coloquei no bolso no instante em que o encontrei. E não tirei até entregá-lo a você.

– Estou surpreso que você ainda esteja viva, Hannah.

– Claro que estou viva. – Hannah ficou intrigada com a brusca mudança de assunto. – Por que não estaria?

– Achei que sua curiosidade fosse matá-la, a essa altura. – Norman riu. Depois colocou os braços ao redor dela e lhe deu um grande abraço.

Hannah passou voando pelo parque e, quando se aproximou do Colégio Jordan, estava a cinquenta quilômetros por hora. As ruas estavam desertas, ela não dirigia displicentemente e era um presente e tanto poder acelerar pela cidade.

– É melhor você ir mais devagar, Hannah. Está dez quilômetros por hora acima da velocidade permitida.

– Eu sei. – Hannah deu um sorriso insolente à irmã. – Mas o Herb Beeseman está de guarda na porta do auditório e não pode me multar por excesso de velocidade.

– Conhecendo Herb, ele provavelmente preparou uma armadilha para o excesso de velocidade. Ouvi dizer que a Câmara dos Vereadores votou para que o valor das multas de trânsito desse mês seja revertido à festa de Natal das crianças.

Hannah pensou, por uma fração de segundo, depois tirou o pé do acelerador.

– Você pode estar certa. E a mamãe não me deixará viva se eu for multada, principalmente por tê-la perturbado tanto por sua multa.

– Tem certeza de que Lucy está na escola?

– Não, mas Rod me disse que ela estava trabalhando numa matéria sobre os concorrentes do concurso de hoje. Pelo que vejo, só há dois lugares onde ela possa estar.

– A escola e o hotel?

– Isso mesmo. Se Lucy não estiver na escola, ela estará com Sally. E, de qualquer forma, nós precisamos ir até lá para descobrir quando ela serviu os cogumelos recheados.

Elas seguiram em silêncio por mais algumas quadras, então Hannah notou que Andrea estava tremendo.

– Desculpe pelo aquecedor. Está no máximo, mas esse é todo o calor que ele gera.

– Tudo bem. Não estou com tanto frio.

– Então por que você está tremendo?

– Porque estou pensando naquelas fotos do assassinato. Isso pode ser totalmente ridículo, Hannah, mas é algo que acaba de me ocorrer.

– O quê? – Hannah entrou no estacionamento dos professores e encontrou uma vaga perto da porta da cozinha. Ela havia mostrado as fotos impressas a Andrea e a irmã concordara que pareciam fotos do assassinato de Boyd.

– Por que Lucy não entregou o filme a Bill e Mike? Se eu estivesse perto o suficiente de um assassino para tirar sua foto, eu iria direto para a delegacia do xerife, o mais rápido que pudesse.

– Eu também. Mas Lucy não fez isso. O que quer dizer?

– Aquele rolo de filme estava junto com seu material de chantagem, certo?

– Material de extorsão – Hannah corrigiu.

– Tudo bem, material de extorsão. Mas estava na gaveta secreta.

– Certo. – Hannah desligou o motor e se virou para olhar Andrea. – O que você está pensando?

– Estou pensando que talvez Lucy esteja planejando chantagear o assassino de Boyd.

O queixo de Hannah caiu. Essa possibilidade não lhe ocorrera. Ela achava que também não passara pela cabeça de Norman. Ele teria dito algo.

– Foi só uma ideia. – Andrea pareceu bem defensiva. – Só estou jogando as coisas para que você pense.

– Hannah ficou em silêncio por um longo tempo, depois soltou o ar numa bufada. – Não é tão estranho quanto parece, Andrea. O que você está dizendo pode fazer sentido.

– Você acha? – Andrea pareceu muito surpresa. – Mas Lucy tem de saber que chantagear um assassino é perigoso demais.

– Talvez, mas seu nível de confiança neste momento é bem alto. Ela está de carro novo, guarda-roupa novo, um monte de dinheiro, e Norman está tratando de seus dentes de graça. Lucy talvez imagine que esteja na hora de passar para algo maior, que renda mais lucro.

– Mas isso é... loucura!

Hannah apenas concordou e deixou assim.

Andrea encarou-a, por um instante, depois suspirou.

– Você está certa. Nós duas sabemos que Lucy está maluca, andando por aí sorrateiramente, tirando aquelas fotos. Mas você realmente acha que ela é tão maluca assim?

– Eu não sei. – Hannah abriu sua porta e sinalizou para que Andrea saísse da caminhonete. – Mas acho melhor a gente achar a Lucy. Não sei como vamos preveni-la do perigo sem mencionar o pacote de provas que confiscamos, mas temos de tentar. Se ela pressionar o assassino de Boyd, terá mais problemas que um macaco em loja de louças.

Capítulo 13

– Lamento, Hannah, não vejo a Lucy desde ontem à noite. Se ela aparecer, eu digo que você está procurando por ela.

– E você esteve aqui o dia todo? – perguntou Andrea.

– Bem aqui – respondeu Herb, dando um tapinha em sua cadeira. – Fiz uma pausa, alguns minutos atrás, mas tranquei a porta antes de sair. Quer que eu leve essas caixas para dentro, Hannah?

– Seria ótimo. Obrigada, Herb. – Elas colocaram no chão as caixas que estavam carregando e Hannah entregou a Herb um saco de cookies que trouxera para ele. – Essa é a nova receita de Lisa. Ela os chama de Piscadelas de Cereja.

Herb abriu o saco e olhou dentro.

– É um bom nome. A cereja em cima parece estar mesmo piscando. O que você vai preparar esta noite, Hannah?

– Flan Havaiano.

– O que é isso?

– Manjar com abacaxi – explicou Andrea. – Hannah aprendeu a fazer quando nós estávamos no Segundo Grau, e é nossa sobremesa favorita.

– Parece bom. Eu gosto de abacaxi. Diga... Por que você nunca usa nos cookies?

– Não sei. – Hannah pensou a respeito. Ela fizera cookies com passas, tâmaras e bananas, mas nunca tinha pensado em usar abacaxi. Na verdade, não era má ideia. – Obrigada pela sugestão, Herb. Preciso ver o que posso arranjar.

– Acho que cookies de abacaxi fariam muito sucesso, principalmente se tivessem o gosto do bolo invertido de abacaxi. Acha que devo comentar isso com a Lisa? Seu bolo de abacaxi é melhor que o da minha mãe.

– Boa ideia. – Hannah conteve um sorriso. Se Marge Beeseman algum dia descobrisse que seu filho caçula gostava mais do bolo de Lisa do que do seu, haveria guerra em Lake Eden. – Precisamos correr, Herb. Hoje será um dia cheio. Prometi ir ao hospital ver Danielle. Depois, temos de passar voando no Hotel Lake Eden e voltar para a loja a tempo de cozinhar para a reunião desta tarde do clube de leitura Regency Romance.

– Minha mãe me disse que eles farão uma leitura a fantasia e Lucy estará lá para tirar fotos para o jornal. Só espero que ela apareça.

– Por que não apareceria?

– Quando eu a vi no concurso, ontem à noite, ela disse que estava envolvida num grande trabalho.

Hannah quase teve medo de perguntar, mas perguntou:

– Lucy lhe disse algo a respeito?

– Na verdade, não – Herb sacudiu a cabeça –, mas ela disse que se desse certo do jeito que achava que daria, ela ganharia dinheiro suficiente para quitar o carro novo que financiou.

Eles se despediram e caminharam de volta até a caminhonete de Hannah, em silêncio. Hannah estava torcendo para que o grande trabalho de Lucy não tivesse nada a ver com confrontar o assassino de Boyd, e ela desconfiava que Andrea estava torcendo pela mesma coisa.

* * *

Depois de uma passada rápida no hospital, elas voltaram para casa. Hannah tinha substituído o bordado do quarto de Danielle por uma foto que recortara de uma revista. Um campo com vacas pastando pode não ser arte, mas é inofensivo.

O Hotel Lake Eden ficava somente a três quilômetros do hospital e elas chegaram bem rápido. Quando entraram no bar rústico, pelo segundo dia seguido, Hannah sentiu um *déjà vu*. O bufê estava servido, os hóspedes estavam às mesmas mesas e Sally estava sentada na mesma banqueta do bar, com seus pés apoiados exatamente na mesma posição. A única diferença era a cor de sua blusa de gestante. A escolha de Sally para hoje era um azul royal com letras de forma que diziam "MÃE TRABALHANDO".

– Oi, Sally. – Hannah caminhou até ela, com Andrea logo atrás. – Não viemos comer de graça de novo, eu juro.

Sally riu.

– Podem se servir. Eu sempre faço uma tonelada de comida e esse estrogonofe de filé não vai dar para requentar. Tem muito creme de leite.

– Seu estrogonofe tem cogumelos? – perguntou Andrea, desviando o olhar da mesa de bufê.

– Quatro tipos diferentes. – Sally os contou nos dedos. – Champignon, shitake, pleurotus e kikurage.

Hannah notou que Andrea estava olhando na direção do estrogonofe. Andrea nunca tomava café e àquela hora provavelmente já estaria faminta.

– Falando em cogumelos, quando foi a última vez que você fez seus cogumelos recheados com farelo de pão e linguiça?

– Eu os servi na quarta-feira, para o *happy hour* das cinco da tarde – disse Sally –, mas acho que não o farei novamente. Dão muito trabalho, até o último minuto.

Hannah guardou isso para uma referência futura.

– Os cogumelos recheados não são um item rotineiro em seu cardápio?

– Não, eu só faço em ocasiões especiais. Eles não ficam muito bons no *réchaud* e precisam ser servidos quentes. Provavelmente não os farei novamente, até a festa de Natal. Vocês vêm, não é?

– Eu não perderia – disse Hannah.

– Nem eu. – Andrea sorriu. – Você sempre dá uma festa ótima e a comida é inacreditável.

– Você parece estar com fome. Por que não vai até o bufê? – sugeriu Sally.

Hannah deu uma olhada para Andrea. Seu olhar na direção da mesa de comida ficara mais intenso.

– Certo, mas você tem certeza de que não vai fazer falta?

– Tenho. Vão servir seus pratos e voltem aqui, como ontem.

– Com uma diferença. – Hannah foi insistente. – Você tem de nos deixar pagar.

Sally sacudiu a cabeça.

– Não sejam tolas. Vocês me farão um favor, tirando minha cabeça do Dick Júnior. Hoje ele está chutando sem parar. Dick diz que acha que eu terei um carateca faixa preta.

Não demorou para que Hannah a Andrea se abastecessem. Depois de voltarem ao bar com seus pratos cheios, Hannah foi ao que interessava.

– Estou tentando encontrar Lucy Richards. Você a viu hoje?

– Não. – Sally sacudiu a cabeça. – Ela esteve aqui ontem à noite, para a festa após o programa, mas não a vejo desde então.

Andrea engoliu uma garfada de estrogonofe de filé, depois perguntou:

– Você sabe a que horas ela foi embora?

– Ela ainda estava por aqui quando eu desabei, por volta de onze horas. Eu simplesmente não conseguia manter os olhos abertos. Você deveria perguntar ao Dick, ele só fechou à uma hora.

– Tarde assim? – Hannah ficou surpresa. – Achei que vocês geralmente fechassem à meia-noite.

– Fechamos, mas tinha bastante gente aqui e nós temos um bom lucro com os drinques. Dick disse que todos estavam se divertindo tanto que ele não teve coragem de apagar a luz.

– Muita gente veio de carro da cidade? – perguntou Andrea, comendo outra garfada de estrogonofe.

– Sim, mas eles não ficaram até tarde, porque tinham de trabalhar de manhã. As únicas pessoas da cidade que estavam aqui, quando eu saí, eram o Prefeito Bascomb e a esposa, Mason Kimball, Cyril Murphy, e sua mãe e a Sra. Rhodes.

Andrea quase engasgou com o cogumelo shitake. Quando conseguiu engolir, ela perguntou:

– Minha mãe estava aqui até tarde assim?

– Isso mesmo. Ela estava dançando com aquele belo âncora da KCOW. Não me lembro do nome dele. E a Sra. Rhodes estava sentada à mesa, com aquele cara bonitinho que anuncia o boletim meteorológico.

– Chuck Wilson e Rayne Phillips?

Sally assentiu e os olhos de Hannah se arregalaram. Ela ficou imaginando o que Norman diria se soubesse que as mães deles estavam perambulando pelo bar, com dois belos homens que tinham quase trinta anos a menos que elas.

– Dick disse que os que ficaram mais tempo foram os concorrentes e um pessoal da TV KCOW. Estão todos hospedados aqui e não precisam se preocupar em dirigir para casa. – Sally desceu da banqueta. – Hora de colocar o bufê de sobremesa. Quer que eu mande o Dick vir aqui, para vocês perguntarem sobre Lucy?

– Sim, se puder cedê-lo.

– Sem problema. Nós optamos pelo simples, hoje. Claro que você já sabe disso.

– Eu sei?

– Acho que não. – Sally deu um grande sorriso. – Bem, você terá uma grande surpresa quando vir o que estamos servindo.

Depois que Sally saiu, Hannah se virou para a irmã, com uma expressão intrigada.

– Do que ela estava falando?

– Não sei, mas isso não é importante. O que faremos sobre a mamãe e o Chuck Wilson?

– Nada.

– Mas isso é o cúmulo! – Andrea tomou um gole de água e abanou o rosto com o guardanapo. – Pense a respeito, Hannah. O que as pessoas dirão quando souberem que a mamãe está saindo com Chuck Wilson? Ele tem idade para ser nosso irmão!

Hannah estava se divertindo com a inversão de papéis. Andrea estava agindo como uma mãe que acabara de descobrir que a filha tinha feito algo terrível.

– É melhor termos uma conversa de mãe e filha com ela, Hannah. Isso simplesmente não é... – Andrea esforçou-se para encontrar a palavra certa – ... apropriado para uma mulher da idade dela!

– Relaxe, Andrea. Sally não disse que a mamãe estava namorando Chuck Wilson. Ela disse que eles estavam apenas dançando.

Andrea pensou a respeito, por um momento.

– Você tem razão. Eu acho que dançar não tem problema, contanto que não tenha sido música lenta. Acha que devemos perguntar à Sally que tipo de música foi?

– Acho que não devemos meter o bedelho. A mamãe tem idade suficiente para saber o que está fazendo. – Hannah viu Dick vindo na direção delas. – Esqueça, Andrea. De qualquer forma, provavelmente não é nada. Aí vem o Dick e nós temos perguntas a fazer.

Cinco minutos depois, elas tinham algumas respostas. Lucy tinha chegado com o restante do pessoal do auditório do Colégio Jordan, depois do programa. Até onde Dick viu, ela não estava com ninguém em particular e passou algumas horas, de mesa em mesa, conversando com os competidores e membros da equipe de televisão da KCOW. Ele servira a ela um drinque, uma taça de vinho branco, e ela recusara o segundo. Lucy dissera-lhe que estava trabalhando numa grande matéria e queria ficar com a cabeça limpa. Dick não sabia se ela conseguira o que queria, mas ele disse que ela estava sorrindo ao sair.

– Quando foi isso? – perguntou Andrea.

– Por volta de meia-noite. Eu a vi saindo pela porta.

– Ela estava sozinha? – Hannah perguntou.

– Estava, quando saiu pela porta.

Hannah franziu o rosto.

– Alguém poderia tê-la seguido?

– Claro, mas eu não notei. Depois disso, fiquei ocupado com uma porção de coisas.

– Você sabe se ela veio para cá dirigindo seu próprio carro?

– Veio. Logo depois que ela chegou, alguém entrou e disse que ela tinha deixado os faróis acesos. Lucy me entregou a chave e mandou que eu desse uma corrida até o estacionamento para apagá-los. Quase a mandei passear, mas eu queria ver seu carro novo.

– Seria possível que ela tivesse ido para casa com outra pessoa e tivesse vindo buscar o carro hoje de manhã? – Hannah fez sua última pergunta.

– Não. A bateria do carro do Prefeito Bascomb estava arriada e eu saí para ajudá-lo, meia-noite e meia. Sei que o carro de Lucy já não estava mais lá. Ela estava estacionada ao lado dele e eu dei ré em sua vaga, para conectar os cabos.

– Obrigada, Dick. Isso é tudo que precisamos saber. – Hannah o dispensou com um sorriso.

– Certo. Mas eu tenho uma pergunta. Por que estão tão interessadas em Lucy?

– Preciso encontrá-la – respondeu Hannah, honestamente. – Depois cruzou os dedos. – Ninguém a viu desde ontem à noite e eu preciso checar essa matéria que ela está fazendo sobre o concurso. Ela já escreveu coisas que eu não disse na semana passada e eu não quero que volte a acontecer.

– Bem, boa sorte para encontrá-la. Preciso ir. O carrinho de sobremesa é pesado e eu não quero que Sally empurre até aqui sozinha.

– Bill era do mesmo jeito quando fiquei grávida de Tracey – disse Andrea, quando Dick saiu. – Ele até ia ao carro para guardar as compras para mim.

Hannah sorriu.

– Que legal. Ele ainda faz isso?

– Está brincando? Agora ele fica colado à televisão e eu tenho de carregar as sacolas para dentro, sozinha. Ele me ajuda, se eu pedir, mas certamente não se oferece mais. – Andrea pareceu pensativa. – Ele realmente era bem mais atencioso quando eu estava grávida de Tracey. Talvez tenha algo a ver com aquele negócio de grávida e descalça, com a barriga no fogão.

Hannah riu e desceu da banqueta.

– Só se você viver numa praia tropical, com um estoque ilimitado de fraldas. Ora, vamos, Andrea. Vamos dar uma olhada naquele bufê de sobremesas e ver por que Sally está em pé, sorrindo sem parar.

Havia uma aglomeração ao redor do bufê de sobremesa e elas levaram algum tempo até se aproximarem o suficiente para ver o que havia ali. Depois que Hannah, alguns centímetros mais alta que a irmã miúda, conseguiu dar uma espiada por cima do ombro de alguém, ela deu uma risadinha.

– O que é? – Andrea deu um tapinha em seu braço. – Isso não é justo, Hannah. Você consegue ver e eu não.

– Essa é uma das vantagens de ser alta.

– O que é? Fale.

– São meus cookies. Sally comprou seis tipos diferentes, arrumou em cestinhos e tem sorvete e todo tipo de cobertura para que você faça seu próprio sundae.

– E você não sabia?

– Não, eu não fui à loja hoje de manhã. Só liguei para Lisa e perguntei se ela podia cuidar da loja sozinha, até hoje à tarde. Quando saí de casa, fui direto pegar você para que fôssemos... – Hannah parou e deu uma olhada em volta. Ninguém parecia estar ouvindo, mas era bom ser cautelosa. – ... àquele apartamento a tempo.

Andrea pareceu intrigada, por um instante.

– Ah, sim. *Aquele* apartamento.

– Você quer ficar na fila para comer cookie e sorvete?

Andrea sacudiu a cabeça.

– Não, obrigada. Além disso, tenho cookie no carro. Vamos encontrar o Sr. Rutlege. Precisamos falar com ele sobre... – Andrea parou e limpou a garganta – é... aquele negócio que queríamos perguntar.

Era uma hora e elas estavam prontas para partir. Tinham descoberto tudo que podiam sobre o Hotel Lake Eden. Hannah parou diante do balcão da recepção e virou-se para Andrea.

– Tente ligar para o número de Lucy mais uma vez. Talvez ela esteja em casa a esta hora.

– O que direi se ela atender?

– Pergunte se podemos ir até lá.

– Mas ela vai querer saber por quê. – Andrea começou a franzir o rosto. – O que você quer que eu lhe diga?

– Diga que você está procurando uma peça para completarmos a coleção de joias antigas da mamãe. Seja um pouquinho lisonjeira com ela, diga-lhe que ela é a única pessoa da cidade que talvez possa nos ajudar. Isso deve funcionar.

– Certo.

Enquanto Andrea pegava o telefone e digitava o número de Lucy, Hannah pensava na informação que elas tinham ficado sabendo por Jeremy Rutlege. Ele admitira que o marido da Sra. Avery havia tentado suborná-lo, mas ele recusara o dinheiro. Hannah sabia que era verdade. Lucy tinha escondido o dinheiro do suborno em sua escrivaninha e agora estava no fundo da bolsa de couro de Andrea. O Sr. Rutlege também lhes dissera que ele havia falado com a Sra. Avery a respeito, e ela o convencera de que não sabia nada sobre o suborno. Depois, quando seu dente deu problema, e ele teve de pedir dispensa de sua função de jurado, decidiu não relatar o ocorrido. No fim das contas, a Sra. Avery, a competidora que fizera o doce recheado com nozes, fora eliminada, de qualquer forma.

– Ela não está em casa. – Andrea interrompeu os pensamentos de Hannah. – Acho que não esteve em casa o dia todo. Havia quinze mensagens em sua secretária eletrônica.

– Como sabe disso?

– Eu contei. Lucy tem uma daquelas máquinas que apitam a cada mensagem e havia quinze bipes. Não deixei uma mensagem nossa. Só contei os bipes e desliguei.

– Bom trabalho, Andrea. – Hannah afagou-lhe as costas e elas saíram, rumo ao estacionamento. – Se Lucy não esteve em casa, ela não sabe que as provas sumiram. Isso significa que ela ficará menos desconfiada quando eu me deparar com ela na reunião do Regency Club da mamãe.

– A que horas será?

Hannah deu uma olhada no relógio.

– Começa às três, mas eu só tenho de estar lá às três e quinze, e preciso assar seis dúzias de cookies de chocolate, antes. Agora é uma e dez, e isso me dá tempo de sobra. Você quer vir até a loja me ajudar?

– Eu? – Andrea pareceu chocada com a sugestão. – Você sabe que não sei cozinhar.

– Então apenas se sente perto da bancada de trabalho e converse comigo enquanto eu faço. Nós podemos bolar um plano para que eu o use com Lucy.

A essa altura, elas tinham chegado à caminhonete. Hannah destrancou e Andrea entrou. Hannah notou que ela estava sorrindo quando entrou passando pelo câmbio e prendeu o cinto, no banco do passageiro.

– Qual é a graça?

– Nada. Só estou contente que você tenha me convidado para ir à sua loja. – O sorriso de Andrea ficou maior. – Você está tentando me dizer que precisa de mim, não é, Hannah?

– Claro que preciso de você. – Hannah sentou-se atrás do volante. Andrea parecia tão grata por ser útil que Hannah sentiu uma pontada de arrependimento pelas coisas ásperas que dissera à irmã quando elas estavam crescendo. Andrea merecera cada uma delas, mas Hannah gostaria de ter tido mais tato. Em vez de chamar a irmã de idiota por fracassar na prova de matemática, ela poderia ter oferecido ajuda para estudar. E em vez de gritar com ela por demorar demais no banheiro, ela poderia ter ajudado a montar uma mesinha de maquiagem no quarto de Andrea. Tato nunca havia sido um dos fortes de Hannah. Ela sabia disso. Ainda não era, mas ela estava aprendendo e virou-se para a irmã, com um sorriso: – Até que como irmã você não é tão ruim.

Capítulo 14

Depois de cumprimentar Lisa e agradecê-la pelo trabalho extra que fizera para atender ao pedido de Sally com o bufê de sobremesa, Hannah conduziu uma pesquisa junto aos clientes da cafeteria. Nenhum deles – incluindo Rod, que viera tarde em seu intervalo de almoço – tinha visto Lucy durante o dia todo.

– Nada? – perguntou Andrea, quando Hannah voltou ao balcão.

– Ninguém viu. Venha, Andrea, eu preciso assar os cookies. – Hannah levou Andrea lá para trás, à confeitaria, e deixou-a numa banqueta, com uma caneca de café e um prato de cookies de noz-pecã.

– Posso ajudá-la, se você me disser o que fazer – ofereceu Andrea.

– Eu lhe digo. – Hannah seguiu até a geladeira, para tirar as tigelas de massa de cookie de chocolate que Lisa havia feito. Ela as colocou na bancada de trabalho com tampo de inox e observou Andrea terminar de comer seu terceiro cookie de noz-pecã. – Passe essa concha de cookie, por favor? Essa média.

Andrea encontrou a concha certa e entregou.

– Mais alguma coisa? Eu realmente quero ajudá-la, Hannah.

– Você pode... espere... deixe-me pensar. – Hannah parou bem na hora. Ela estava prestes a pedir que Andrea ajudasse a pegar a massa com a concha, enrolar em bolinhas e mergulhá-las no açúcar, mas essa tarefa exigiria explicações e, naquele momento, Hannah não tinha tempo para instruí-la quanto aos pormenores dos cookies. – Sei o que você pode fazer. Pode pegar a caderneta perto da pia e escrever todos os fatos que descobrimos hoje. Nós precisamos de algum tipo de registro.

Andrea pulou para pegar o bloco de anotações.

– Certo. Sou boa em anotações. O que devo anotar primeiro?

– Faça uma lista das vítimas de Lucy. Eventualmente, teremos de falar com todas elas para descobrir o que ela extorquiu. Comece com Norman.

– Certo. – Andrea escreveu o nome de Norman. – Ele estava apenas cuidando de seus dentes, certo?

Hannah assentiu, enquanto enrolava bolinhas de massa de cookie e as colocava na tigela de açúcar.

– Depois tem a Claire. Nós sabemos que ela deu roupas à Lucy.

– E o Prefeito Bascomb, mas não sabemos o que ele deu a ela.

– Provavelmente foi dinheiro, mas eu terei de checar. Apenas coloque um sinal de interrogação, por enquanto. – Hannah colocou uma dúzia de bolinhas açucaradas na assadeira e achatou-as com a espátula. – Em seguida, anote o marido da concorrente.

– O Sr. Avery?

– Isso mesmo. Registre dinheiro ao lado do nome dele, mas não especifique a quantia.

Andrea ergueu os olhos com uma expressão intrigada.

– Mas você contou o dinheiro. Você disse que eram dois mil dólares.

– Eram, mas pode ter sido mais. Lucy pode ter retirado uma parte. Eu terei de falar com o Sr. Avery para descobrir quanto havia no envelope, quando ele deu a ela.

– Certo. – Andrea registrou um sinal de cifrão ao lado do nome do Sr. Avery e acrescentou uma interrogação. – Quem é o próximo?

Hannah levou duas assadeiras de cookie até o forno e colocou-as lá dentro. Ela programou o *timer* e voltou à bancada de trabalho para enrolar mais bolinhas de massa.

– Registre o nome de Boyd. Na verdade, nós não sabemos se Lucy chegou a ter algum êxito com ele, mas vamos pedir à Danielle para checar seus extratos bancários e ver se há dinheiro faltando.

– Ela também deve checar as contas do cartão de crédito. Boyd talvez tenha comprado algo no crédito para Lucy, ou sacado em dinheiro.

– Boa observação. Faça uma anotação para que eu não me esqueça de dizer a ela. – Hannah encheu mais duas assadeiras de cookies e levou até o segundo forno. Quando voltou à bancada, ela viu que Andrea estava franzindo o rosto. – O que foi?

– Eu só estava pensando sobre as provas de Lucy. Sei que você devolveu a carta de Norman, mas vai entregar o restante das provas a Mike e Bill?

– Ainda não sei. Acho que terei de fazê-lo, se tiver algo a ver com o assassinato de Boyd.

– Mas e se não tiver?

Hannah refletiu por um momento.

– Acho que isso ficará a cargo das vítimas de Lucy. Quando eu entregar-lhes as fotos, perguntarei se darão queixa.

– Não darão.

Andrea parecia bem segura, e Hannah olhou-a.

– Pode ser que deem. O que Lucy fez é ilegal.

– E o que *eles* fizeram é constrangedor. Claire e o Prefeito Bascomb não vão querer que a esposa dele descubra sobre o caso. Foi por isso que eles deram o que a Lucy queria.

– Isso é verdade. Hannah começou a enrolar mais bolinhas de massa.

– E Norman não vai processá-la. Você disse que a mãe dele ficaria arrasada se descobrisse o que há na carta.

Hannah pegou a tigela com as bolinhas de massa e açúcar e sacudiu para cobri-las.

– Faz sentido. O Sr. Avery também não vai processá-la. E Boyd está morto; portanto, não pode fazer nada.

– Então Lucy vai se safar?

Hannah sacudiu os ombros.

– Talvez. Se suas vítimas optarem por não dar queixa, não há nada que possamos fazer a respeito.

– Mas isso não é justo! – Andrea tinha uma expressão bem semelhante à que Hannah vira no rosto de Moishe na única vez que ela tentou lhe dar um banho. A irmã estava cuspindo de raiva. – Temos de fazer algo, Hannah. Não pode deixar que Lucy saia ilesa!

Hannah certamente concordava com os sentimentos da irmã. Não era justo deixar Lucy se dar bem com extorsão.

– Talvez nós já tenhamos feito algo. Lucy não saberá quem invadiu seu apartamento e pegou seu pacote de provas. Ela acordará toda manhã imaginando quando a casa vai cair. E quando suas vítimas pararem de pagá-la, ela vai começar a suar.

– Entendi. – Andrea sorriu. – Lucy não saberá quem está planejando processá-la. Ficar trancafiado na prisão dever ser horrível, mas pelo menos você sabe quando vai sair. Do lado de fora, Lucy ficará para sempre com uma bomba-relógio na mão.

O *timer* tocou e Hannah se levantou para tirar do forno as duas assadeiras de cookies. Ela as pôs para esfriar e levou mais duas ao forno.

– Deve ter sido exatamente assim que suas vítimas se sentiam – Andrea prosseguiu. – Mesmo dando à Lucy o que ela queria, elas nunca poderiam ter certeza de que ela não iria expor seus segredos. Sei que não deveriam ter feito o que fizeram, mas isso não é nada comparado ao que Lucy fez.

Hannah olhava Andrea, surpresa. Sua irmã parecia tão séria quanto um juiz prestes a dar uma sentença de morte. Andrea estava realmente zangada com Lucy e não era comum vê-la com esse ar vingativo.

– Isso tem algo a ver com o telefonema que você recebeu ontem de manhã?

– Em parte, sim. – Andrea fechou ainda mais a cara. – Lucy deveria se informar melhor antes de me ligar àquela hora da manhã, no meu dia de folga!

Hannah estava em pé, atrás da mesa de refrigerantes, observando, enquanto Gail Hanson, Bonnie Surma e Irma York seguiam ao toalete feminino, com sacos volumosos contendo suas fantasias. Ela deixara Andrea em casa, depois de terminar de assar os cookies. Elas combinaram de se encontrar mais tarde, na confeitaria de Hannah, assim que Hannah terminasse o bufê e Andrea tivesse mostrado a casa da fazenda que estava programada para as três horas.

Os cookies de chocolate ficaram muito bons, apesar da "ajuda" de Andrea. Quando Hannah não tinha mais nada para que Andrea escrevesse no caderno, a irmã insistiu em enrolar bolinhas de massa para ela. A maioria das bolinhas de Andrea ficara torta, mas Hannah não quis deixá-la constrangida, refazendo-as, e assou sem dizer uma palavra. Agora, ela as colocara no fundo da travessa, com três camadas de cookies perfeitamente redondos por cima. Se os membros do clube de leitura Regency Romance, de Lake Eden, tivessem fome suficiente para comer até a última camada, simplesmente teriam de encarar os cookies tortos de Andrea.

Quando o café estava passando, com e sem cafeína, e a água para o chá estava fervendo, Hannah colocou xícaras ao lado das térmicas e se afastou para olhar seu trabalho. Ela tinha creme, açúcar, adoçante e um pote de vidro com fatias de limão para as senhoras que o quisessem em seu chá. Estava tudo pronto. Quando a leitura tivesse terminado e fosse concluída a rápida reunião, ela poderia servir.

Hannah ergueu os olhos e a visão que teve quase a fez cair na gargalhada. Bonnie, Gail e Irma tinham voltado vestindo suas fantasias, e eles eram uma atração à parte.

Delores lhe contara um pouquinho sobre a leitura enquanto arrumava as coisas. Havia somente dois personagens principais, uma jovem senhorita que perdera a memória num acidente de carruagem e um capitão, da equipe de Wellington, que alegava ser seu noivo. Bonnie, que tem cabelo curto escuro e uma silhueta esguia, estava interpretando a jovem senhorita. Gail, uma mulher opulenta com curvas de sobra, interpretava o pretendente a marido. De alguma forma, Hannah conseguiu manter o rosto sério enquanto olhava o estranho par. Se ela tivesse sido consultada quanto à escolha do elenco, teria invertido os papéis. Gail estava quase estourando os botões da frente de sua casaca militar, e suas calças brancas estavam com as costuras estufadas. Ela havia enfurnado o cabelo louro comprido dentro de um quepe militar que Hannah suspeitava estar longe do período autêntico, mas se esquecera de tirar os brincos de diamante.

Bonnie parecia igualmente ridícula, num vestido de musselina com gola alta e babados nos quadris. O corpete do vestido tinha sido feito para uma mulher com mais busto e caía em dobras na cintura. Ela tentara parecer mais feminina, acrescentando um chapéu de palha decorado com fitas e um passarinho vermelho de plástico, mas o chapéu era grande demais e ficava escorregando sobre um de seus olhos.

A cena era ambientada numa carruagem e Hannah tinha de admitir que isso elas fizeram bem. Duas banquetas de piano forradas com veludo verde se passavam como os assentos da carruagem e uma tenda de tecido preto havia sido colocada acima, para simular o teto e as laterais do veículo.

Irma York também estava com seu traje e Delores havia explicado que ela era o "tigre", menino que ficava na traseira da carruagem, do lado de fora. Irma estava vestida com uma farda. Na verdade, era o uniforme de seu filho, da banda escolar do Colégio Jordan, mas a ideia não estava ruim. Delores explicara que Bonnie e Gail se encarregariam das falas de diálogo e Irma leria a descrição das passagens.

Elas estavam quase prontas para começar e Hannah deu uma olhada em volta, à procura de Lucy. Não a viu nas fileiras de cadeiras que haviam sido organizadas para os espectadores, mas talvez ela viesse mais tarde.

Irma subiu numa escada para dar a entender que estava no topo da cobertura preta da carruagem. Ela parecia ligeiramente nervosa e Hannah podia entender o motivo. A cobertura era alta e Delores uma vez mencionou que a amiga não ficava confortável em grandes alturas. Irma limpou a garganta, depois começou.

– Estamos fazendo uma leitura de *A Secret Scandal*, de Kathryn Kirkwood. – A voz de Irma esganiçou ligeiramente. Ela estava segurando o livro aberto com a mão esquerda, e a escada, com a outra. – O Capitão Hargrove, interpretado por Gail Hanson, conseguira localizar sua futura noiva desaparecida. Ela é a Lady Sarah Atherton, interpretada por Bonnie Surma. Lady Sarah foi vítima de um acidente de carruagem e perdeu a memória. Será que ela realmente é Sarah Atherton? E o Capitão Hargrove é realmente seu pretendente a marido?

Irma limpou a garganta mais uma vez e olhou para o livro. Ela apertou ligeiramente os olhos e começou a ler.

– Sarah estava em silêncio quando a carruagem começou a andar. Ela ergueu os olhos para olhar para o capitão e sua expressão não a tranquilizou. Ele a olhava intensamente, quase como se estivesse buscando algo. Por que ele a encarava?

Bonnie entendeu a dica e olhou acima, para Gail. Ao fazê-lo, seu chapéu escorregou totalmente, para a parte de trás da cabeça.

– Por favor, Capitão Hargrove, não me encare assim.

– Minhas desculpas – disse Gail, com a voz mais grave que conseguiu fazer.

Bonnie olhou novamente para cima, tomando a precaução de segurar seu chapéu.

– Você disse que me levaria para casa, capitão. Onde é minha casa?

– Eu havia me esquecido de que você não se lembra – Gail respondeu, ainda tentando fazer a voz grave. – Estou levando-a para Hargrove Manor.

Bonnie franziu o rosto, virando-se na direção do público, para que eles pudessem vê-la.

– Mas Hargrove Manor é a sua casa, não a minha.

– Tampouco é minha casa. Hargrove Manor pertence ao meu irmão, Duque de Ashford. Nosso casamento será lá.

– E quando será, capitão?

Gail parou para fazer um efeito dramático, depois disse:

– Deveremos trocar nossas juras em menos de uma quinzena. Os convites já foram mandados.

– E se casaria comigo sem que eu me lembre de você? – Bonnie abriu a boca e pôs a mão na lateral do rosto, num gesto que Hannah presumiu ter a finalidade de retratar choque.

– É claro. Não vejo que diferença faria, contanto que eu me lembre de você.

– Para mim faz muita diferença! Não me casarei com um estranho!

Gail recuou para demonstrar surpresa, mas foi longe demais. O pano preto balançou, ao ser acotovelado, e ela quase desequilibrou a banqueta de piano.

–Você prefere desapontar nossos convidados para o casamento?

– Antes eles do que eu, capitão. – Bonnie virou de frente para o público e deu um sorrisinho corajoso. – Antes eles do que eu.

Irma York juntou as mãos, sinalizando para que os espectadores aplaudissem. Eles entenderam a dica e houve uma ovação fervorosa. Enquanto Hannah checava para assegurar-se de que tudo estava pronto na mesa de bebidas, ela imaginou se as pessoas da época da Regência Inglesa de fato falavam um inglês tão formal. Talvez fosse tudo uma brincadeira iniciada pelo favoritismo de sua mãe por Georgette Heyer, romancista daquela época, perpetuado por outra autora que seguira seus passos.

Bonnie apressou-se até a mesa de bebidas, ainda segurando o chapéu. O pássaro havia escorregado. Ele estava pendurado por uma pata e seus olhos pintados pareciam assustados.

–Você viu a Lucy Richards?

– Não. Você vai perder seu passarinho, Bonnie.

– Esse pássaro imbecil! Eu já colei três vezes! – Bonnie esticou a mão e o arrancou. – Ela prometeu estar aqui para tirar fotos para o jornal.

– Se você tiver uma câmera, eu posso tirar.

–Você tira? Isso é uma gentileza de sua parte, Hannah. – Bonnie pareceu muito aliviada. –Venha até o palco e nós faremos agora mesmo. Você gostou da leitura?

– Foi muito divertido. – Hannah disse a primeira coisa que lhe passou pela cabeça, depois percebeu que era verdade. A leitura tinha sido tão divertida que ela ficaria rindo por semanas.

Cookies de Chocolate

NÃO preaqueça o forno ainda.
A massa precisa ir à geladeira antes de ser assada.

1 ½ xícara de manteiga
2 xícaras de chocolate em pó (não adoçado)
2 xícaras de açúcar mascavo
3 ovos grandes batidos (apenas bata num copo, com um garfo)
4 colheres (chá) de fermento em pó químico
1 colher (chá) de sal
2 colheres (chá) de extrato de baunilha
3 xícaras de farinha de trigo (sem peneirar)
½ xícara de açúcar comum, numa tigela pequena (reservar)

Derreta a manteiga, adicione o chocolate e misture até ficar homogêneo. Acrescente o açúcar mascavo. Deixe esfriar ligeiramente, depois adicione os ovos e bata. Leve a massa à geladeira por pelo menos 1 hora (também pode ser de um dia para o outro).

Preaqueça o forno a 175 °C, com a grade na posição do meio do forno.

Enrole a massa com as mãos, moldando bolinhas do tamanho de uma noz. Essa massa pode ficar pegajosa; portanto, enrole somente o suficiente para os cookies que você planeja assar imediatamente, depois retorne a tigela à geladeira. Passe as bolinhas de massa numa tigela de açúcar e coloque-as em assadeiras untadas, calculando 12 para uma assadeira-padrão. Achate-as com uma espátula (ou com a base da mão, se a vigilância sanitária não estiver por perto).

Asse a 175 °C por 10 minutos. Deixe as assadeiras esfriarem por 1 ou 2 minutos, depois retire os cookies e ponha-os sobre uma grade de metal para que terminem de esfriar (se você os deixar na assadeira por muito tempo, eles vão grudar).

Tracey diz que eles têm o sabor de seus cookies de chocolate prediletos, em formato de animaizinhos, só que são melhores, porque você não precisa separar os de baunilha que vêm na mesma caixa.

Capítulo 15

Às quatro da tarde, quando Hannah voltou à lanchonete, ela viu que Andrea a esperava.

– Achei que você tivesse um imóvel para mostrar.

– Eu tinha. – Andrea sorriu. – E o vendi, Hannah. John e Wendy Rahn fizeram uma oferta e a Sra. Ehrenberg aceitou. O irmão mais velho de John é dono de um terreno ao lado e eles vão transformar os dois numa fazenda só.

Hannah afagou o ombro de Andrea.

– Que bom!

– Al disse que eu fui um gênio em mostrar o imóvel a John e Wendy. E ele me disse que, de agora em diante, posso fazer meu horário. Isso significa que terei ainda mais tempo para ajudá-la. Você precisa fazer mais cookies, Hannah? Acho que agora peguei o jeito com as bolinhas de massa.

– Obrigada, mas está tudo assado para hoje. – Hannah jogou um pano de pratos em cima da caixa que trouxera da caminhonete, para que a irmã não notasse que os únicos cookies que haviam sobrado foram os tortos que ela havia feito.

– E quanto a Lucy? Você teve a chance de conversar com ela na reunião?

– Ela não apareceu. Gail Hanson levou a câmera e eu acabei tirando as fotos.

Andrea franziu o rosto.

– Eu me pergunto onde ela está. Ninguém a viu o dia todo.

– Bonnie Surma disse que não é a primeira vez que ela fura. Lucy deveria ter feito a cobertura da cerimônia das bandeirantes no mês passado. Não apareceu e Bonnie teve de pedir a uma das mães que tirasse as fotos.

– Então você acha que ela só está por aí, procurando uma matéria maior?

– Não sei o que pensar, mas não tenho tempo para sair por aí, dirigindo pela cidade, para procurá-la. Teremos de falar com ela no concurso, esta noite. Se estiver viva, estará lá.

Andrea estremeceu diante das palavras de Hannah.

– Eu gostaria que você não tivesse dito isso. Estou com uma sensação muito ruim a respeito disso.

– Não pegue o problema dos outros para você – aconselhou Hannah. – Nós passamos o dia todo correndo atrás de Lucy e deveríamos estar tentando ajudar Danielle. Você é boa para falar com psicólogos?

As sobrancelhas de Andrea se ergueram.

– Você quer dizer, em sessões de terapia?

– Não, ao telefone. Danielle disse que Boyd marcou uma consulta com seu psicólogo na terça-feira, logo depois de tê-la deixado de olho roxo. Eu preciso descobrir se ele compareceu à clínica.

– Posso fazer isso. – Andrea esticou a mão para pegar o telefone. – É o Dr. Holland, na Clínica Holland, em St. Paul?

– Isso. Eu gostaria de descobrir o que eles conversaram, mas acho que o Dr. Holland não nós dirá isso. Psicólogos não gostam de falar sobre seus pacientes, mesmo que estejam mortos.

– Deixe comigo. – Andrea pareceu bem confiante ao digitar o número de auxílio à lista e pedir o telefone da Clínica Holland.

Hannah ficou ouvindo, enquanto a irmã estava com o Dr. Holland ao telefone. Isso levou um tempinho, pois ele estava com um paciente, mas Andrea conseguiu convencer a recepcionista de que sua ligação era uma emergência. Não dava para saber muita coisa da conversa ouvindo apenas Andrea. "Entendo" e "claro, entendo" não foram muito reveladores.

– O que ele disse? – perguntou Hannah depois que Andrea desligou o telefone.

– Não disse muita coisa. Boyd foi à clínica, mas o Dr. Holland disse que não podia me dizer o que eles conversaram. Ele me disse que Boyd chegou às duas horas e deixou a clínica às duas e meia.

– Só trinta minutos. – Hannah ficou surpresa. – A maioria das sessões de terapia não dura uma hora?

– Cinquenta minutos. Perguntei ao Dr. Holland sobre isso. Ele disse que Boyd encurtou a sessão porque tinha de dirigir de volta a Lake Eden para uma reunião de pais e professores depois das aulas.

– Danielle não mencionou isso. – Hannah entregou o bloco de notas para Andrea. – Verifique nossas anotações.

Andrea folheou as páginas para encontrar as anotações que fizera.

– Aqui estão. Danielle disse que Boyd foi de carro até St. Paul para ver o Dr. Holland e, naquela noite, só chegou em casa depois das dezoito horas.

– Danielle não sabia que ele havia voltado à escola. – Hannah pensou nisso por um momento, depois esticou a mão para pegar o telefone. – É melhor eu ligar para

Charlotte Roscoe, antes que ela vá embora. Ela provavelmente tem um registro de reuniões de pais e professores e pode nos dizer quem estava na reunião.

Hannah deu uma leve buzinada ao se despedir da irmã. Andrea ia pegar Tracey na escolinha Kiddie Korner e elas se encontrariam mais tarde, no concurso.

Ao passar dirigindo pelo parque, Hannah acendeu os faróis. Aquele era o horário mais perigoso do dia para dirigir. A noite caía rápido e, embora ela ainda pudesse enxergar, tudo do lado de fora ao alcance dos faróis tinha perdido a cor, passando a tons de cinza.

Não havia muitos carros no estacionamento da escola. Os professores haviam ido para casa e o público para o concurso daquela noite só chegaria depois de uma hora e meia. Hannah trouxera seu *tailleur* e planejava trocar-se no vestiário das meninas. Depois do programa, quando chegasse em casa, ela teria um felino zangado com que lidar, mas Moishe poderia se virar sozinho por mais algumas horas.

Charlotte Roscoe, secretária do Colégio Jordan, tinha sido muito prestativa ao telefone. Ela havia verificado a programação de Boyd, mas não encontrara nenhum registro de reunião. Ela dissera a Hannah que os professores do Colégio Jordan só mantinham registros de suas reuniões acadêmicas. E disse que essa reunião poderia ter envolvido um dos membros do time do treinador Watson, aconselhando Hannah a verificar com Gil Surma, conselheiro do Colégio Jordan, para ver quem teria participado. Gil ainda estava na escola, reunido com seus pequenos escoteiros. Como era inverno lá fora e o auditório ficava impossibilitado durante o concurso, Gil estava ensinando os meninos numa barraca de armar, no corredor, do lado de fora da sala do diretor.

Depois de estacionar e descer da caminhonete, Hannah deu a volta para pegar um saco grande com cookies da véspera no porta-malas. Os pequenos escoteiros estavam sempre com fome e poderiam comê-los a caminho de casa. Ela apressou-se, atravessando o estacionamento, passando pela lateral do prédio, e entrou pela porta principal.

Hannah sorriu ao virar o corredor e deparar-se com uma visão incomum. Uma barraca cáqui tinha despencado, perto da sala do diretor. Havia três bolinhas se remexendo ali dentro, parecendo ter vida própria, e ela pôde ouvir a voz de Gil tentando assumir o comando.

– Vamos, meninos. Parem de se remexer e deixem-me encontrar a abertura. Vocês não querem passar a noite toda aqui, querem?

Isso foi seguido por uma porção de risos infantis, e Hannah decidiu dar uma mão. Ela caminhou até a barraca e ergueu o pico da lona, segurando até surgir uma cabeça.

– Obrigada, seja você quem for. – Gil saiu engatinhando. Depois ele olhou para cima e sorriu. – Você nos salvou, Hannah. Eu estava apenas mostrando à minha turma como é fácil montar uma barraca.

Gil ficou de pé e assumiu o lugar dela, segurando a ponta da barraca. Cinco pequenos escoteiros saíram, um após o outro, e todos pareciam radiantes ao ver Hannah. Hannah sabia que não era por conta de sua personalidade vencedora, ou por tê-los ajudado a sair da barraca; eles haviam avistado o saco de cookies.

– Sua reunião com os pequenos já acabou, Gil? – perguntou Hannah.

– Sim. Deveria ter terminado há quinze minutos, mas essa barraca não colaborou muito.

Hannah distribuiu os cookies, quatro para cada menino, e eles foram embora mastigando, felizes da vida. Quando o último deles já não podia ouvir, ela disse:

– Preciso falar com você, Gil. É sobre Boyd Watson.

– Que coisa terrível. – Gil sacudiu a cabeça. – O Sr. Purvis nos contou que as autoridades estavam investigando a possibilidade de ter sido crime, mas um dos professores mencionou que Boyd parecia depressivo ultimamente. Você acha que foi suicídio?

– De jeito nenhum. Ninguém comete suicídio abrindo o próprio crânio com um martelo. – Gil pareceu meio enjoado e Hannah gostaria de não ter sido tão descritiva. – Você está bem, Gil?

– Estou. No noticiário, eles não descreveram exatamente como Boyd morreu. E Danielle foi quem o encontrou desse jeito?

– Sim.

– Pobre Danielle. Ela deve estar realmente sofrendo. É melhor eu dar uma passada na casa dela e ver se posso ajudar, de alguma forma.

– Ela não está em casa, Gil. O Dr. Knight levou-a para o hospital.

– Ela está tão doente assim?

Hannah decidiu que adiar a verdade não faria mal. Ela certamente não queria que Gil soubesse que Danielle era uma suspeita do assassinato de Boyd.

– Ela estava com um resfriado muito ruim, há uma semana e pouco. O choque fez piorar e o Dr. Knight decidiu mantê-la no Lake Eden Memorial, até que ela se recupere.

Gil mostrou-se muito solidário.

– Mandaremos flores. Vou colocar uma caixa de doações na sala dos professores. E os jogadores dos Gulls podem contribuir. Danielle tem de saber que não está sozinha numa hora como esta.

– Era sobre isso que eu queria falar com você – disse Hannah, antes que Gil pudesse fazer mais planejamentos.

– As flores?

– Não. Os Gulls. Acabei de descobrir que Boyd teve uma reunião com um dos membros de seu time, na terça-feira, depois da aula. Você estava lá?

Gil sacudiu a cabeça.

– Tenho clube de xadrez às terças. É claro que teria cancelado se Boyd tivesse me pedido para participar, mas ele não pediu.

– Mas você estava aqui, na escola?

– Não. Levei o clube todo para minha casa. São só três membros, dois seniores e um júnior. Assistimos a um vídeo da última partida de Bobby Fischer.

Hannah suspirou. Isso não estava se desenrolando do jeito que ela esperava.

– Então você não viu com quem Boyd se reuniu?

– Infelizmente não. Partimos assim que o sinal tocou. Por que você quer saber?

Hannah suspirou. Ela realmente não queria mentir, e talvez nem precisasse inventar outra história para disfarçar seu verdadeiro motivo. Gil era o consultor do Colégio Jordan e obrigado a obedecer às mesmas regras de confidencialidade que o Dr. Holland.

– Se eu lhe disser algo confidencial, você não pode repetir, certo?

– Sim, se for uma sessão de aconselhamento.

– Certo, é uma sessão de aconselhamento. Só não me cobre por seu tempo.

Gil riu.

– Não o farei. Fale comigo.

– Você disse que não sabe com quem Boyd se encontrou, então teremos de ir atrás disso de outro jeito. Você sabe se Boyd estava tendo problemas com algum dos membros de seu time?

– Sim, estava. Lamento, mas não tenho como lhe dizer quem é.

– Você tem de me dizer! – Hannah sentiu seu nível de frustração subir. – Eu sei de sua ética profissional e esse negócio todo, mas isso pode ter a ver com o assassinato de Boyd!

Gil ergueu as mãos em rendição.

– Espere um pouco, Hannah. Eu não disse que não lhe diria. Eu disse que não tenho como lhe dizer. Boyd não me falou o nome do aluno.

– Ah. – Hannah sentiu-se ligeiramente envergonhada por seu rompante.

– Tudo que Boyd fez foi fazer uma suposição. Ele me perguntou o que eu faria se fosse o treinador e descobrisse que um dos meus alunos de basquete estivesse usando esteroides.

– Esteroides? – Hannah ficou surpresa. Até onde ela sabia, jamais houvera um problema dessa magnitude em Lake Eden. Ano passado, três membros do time de futebol tinham sido suspensos por alguns jogos por terem feito uma festa com barril de cerveja no lago, mas foi só isso. – O que você disse a Boyd?

– Eu disse que suspenderia o jogador pelo restante da temporada. E as regras da escola são bem claras quanto a drogas que melhoram o desempenho.

– O que Boyd respondeu?

– Ele fez outra suposição. Perguntou-me o que eu faria se o pai do garoto ameaçasse retirar seu apoio do programa atlético escolar. Eu disse a ele que não deixaria que isso influenciasse minha decisão e ainda suspenderia o garoto.

– Boyd seguiu seu conselho?

– Acho que sim. Nós conversamos sobre a melhor forma de dizer ao pai do garoto que seu filho estava prestes a ser suspenso. Boyd até fez algumas anotações. Depois ele me agradeceu por ajudá-lo em seu trabalho. Isso foi na segunda-feira, Hannah. Se Boyd tinha um compromisso programado para depois da escola, na terça-feira, poderia ser a respeito disso.

O coração de Hannah começou a disparar quando ela fez a pergunta mais importante.

– Boyd suspendeu um garoto de seu time?

– Não, eu chequei isso. Ou Boyd mudou de ideia, ou... – Gil parou de falar e pareceu meio enjoado, novamente.

– Ou o quê?

– Ou ele foi assassinado, antes que tivesse tempo de preencher os formulários.

Capítulo 16

Lisa estava ao lado de Hannah, com a tigela de chantilly, enquanto ela fatiava o Flan Havaiano. Saíra perfeito e Hannah sorria enquanto o transferia às tigelinhas de vidro. Ela salpicou pedacinhos de abacaxi, despejou um pouco de calda de caramelo por cima e passou as tigelinhas para Lisa, que finalizou com generosas bolotas de chantilly.

Depois de colocarem as tigelas e colheres de sobremesa na bandeja, Hannah e Lisa tiraram seus aventais e aguardaram o sinal do gerente de palco. A luz vermelha da câmera que ficava na direção delas estava apagada e Hannah virou-se para Lisa com uma pergunta.

– Seu pai está assistindo?

– Ele está aqui no auditório, com o Sr. Drevlow. Quis me ver esta noite. O papai pensa que eu tenho meu próprio programa de culinária e eu não tive coragem de dizer a ele que era apenas temporário.

Hannah deu uma olhada para Rayne Phillips, que estava em pé diante de uma tela azul. Ele estava fazendo gestos de varredura para frentes tempestuosas inexistentes e Hannah imaginou como ele sabia para onde apontar. Então, ela viu o monitor que tinha sido colocado fora do alcance da câmera, mostrando as altas e baixas temperaturas geradas pelo computador, que se moviam por cima do mapa de Minnesota. Ela nunca se dera conta disto, mas ser um jornalista meteorológico exigia um pouco de habilidade como ator.

– Está pronta, Hannah?

– Estou. – Hannah sorriu ao pegar a bandeja. – Está quase na hora do programa. Vamos matar a pau, Lisa.

Quando o gerente de palco acenou para elas, Hannah seguiu até a bancada dos jornalistas, passando cuidadosamente por cima dos fios. Depois que Lisa tinha servido cada um deles, Chuck Wilson virou-se para Hannah.

– O que as meninas têm para nós esta noite?

Hannah ficou indignada com a escolha de palavras, mas rapidamente escondeu com um sorriso. Ela não era uma "menina" há mais de uma década.

– Flan de abacaxi com calda de caramelo. Eu chamo de Flan Havaiano.

– Parece ótimo. – Chuck afundou a colher no flan e a câmera deu um zoom, enquanto ele levava a colherada à boca. O jornalista sorriu, deixando o creme doce dissolver na língua por um instante, depois engoliu. – Mas isso está um primor, meninas.

Hannah ficou indignada outra vez e estava prestes a dar-lhe um fora quando Lisa interveio.

– Obrigada, Chuck. Tenho certeza de que fará muito sucesso com nossos clientes, no Jarro de Cookies. Estamos ampliando nossas opções, incluindo sobremesas, e planejamos ter uma diferente a cada dia.

– Estarei lá para comer esta – prometeu Chuck. Depois, ele virou-se para Dee-Dee Hughes. – O que acha, Dee-Dee?

– É pesado e leve ao mesmo tempo, se entende o que quero dizer. – Hannah achou que ninguém entenderia o que Dee-Dee queria dizer, mas conseguiu manter um sorriso no rosto. – Porém, algo tão saboroso só pode ser abarrotado de calorias. Estou certa?

Lisa manifestou-se novamente e Hannah deu um suspiro de alívio. Ela garantira a Hannah que estaria pronta para a pergunta previsível de Dee-Dee sobre calorias.

– Com certeza, esta não é uma sobremesa light, mas não dá para comer gelatina "zero caloria" toda noite. Se estiver tão preocupada, pode cortar o açúcar do flan pela metade e acrescentar apenas uma pequena porção de calda de caramelo. E pode substituir o açúcar do chantilly por adoçante

– Mas ainda é engordativo, não? – perguntou Dee-Dee.

Hannah mordeu a língua. O ímpeto de responder foi quase forte demais para resistir. Mas antes que ela pudesse abrir a boca, Wingo Jones entrou na discussão.

– A sobremesa é a hora de repor os carboidratos. Se você está preocupada em ganhar peso, deve exercitar-se para queimá-lo. Eu estaria disposto a correr quinze quilômetros por uma fatia desse Flan Havaiano.

– Eu também. – Rayne Phillips assentiu e esticou o braço para pegar o pratinho de Dee-Dee. – Não se preocupe, Dee-Dee. Vou salvá-la de você mesma. Você não vai engordar se eu comer sua sobremesa.

Chuck Wilson começou a rir e Hannah instantaneamente o perdoou por chamá-la de menina. No fim das contas, talvez ele não fosse tão idiota. Depois ele se virou para a câmera, lembrando todos que ficassem ligados nas notícias do mundo, seguidas pela terceira noite do Concurso de Sobremesas Hartland Flour. A vinheta surgiu, os créditos começaram a passar e a equipe de jornalistas se fingiu ocupada, remexendo os papéis e sorrindo uns para os outros.

Dee-Dee manteve sua expressão agradável até que a luz vermelha da câmera apagasse. Depois, fulminou Rayne Phillips e disparou impropérios que fariam com que o programa fosse censurado.

Hannah estava rindo ao voltar à cozinha com Lisa para empacotar as coisas. Lisa também riu, e as duas estavam de ótimo humor enquanto guardavam os suprimentos nas caixas e as levavam até as prateleiras dos fundos.

– Se não tiver mais nada, vou me sentar com o papai e o Sr. Drevlow – disse Lisa.

– Vá em frente, Lisa. Você esteve ótima esta noite e eu achei que sua resposta à pergunta de Dee-Dee foi perfeita. – Hannah esticou a mão ao bolso do avental e entregou um envelope à Lisa. – Tome. Isso é para você. Estou lhe pagando por todas as horas extras que você trabalhou esta semana.

Lisa se revelou surpresa:

– Mas você não precisa fazer isso. Eu trabalhei aquelas horas porque quis. Gosto de ajudá-la, Hannah, e não esperava receber a mais.

– Então considere isso uma bonificação de Natal. Você mereceu.

– Está bem. – Lisa colocou o envelope no bolso. – Mas não me pague mais. Vou cobri-la até que o concurso tenha terminado e você tenha concluído sua... aquela *outra* coisa na qual você está trabalhando.

Hannah assentiu. Lisa era uma funcionária perfeita e talvez fosse hora de pensar em transformá-la em sócia. As duas poderiam manter o Jarro de Cookies funcionando tranquilamente, e elas até poderiam revezar férias durante o mês de menor movimento.

Mas quando seria isso? Hannah pensou por um instante, franzindo as sobrancelhas. Sempre havia uma festa ou evento social para um bufê, e as pessoas comiam cookies o ano todo. A menos que todos os moradores de Lake Eden entrassem em dieta ao mesmo tempo, elas jamais teriam um mês com menos movimento.

Hannah acabara de sair da sala de maquiagem, onde os especialistas haviam retocado seu batom e tentado domar seus cabelos ruivos, quando Andrea se aproximou, apressada.

– Aí está você! Vamos entrar aqui para falarmos em particular. – Andrea a puxou até o toalete feminino. – Lucy não está aqui. Procurei por todo lado. Até perguntei ao Bill se ela passou pela delegacia, e ele me disse que não a viu o dia todo.

Hannah sentiu o estômago retorcer. Ela realmente esperava que Lucy fosse aparecer no concurso.

– Será que ela não está só atrasada?

– Talvez. – Andrea não parecia muito convencida. – Andei pensando, Hannah. E se Lucy foi para casa e descobriu que sua gaveta secreta estava vazia? Se achou que a polícia estava atrás dela, pode ter fugido da cidade.

Hannah não tinha pensado nisso antes.

– Isso é possível, mas não explica o fato de não ter comparecido à consulta de Norman hoje de manhã.

– Você tem razão, isso não explica. Talvez ela esteja apenas atrasada. E quanto a Gil Surma? Você descobriu algo interessante?

Hannah levou um momento para contar e deu para ver que Andrea ficou chocada quando ela mencionou os esteroides.

– No começo, eu também não acreditei. Mas Gil disse que Boyd estava muito aborrecido com isso.

– Acho que seja possível – admitiu Andrea. – Apenas não gosto de pensar que isso pode acontecer em Lake Eden. Gil não disse qual era o menino?

– Boyd falou do problema de forma hipotética. Nunca mencionou o nome do jogador.

Andrea suspirou.

– Bem, ao menos nós sabemos que ele é um jogador de basquete. Quantos garotos há nos Gulls?

– Vinte.

– Tantos assim?

– Sim. Gil disse que o basquete é o esporte mais popular no Colégio Jordan. Boyd tinha cinco meninos do time A; são os iniciantes, e todos os iniciantes têm substitutos, totalizando dez. Depois tem o time B e o time C, com cinco meninos cada. Temos um trabalho difícil pela frente, Andrea.

– Imagino. Você conseguiu uma lista de nomes?

– Gil disse que conseguiria com a Charlotte e deixaria no Jarro de Cookies, na parte da manhã.

Andrea franziu o rosto ao pensar em como lidar com esse novo conjunto de fatos.

– Como vamos descobrir qual é o jogador? Se ligarmos para eles e perguntarmos, receberemos vinte negativas.

– Eu sei. Na verdade, nem sei se isso tem algo a ver com o assassinato de Boyd. Pode ser uma coincidência.

– Não é coincidência. O pai do jogador matou Boyd antes que seu filho fosse expulso do time.

Hannah estava surpresa. Andrea soava muito certa de si.

– Você realmente acha que isso seja motivo para assassinato?

– Com certeza. O basquete do Segundo Grau é um esporte sério em Lake Eden.

– Mas um pai iria tão longe?

– Claro que iria. Lembra daquela mãe, do Texas, que matou a rival da filha por causa da turma de animadoras de torcida? Aquilo não tinha nem metade da importância do basquete.

Hannah pensou a respeito por um momento.

– O pai do jogador pode ter seguido Boyd até em casa, depois do concurso, e tentado convencê-lo a não suspender seu filho. Isso explicaria a discussão que o Sr. Gessel ouviu.

– E discussões podem chegar a brigas feias. Nós sabemos que Boyd tinha um temperamento de deixar os cabelos em pé. E se o pai também?

Hannah tinha de admitir que o cenário fazia sentido.

– Acho que pode ter acontecido assim: o pai pode ter pegado o martelo e atingido Boyd num ataque de fúria. Talvez ele não tivesse, de fato, a intenção de matá-lo, mas fez. Depois, quando percebeu que Boyd estava morto, ele deu o fora de lá.

Andrea pulava de empolgação.

– Nós conseguimos, Hannah! Sabemos quem é o assassino de Boyd!

– Ainda não. – Hannah esticou os braços para conter a irmã superempolgada. – Podemos saber o porquê, mas não sabemos quem. Vá lá procurar pela Lucy. Se você a encontrar, cole nela até depois do programa.

– Está bem. Mas e se a Lucy não nos disser quem está naquelas fotos?

Então estamos roubadas e perdemos um bocado de tempo, pensou Hannah. Mas ela não disse isso, pois seria atiçar o destino.

– Não se preocupe com essa questão agora. Apenas concentre-se em encontrar Lucy. Eu tiro isso dela, de um jeito ou de outro.

Rudy, um dos câmeras, encontrou Hannah quando ela estava prestes a assumir seu lugar na mesa julgadora.

– Ei, Hannah. Aquele Flan Havaiano que você fez estava ótimo.

– Como é que *você* sabe?

– Wingo recebeu um telefonema, logo após o jornal, e deixou sua tigela na mesa. Eu peguei antes que ele pudesse pegá-la de volta.

– Bom para você. – Hannah deu um sorriso. Ela gostava de Rudy. Ele tinha explicado sobre as câmeras e como ela poderia saber quando estivessem ligadas. Ela gesticulou na direção de uma das câmeras grandes que estavam no *set*. – Por que essas câmeras são diferentes das que você usa?

– São supridas pela fiação. Está vendo esse cabeamento?

Hannah avistou os cabos pretos grossos que serpenteavam pelo chão.

– Para onde vão?

– Ao controle móvel, no caminhão da produção. É onde Mason fica durante o programa. Ele assiste ao conteúdo gerado por essas câmeras em monitores e dá a chamada para os ângulos de câmera, através dos fones de cabeça. Ele é que decide qual conteúdo deve veicular.

– Isso parece ser um trabalho bem difícil.

– E é. Esse é um programa ao vivo, e ele tem de tomar decisões rápidas. Quando Mason anuncia um ângulo, ele é transmitido imediatamente.

Hannah ficou interessada. O conhecimento dela sobre produção televisiva caberia num dedal e ainda sobrava espaço.

– O que a sua câmera faz?

– Eu filmo as montagens que transmitimos durante o julgamento dos pratos. Minha câmera é chamada de câmera móvel. Ela grava fitas de vinte milímetros, e nós editamos depois.

– Editam?

– Eu filmei quatro horas para a montagem desta noite e vão passar menos de três minutos.

– Mas isso é um bocado de fita para alguns minutos.

– Sempre filmamos mais do que precisamos. Dessa forma, o editor pode escolher. Eu filmo os concorrentes chegando, o auditório se enchendo, até a festa depois, no hotel.

Essa informação deu uma ideia a Hannah. Se Rudy filmou quatro horas de fita todos os dias, ele poderia ter captado uma imagem do assassino e de suas abotoaduras. Ela ainda pretendia obter de Lucy o nome do assassino, mas e se ela tivesse fugido da cidade, como Andrea mencionou? Elas precisavam de um plano de contingência.

– E o que acontece com toda a fita que não é usada?

– Os descartes?

– Se é assim que vocês chamam. Vocês jogam fora?

Rudy riu.

– Na KCOW, não jogamos *nada* fora. Nós reciclamos até nossos clipes de papel.

– Então gravam outras coisas por cima?

– Sim, mas não de imediato. Nós os guardamos, por um tempo, na emissora. Depois são revisados. Se Mason tem certeza de que não precisaremos novamente dos filmes, nós apagamos e reutilizamos.

– Então todos os descartes voltam para a emissora, armazenados?

Rudy sacudiu a cabeça.

– As fitas ainda estão no caminhão de produção. Por que você está tão interessada?

– Simplesmente acho todo o processo fascinante – disse Hannah, sorrindo. – Acha que posso vê-las?

– É muito filme e a maior parte é bem tediosa. Tem certeza?

– Tenho certeza. – Hannah ficou na expectativa, enquanto esperava que Rudy respondesse. Isso poderia ser muito importante. Mesmo que ela encontrasse Lucy e conseguisse tirar dela o nome do assassino, ver o homem e suas abotoaduras na fita era uma forma de garantir que Lucy não mentiria para elas quanto à identidade dele.

– Se você quer ficar entediada, por mim tudo bem. Mas eu não tenho a última palavra. Você terá de obter a permissão de Mason.

Hannah deu um sorriso. Rudy não fazia ideia do quanto havia sido útil.

– Obrigada, Rudy. Vou pedir ao Mason logo depois do programa desta noite.

Flan Havaiano

Preaqueça o forno a 175 °C
(use a grade central)

1 xícara de açúcar
½ xícara de água
6 ovos
1 lata de leite condensado
¼ xícara de açúcar
1 ½ xícara de suco de abacaxi
⅛ colher (chá) de sal (uma pitada)
1 xícara de abacaxi em calda, picado (escorrer bem a calda)
chantilly (opcional)

Use uma forma quadrada de 20 cm x 20 cm (de metal ou vidro), ou qualquer refratário que abrigue 6 xícaras de líquido. Não unte. Simplesmente deixe reservado, ao lado do fogão.

Numa panela, junte 1 xícara de açúcar com ½ xícara de água. Ligue o fogo e mexa até ferver, depois mexa com mais vigor até a mistura dourar (a calda fica muito quente; use luvas térmicas).

Cuidadosamente, despeje a calda na forma que você escolheu, inclinando-a para cobrir as laterais. (Seja muito cuidadoso, pois a calda é extremamente quente.) Encha a panela usada com água da torneira e deixe na pia. Reserve a forma, enquanto você faz o flan. (Você pode ouvir barulhos de estalos enquanto ao calda de caramelo esfria. Não se preocupe. É o caramelo que está estalando, não a sua forma.)

Bata os ovos até que a mistura fique amarelo-clara e espessa. (Isso levará tempo, se você não tiver uma batedeira elétrica.) Acrescente o leite condensado, o açúcar, o sal e o suco de abacaxi, e bata vigorosamente.

Com o auxílio de um coador, coe a mistura dentro da forma reservada.

Você irá precisar de uma segunda forma, maior, que abrigue a forma contendo a mistura do flan para que asse em banho-maria, deixando ao menos 2,5 cm de espaço em cada um dos quatro lados. Coloque a forma com o flan dentro da maior. Leve ambas ao forno e, cuidadosamente, despeje água quente na forma maior, o suficiente para mergulhar a forma que contém o flan com água até a metade nas laterais.

Deixe assar por 1 hora, ou até que uma faca inserida no centro do flan saia limpa.

Remova da água a forma que contém o flan e deixe esfriar pelo menos por 10 minutos. (Este flan pode ser servido morno ou frio.)

Para servir, desenforme o flan sobre uma travessa rasa ou um prato com borda, para que a calda de caramelo não vaze. Sirva fatias de flan em pratos de sobremesa e salpique com pedacinhos de abacaxi por cima. Depois, com a ajuda de uma colher, regue com a calda e decore com chantilly, se desejar.

Minha mãe prefere este flan frio. Andrea diz que é melhor em temperatura ambiente, e eu gosto dele morno.

Capítulo 17

O ganhador da noite havia sido um homem e Hannah estava contente. Cozinhar era uma vocação para ambos os sexos. Depois que o sargento aposentado do Exército havia recebido sua faixa de finalista, Clayton Hart lembrou ao público que a noite seguinte era a final do Concurso de Sobremesas Hartland Flour e que os três finalistas fariam suas sobremesas diante das câmeras. Cada concorrente seria gravado ao vivo e a fita seria mostrada em três telões gigantes pendendo do teto, uma técnica que Mason Kimball, produtor da KCOW, planejara para que o público pudesse assistir a cada passo.

Quando o programa terminou, Hannah virou-se para Edna Ferguson:

– Realmente foi para valer o que você disse sobre os rolinhos de canela do Sargento Hogarth?

– Se não fosse eu não teria dito – respondeu Edna –, e direi novamente. Seus rolinhos de canela são melhores do que os meus.

– E você faz os melhores da cidade. – A barriga de Hannah roncou, só de pensar. Sem contar os pedacinhos para degustação das sobremesas que ela julgou, ela não comia desde o bufê de Sally, e estava faminta. Infelizmente, agora não havia tempo para comer. Ela precisava encontrar Andrea e ver se a irmã conseguira localizar a sumida Lucy Richards; depois, tinha de correr até o caminhão de produção para pedir permissão a Mason Kimball para ver os descartes de Rudy.

– Você vai até o hotel para a festa depois do concurso? – perguntou Edna.

– Esta noite não. Tenho mais coisas para fazer do que as horas restantes do dia. – Hannah se levantou e alisou a saia do *tailleur* novo. Era uma cor que Claire chamava de terroso, um tom entre marrom e laranja. Hannah tinha recusado ao menos experimentar. Qualquer coisa alaranjada conflitava com seus cabelos. Mas Claire insistira, e realmente ficou deslumbrante nela.

Andrea estava acenando da lateral, e Lucy não estava com ela. Hannah seguiu na direção da irmã, franzindo o rosto. Ou Lucy havia fugido da cidade, ou estava... Hannah deteve o pensamento e repetiu a máxima habitual de seu pai. *Não fazia sentido pegar o problema dos outros para você.* É claro que seu pai tinha vivido com Delores todos aqueles anos, e ele não precisava pegar nenhum problema de ninguém; o problema morava sob seu teto.

– Lucy não está aqui – contou Andrea, assim que Hannah estava perto o suficiente para ouvi-la –, mas eu posso ajudá-la a procurar por ela. Bill tem de voltar à delegacia e Tracey quer ficar novamente com a avó.

Hannah sabia o que a irmã estava pedindo. Andrea queria ser útil novamente.

– Que ótimo, Andrea. Sua ajuda realmente seria boa.

O rosto de Andrea se iluminou com um sorriso.

– O que você vai fazer primeiro?

– Preciso correr até o caminhão de produção por um minuto. Você pode me esperar no *lobby*. Pergunte pela Lucy por aí. Talvez alguém a tenha visto.

– Já fiz isso. – Andrea pareceu levemente petulante. – Ninguém viu.

Hannah enfiou a mão na bolsa e tirou a chave.

– Tudo bem. Então veja se você consegue alguém para levar minhas caixas até a caminhonete. Isso vai nos poupar algum tempo.

– Está bem. – Andrea pareceu bem mais feliz ao pegar a chave. – Eu gosto de ser útil.

– Você está sendo, acredite. E se quiser ajudar ainda mais, dê a volta no prédio e estacione ao lado do caminhão de produção. Isso vai nos poupar mais tempo ainda.

Hannah guardou sua descoberta para uma referência futura, enquanto ela saía pela porta dos fundos e atravessava o estacionamento correndo até o caminhão de produção da KCOW. A irmã precisava ser útil e gostava disso. Ela só esperava que Andrea ainda quisesse ajudar depois que elas tivessem assistido a quatro horas dos descartes de Rudy.

Mason Kimball estava descendo os degraus metálicos quando Hannah chegou ao caminhão de produção. Ele parecia cansado e tinha olheiras.

– Oi, Hannah. O que está fazendo aqui fora?

– Conversei com Rudy antes do programa – disse-lhe Hannah, já começando seu discurso ensaiado. – Ele me falou tudo sobre a forma como você faz as montagens e eu realmente gostaria de assistir a esses descartes, se não se importar.

– Você quer assistir a todos os descartes de Rudy? Tem mais de doze horas.

Hannah tentou fazer uma expressão sincera.

– Eu gostaria, mas não tenho doze horas sobrando. Estou realmente interessada na filmagem que Rudy fez na quarta-feira. Achei que aquela foi a melhor.

Mason começou a franzir o rosto e Hannah viu que ele não engoliu sua desculpa.

– Quarta-feira foi a noite em que Boyd Watson foi jurado do concurso. Isso tem algo a ver com o assassinato dele?

– É claro que não – Hannah mentiu, descaradamente. – Só estou interessada nos descartes de Rudy. Eu o acho muito talentoso.

Mason franziu ainda mais o rosto.

– Ele é, mas ninguém fica tão interessado em descartes dessa forma. Acho melhor você me contar do que realmente está atrás. Você está trabalhando com a delegacia do xerife novamente?

– Não e não estive trabalhando antes – Hannah declarou, honestamente. Ela não tinha exatamente trabalhado com a delegacia do xerife; havia trabalhado com Bill.

– Mas eu ouvi dizer que você solucionou o assassinato de Ron LaSalle.

– Foi o Bill que solucionou, não eu. Eu só fiquei sabendo de algo que o ajudou, só isso.

Mason sacudiu a cabeça como um cachorro saindo de um lago, não tão rápido, mas com a mesma determinação.

– Sem chance, Hannah. Não vou me meter nisso. Se você não me disser exatamente por que você quer assistir aos descartes, não posso deixá-la fazer isso.

– Está bem. – Hannah suspirou profundamente. Ela não ia mencionar as fotos que Lucy havia tirado do assassinato, nem sua busca pelas abotoaduras do assassino, mas tinha de dizer algo convincente a Mason. – Olhe, Mason. Eu sei que pode ser algo bem remoto, mas talvez haja alguma filmagem de Boyd, antes do início do concurso. Rudy me disse que gravou o público chegando. Se Boyd parou para falar com alguém, Bill e Mike devem saber a respeito. Depois eles podem interrogar essa pessoa e descobrir qual era o estado de espírito de Boyd naquele dia e o que ele disse.

Mason pensou por um minuto.

– Certo. Eu não me lembro de nenhuma filmagem de Boyd, mas não assisti ao negócio todo.

– Isso é um sim?

– Claro, não tenho objeções. Só tem um problema.

– O quê?

– Você terá de assistir esta noite.

Hannah soltou um gemido.

– Esta noite?

– Infelizmente sim. Amanhã é o último dia do concurso e nós estaremos ocupados demais. Não poderei liberar ninguém para ajudá-la.

– Não posso fazer isso sozinha?

– Não. O engenheiro terá de encontrar as fitas certas para você e colocá-las para exibição. Você estará usando um equipamento sofisticado e ele terá de ensiná-la como fazer. É possível que nós precisemos de parte dessa filmagem para a montagem final. Não posso correr o risco de você acidentalmente apagá-la.

– Certo. Eu assistirei esta noite. A que horas o engenheiro vai embora?

– Ele não vai. Nós nunca deixamos o caminhão abandonado à noite, quando estamos em locação. Há muitos equipamentos valiosos ali dentro.

– Então terei tempo de correr até em casa e alimentar meu gato primeiro?

– Claro, demore o tempo que precisar. Apenas bata na porta quando voltar aqui. Eu direi ao P.K. para esperá-la. – Mason virou para entrar novamente no caminhão, mas hesitou. – Se você esperar um segundo, eu a acompanho até sua caminhonete. Você não deveria estar sozinha aqui à noite.

– Obrigada, Mason. – Hannah ficou no pé da escada metálica e esperou que Mason falasse com o engenheiro. Foi por um breve instante; depois, a porta se abriu, ele saiu e desceu os degraus.

– Tudo certo. Eu disse ao P.K. quais são as fitas que você quer e ele as deixará prontas. Você realmente acha que vai encontrar algo, Hannah?

– Provavelmente não, mas tenho de fazer isso. E pode haver boas tomadas de Tracey. Eu não menti para você, Mason. Estou realmente interessada.

– Se você encontrar alguma filmagem dela, escreva os códigos de tempo. O engenheiro irá lhe mostrar onde encontrá-los. Nós podemos fazer uma cópia da fita dela para você. Ela ficou ótima diante da câmera.

Estava nevando quando eles atravessaram o estacionamento, e um vento frio assoviava no asfalto. Mason ergueu os braços para suspender a gola e Hannah fez de tudo para não perder o fôlego. Mason estava usando um par de abotoaduras com patos.

– Que lindas abotoaduras – disse Hannah, torcendo para que sua voz não estivesse trêmula. – São relíquias?

– Sim. Pertenceram ao avô de Ellen. Ele tinha uma coleção bem grande.

Hannah quase temeu perguntar, mas perguntou.

– O avô de Ellen por acaso tinha um par de abotoaduras com cabeças de cavalo?

– Talvez. Eu sei que ele tinha um par com cães, e eu tenho este, com patos. Isso é importante?

– Sim. – A mente de Hannah acelerou em busca de uma desculpa plausível. Ela certamente não queria contar a Mason que o assassino de Boyd estava usando abotoaduras com cabeças de cavalo. – Minha mãe coleciona joias antigas e está procurando um par desses. Achei que seria um ótimo presente de Natal para ela, mas não consigo encontrar nenhuma.

– Vou pedir a Ellen para olhar em sua caixa de joias. Seriam valiosas?

– Sim. – Hannah parou aí. Mason não fazia ideia de quão valiosas eram essas abotoaduras. Embora fosse verdade que elas valessem um bocado no circuito de joias antigas, eram igualmente valiosas quando se tratava de provar que Danielle não matara Boyd.

– Espero que Ellen não as tenha vendido. Ela queria comprar móveis novos e vendeu parte de sua coleção, seis anos atrás.

– Para um colecionador particular?

– Não, ela as deixou em consignação, com um dos joalheiros do shopping.

Hannah sentiu seu ânimo desfalecer como um pato depois de um tiro. Se as abotoaduras com cabeças de cavalo que ela vira na foto de Lucy tivessem sido postas à venda no Shopping Tri-County, qualquer um da região poderia tê-las comprado.

– Aquela não é a sua caminhonete? – Mason apontou para o veículo que estava contornando o canto do prédio.

– Sim. Andrea está trazendo para mim. – Hannah acenou com os braços e Andrea encostou ao lado deles. Sua irmã deslizou para o lado do passageiro e Mason esticou o braço para abrir a porta do motorista para Hannah.

Hannah ficou agradecida. O cavalheirismo não havia morrido. Ela sorriu para Mason e disse:

– Acho que você está fazendo um ótimo trabalho no programa. Todos parecem adorar.

– Obrigado, Hannah. Os números estão bons e nós temos muito mais espectadores do que eu achei que teríamos. Você realmente está contribuindo, com o preparo das sobremesas no noticiário.

– Bom. – Hannah sentou atrás do volante e acenou, dando boa-noite para Mason. – Não se esqueça de perguntar à Ellen das abotoaduras. Se ela ainda as tiver, eu gostaria de comprá-las para a coleção da minha mãe.

Andrea esperou até que Hannah virasse a esquina, depois agarrou seu braço.

– Que abotoaduras? A mamãe não coleciona abotoaduras.

– Eu sei. Isso foi só uma desculpa. Mason estava usando um par de abotoaduras antigas com patos, e disse que eram de uma coleção que Ellen herdou de seu avô.

Andrea ficou sem ar.

– Você acha que Mason tem as abotoaduras com cabeças de cavalo?

– Não. Ele me disse que Ellen pode ter herdado um par desses, mas ela vendeu parte da coleção há uns seis anos, para um joalheiro do shopping. Se ela as tinha e vendeu, qualquer um pode tê-las comprado. Seria outro beco sem saída.

Andrea suspirou.

– Ora, ninguém disse que seria fácil. Aonde vamos primeiro?

– À minha casa. Quero trocar de roupa e dar comida ao Moishe. Se eu não chegar lá logo, ele vai devorar o meu sofá. Mike e eu comemos uns saquinhos de pretzels na quarta à noite e eu não tive tempo de aspirar os farelos. Um saco era de alho, o predileto de Moishe.

Dizer que Moishe ficou contente ao vê-las seria subestimar grosseiramente os sentimentos do gato. No instante em que Hannah destrancou a porta do apartamento, ele saltou em seus braços e lambeu seu rosto. Depois de fazer isso até ficar satisfeito, ele pulou e saiu correndo até a tigela vazia, miando com lamúria.

Hannah tinha ido direto à cozinha para pegar a comida dele. E ao soltar a cordinha elástica que mantinha a porta do armário fechada, ela notou que esta havia sido mastigada quase até arrebentar. Ela chegara bem na hora. Mais cinco minutos e o chão da cozinha inteira estaria forrado de comida de gato. Ela alimentou Moishe, colocou uma roupa mais confortável e elas partiram. Agora estavam na garagem, preparando-se para entrar de novo na caminhonete Suburban, que ainda estava morna.

– Aonde vamos? – perguntou Andrea, abrindo a porta.

– À casa de Vera Olsen. Quero checar se ela tem visto Lucy. Se disser que não, vou perguntar se nós podemos dar uma subida ao apartamento de Lucy. Talvez encontremos uma pista para saber para onde ela foi.

– Você acha mesmo que Vera vai nos deixar entrar? – Andrea pareceu duvidosa.

– Claro. Não sofra por antecedência, Andrea. Pensarei em alguma desculpa quando chegarmos lá.

Não levou muito tempo para chegarem à casa de Vera. Hannah estacionou na rua e elas saíram da caminhonete.

– Lucy não está em casa – afirmou Hannah, conforme elas caminhavam pela calçada, até a varanda frontal da casa de Vera.

– Como assim, você é vidente?

Hannah riu.

– Bem que eu gostaria. Nós saberíamos onde Lucy está.

– Como sabe que ela não está em casa?

Hannah puxou Andrea alguns passos para trás e apontou para as janelas de Lucy.

– Só tem uma luz. É aquela, em cima da pia, e estava acesa de manhã. Você não acha que ela esteja lá, sentada no escuro, acha?

– Acho que não. – Andrea abriu a portinhola da varanda e elas entraram. – Pensou no que vai dizer à Vera?

– Não. Vou deixar você dançar conforme a música.

Andrea lançou um olhar assustado.

– Eu? Por que *eu*?

– Porque você é melhor com gente que eu. – Hannah esticou o braço para apertar a campainha que ficava na parede, ao lado da porta pesada da frente. – Afinal, você é uma corretora de imóveis.

Andrea murmurou algo que jamais diria na frente de Tracey. Depois cutucou Hannah, enquanto elas ouviam passos vindo em direção à porta.

– Shh! Lá vem a Vera.

Vera Olsen abriu a porta e sorriu ao vê-las em pé, na varanda.

– Hannah e Andrea. Que surpresa! Lucy mandou-as com meus cookies?

– Sim. – Andrea respondeu imediatamente, aproveitando a deixa que Vera lhe dera. – Não trouxemos porque não tínhamos certeza se você estava em casa. Vá buscar os cookies que Lucy nos deu para a Sra. Olsen, pode ser, Hannah?

Hannah voltou correndo à caminhonete, o mais rápido que pôde, e pegou um saco de cookies. Quando ela voltou, encontrou Andrea e Vera na sala de estar, sentadas nos sofás de uma cor horrenda de limão, conversando como velhas amigas. Hannah imaginou que Vera devia ter comprado aqueles sofás numa liquidação incrível. Nenhuma pessoa em sã consciência pagaria por algo daquela cor.

Vera sorriu para Hannah, pegou os cookies e gesticulou para baixo, indicando uma das almofadas cor de bile.

– Isso que eu estou dizendo, Andrea. Mesmo com todas as horas que Lucy tem dedicado ao jornal, ela ainda se lembrou dos meus cookies. Às vezes, eu tenho de reclamar da bagunça no apartamento, mas, fora isso, ela é uma menina muito meiga. Imagino que vá aprender a ser mais organizada, se eu continuar a lembrá-la.

– Tenho certeza que sim – Andrea deu o sorriso mais terno do mundo a Vera –, principalmente tendo você para ensiná-la. Ela estava bem preocupada que trouxéssemos seus cookies antes que você fosse dormir. Quando os pediu?

– Ontem de manhã. Eu tenho uma queda por doce, sabe? Esperei que ela os trouxesse ontem à noite, mas ela deve ter chegado em casa tarde.

– Você não ouviu quando ela chegou ontem à noite?

– Não. Ela me disse que tinha de tirar algumas fotos no hotel e a festa deve ter durado um bom tempo. Só fui para a cama às onze e meia, e sei que ela ainda não estava em casa.

Hannah não conseguiu se conter. Aquilo era importante demais.

– Você não a viu esta manhã?

– Não. Ela já tinha saído quando eu subi com seu café da manhã. Eu fiz waffles, e ela adora.

Hannah evitou olhar para Andrea. Ambas sabiam que Vera não batera na porta de Lucy com um prato de waffles. A Gostosa tinha subido pela escada interna, até o sótão, para responder ao e-mail recebido do Lobo Grisalho.

– Aquela menina trabalha demais. – Vera suspirou. – E nunca dorme o suficiente. Rod depende dela para tudo, sabe? Ela escreve todas as grandes matérias e anda por aí tirando fotos para o jornal, dia e noite.

Hannah mordeu a parte interna da bochecha para se manter quieta. As fotos que Lucy havia tirado certamente não eram para Rod, no jornal!

Andrea lançou um olhar direto para Hannah, um olhar que dizia *bico calado!* Depois virou-se novamente para Vera:

– Lucy pediu que pegássemos uns filmes para ela. Tudo bem se subirmos até o apartamento para pegar?

– Vão em frente. Usem a escada interna. Assim não terão de sair novamente no frio. Ela lhe deu a chave, não deu?

Andrea virou-se para Hannah:

– Está com você, Hannah.

– Não, não está. – Hannah fingiu, com uma expressão perfeitamente séria. – Achei que estivesse com você.

– Não faz mal. Vocês podem usar a minha. – Vera esticou o braço, pegou um chaveiro na mesinha de centro e entregou a Hannah. – Subam e abram a porta no fim do corredor. Tem outro lance de escada que conduz ao sótão, e o interruptor fica do lado de dentro da porta.

Andrea agradeceu e Hannah foi atrás, escada acima. Nenhuma das duas disse uma palavra até chegar ao segundo andar e fechar a porta do corredor.

– Essa foi brilhante. – Hannah afagou o ombro da irmã, enquanto elas subiam a segunda escada, bem mais estreita.

– Obrigada. – Andrea virou-se e sorriu para Hannah, por cima do ombro. – Mas é você quem vai dar um jeito se Lucy estiver lá. Já fiz a minha parte.

Lucy não atendeu à batida e Hannah usou a chave de Vera. Ela abriu a porta, acendeu a luz, e as duas irmãs frearam, como se tivessem se deparado com uma parede invisível. Alguém estivera no apartamento de Lucy depois que elas passaram ali, de manhã.

– O que aconteceu? – Andrea resfolegou, olhando a bagunça no quarto de Lucy.

– Alguém esteve procurando alguma coisa – Hannah afirmou o óbvio –, e não arrumaram as coisas depois de terminar.

A sala parecia ter sido varrida por um furacão. A roupa de cama havia sido arrancada da cama de Lucy e estava espalhada pelo chão. Todas as gavetas da escrivaninha de Lucy tinham sido tiradas e viradas, e havia rolos de filme com tiras desenroladas, espalhadas no tapete. O computador de Lucy estava ligado e uma mensagem piscava na tela. Dizia TODOS OS ARQUIVOS DO SEU C: FORA DELETADOS.

– Foi Lucy que fez isso? – perguntou Andrea, ligeiramente trêmula.

– Lucy, não.

– Como você sabe?

Hannah abaixou-se para olhar um dos rolos de filme com o negativo puxado.

– Lucy jamais faria algo assim. Isso arruinaria suas fotos.

– O assassino! – Andrea estremeceu. – Ele deve ter vindo procurar as fotos que Lucy tirou dele. E como não sabia qual rolo de filme foi usado por Lucy, ele destruiu todos.

– Você é rápida, Andrea. E pode estar certa. Mas como o assassino sabia que Lucy tinha tirado as fotos?

Lucy deve ter dito a ele. Ela deve ter tentado chantageá-lo, Hannah.

– Isso se encaixa com o que Herb nos disse. Lucy disse que ela estava trabalhando em algo importante e, se desse certo, ela teria dinheiro suficiente para quitar o financiamento de seu carro. Ela deve ter imaginado que o assassino de Boyd pagaria uma boa grana por aqueles negativos.

– Lucy devia ter sido mais esperta. Eu realmente não achei que ela fosse tão tola.

– Tola não, imbecil – Hannah corrigiu. – Realmente imbecil.

– Você acha que o assassino...? – Andrea parou de falar e apoiou-se na parede. Ela parecia incapaz de verbalizar aquela suposição. Não fazia diferença. Hannah sabia exatamente o que ela queria dizer.

– Essa é uma teoria, Andrea, mas é apenas uma teoria. Nós nem sabemos, com certeza, se Lucy falou com o assassino de Boyd. A mente de Hannah entrou no automático, tentando encontrar um cenário alternativo. Suas vísceras lhe diziam que o assassino de Boyd fora quem invadira o apartamento de Lucy, mas Andrea não seria muito útil se entrasse em pânico. – Tudo isso pode ter sido feito por uma das *outras* vítimas da chantagem de Lucy.

Um pouquinho de cor voltou ao rosto de Andrea, enquanto ela pensava nisso.

– Você realmente acha?

– É possível. Eles também tinham muito a ganhar. Pode ter sido o Prefeito Bascomb, ou a Claire, ou o Sr. Avery.

– O Sr. Avery?

– Por que não? Lucy estava com o dinheiro dele. Ele podia estar tentando pegá-lo de volta.

– Você tem razão. – Andrea pareceu muito aliviada. – Ao menos, nós sabemos que não foi Danielle. Ela nem sabe sobre a chantagem e ainda está no hospital. E o Norman não fez isso. Você devolveu a carta dele e ele não teria nenhuma razão para invadir a casa de Lucy.

– Muito bom. – Hannah ficou satisfeita. Andrea estava começando a pensar direito.

– Mas e quanto ao filme de Lucy? – perguntou Andrea. – Por que o Prefeito Bascomb, ou Claire, ou o Sr. Avery se preocupariam em destruí-lo? Se Lucy os estava chantageando, ela já teria lhes mostrado as fotos. Eles estariam atrás dos negativos.

Hannah suspirou. Talvez Andrea estivesse pensando direito demais. Mas era uma pergunta legítima e ela tinha de arranjar uma resposta.

– Poderia ser uma nova vítima de chantagem. Lucy pode ter tirado algumas fotos incriminadoras ontem à noite. A nova vítima imaginaria que ela ainda não teria tido tempo de revelar o filme.

– Isso faz sentido. Mas, e quanto a Lucy? – Andrea parecia nervosa novamente. – Por que ela sumiu?

– Você já apresentou uma teoria sobre isso – Hannah interrompeu-a, desejando não precisar mais andar na corda bamba, entre a histeria de Andrea e suas perguntas lógicas.

– Você tem razão. Esqueci isso. Eu disse que se Lucy descobrisse que suas provas tinham sumido, ela pensaria que a polícia estava atrás dela e fugiria da cidade.

– Isso mesmo. E a teoria ainda vale. Se Lucy deu o fora antes que seu apartamento fosse vandalizado, ela nem sabe disso. Vamos nos concentrar em pensar para onde ela pode ter ido.

Andrea suspirou.

– Isso será difícil, Andrea. Eu nem sei de onde Lucy é. E acho que ela não tem amigos na cidade. Ninguém parece gostar muito dela.

– Só porque ela é grosseira, xereta, convencida e chantageia as pessoas? Fora isso, ela é legal.

Andrea riu, ela realmente riu, e Hannah soube que a irmã estava de volta nos trilhos. Agora, tudo que ela tinha a fazer era mantê-la assim.

– Por onde devemos começar, Hannah? Você tem de ter algumas ideias.

– Claro que tenho – declarou Hannah, procurando pensar em algo para que Andrea fizesse. – Por que você não olha o armário de Lucy, para ver se está faltando alguma roupa? Ela pode ter feito uma mala antes de sair.

– Boa ideia. O que você vai fazer?

– Vou dar uma olhada na cozinha e no banheiro.

– Não, não faça isso. – Andrea começou a tremer de novo. – Não quero ficar sozinha, Hannah. E se *foi* o assassino? Ele pode voltar.

– Por que voltaria? Ele acha que destruiu todas as provas de Lucy. Não sabe que estamos com o filme das fotos que ela tirou dele.

– Isso mesmo. – Uma expressão de alívio substituiu o pânico que havia voltado ao rosto de Andrea. – Vá em frente, Hannah. Ficarei bem. O que você vai procurar?

– Uma pista do paradeiro de Lucy. Pode ser um mapa, um bilhete com endereço, algo assim. Mas precisamos nos apressar, Andrea. Vera vai achar estranho se demorarmos muito aqui em cima.

– Certo. Você tem um toca-fitas no seu carro, não é?

– Sim. Por quê?

– Quando eu terminar de ver o armário, vou tirar a fita da secretária eletrônica de Lucy. Podemos ouvi-la em sua caminhonete. Talvez alguém tenha ligado de volta, dando um número de reserva, ou algo assim, depois que ela partiu.

– Brilhante. – Hannah deu um sorriso, depois seguiu para vasculhar a cozinha e o banheiro. Ela não achava que encontraria pistas, mas tinha de olhar.

Não havia nada na cozinha, exceto as gavetas reviradas e os armários abertos. Hannah checou o lixo e não encontrou nada, além de duas latas de atum, um saco de pão com uma fatia mofada dentro, e cacos de um prato e uma xícara de café que Andrea havia quebrado de manhã, quando entrara pela janela da cozinha. A pior visão não lhe ocorrera, até que ela acendeu a luz do banheiro e avistou a cortina fechada do boxe. Já estaria fechada de manhã? Ela não conseguia se lembrar, e certamente não queria perguntar a Andrea. Hannah esticou o braço com os dedos trêmulos, depois hesitou, fazendo de tudo para não pensar no que Anthony Perkins fizera a Janet Leigh em *Psicose*.

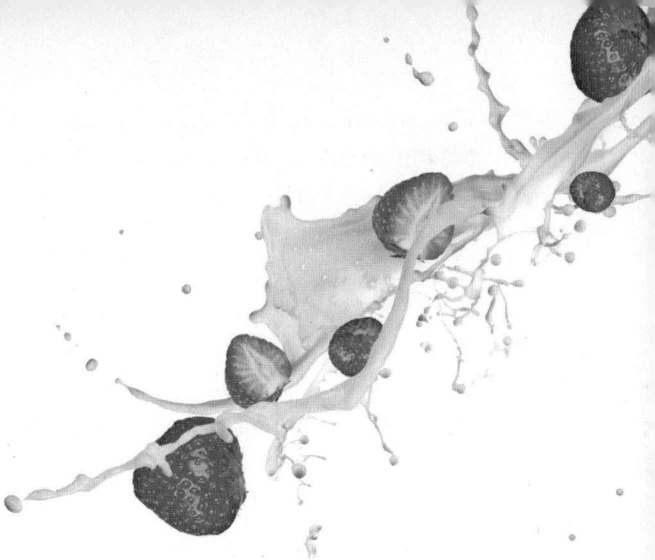

Capítulo 18

O chuveiro não tinha nada além de um frasco de xampu e manchas de ferrugem, perto do ralo. Elas checaram novamente as portas e janelas de Lucy, para terem certeza de que seu apartamento estava bem trancado quando desceram e devolveram a chave a Vera. Elas não mencionaram a invasão, sabendo que isso só causaria uma noite de insônia e preocupação com Lucy. Até onde elas podiam perceber, nada havia sumido do apartamento de Lucy e elas decidiram relatar mais tarde, quando falassem com Mike e Bill. Depois foram de carro até a Jarro de Cookies, estacionaram na vaga de Hannah, nos fundos, e aumentaram a temperatura do aquecedor, ficando perto da saída de ar, enquanto ouviam a fita da secretária eletrônica.

Havia uma ligação de Norman, aquela na qual ele dizia que Lucy não estava em seu consultório; várias ligações de Rod, perguntando onde ela estava; uma porção de recados sobre as faturas vencidas dos cartões de crédito de Lucy; e um vendedor de telemarketing que leu todo o seu discurso de merchandising na fita. A única ligação remotamente interessante era a de Delores. Ela queria saber se Lucy estava mais interessada em colares ou brincos.

– O que foi isso? – perguntou Hannah, quando elas ouviram a mensagem de Delores.

– Ah, a mamãe provavelmente está querendo outro artigo no jornal. Quando você estava na faculdade, eles veicularam um sobre sua coleção de relógios antigos. – Andrea suspirou ao apertar o botão e rebobinar a fita. – Não há exatamente pistas aqui, Hannah. O que faremos a seguir?

Hannah sacudiu os ombros. Elas não estavam chegando a lugar algum com rapidez.

– Vamos dirigir de volta até a casa de Lucy. Vera disse que ia direto para a cama. Se a luz estiver apagada, nós vamos checar a garagem para ter certeza de que o carro de Lucy não está lá.

– E o que vai adiantar? Não pode estar, se Lucy não está.

– Não necessariamente. – Hannah saiu de ré da vaga e seguiu pela viela. Lucy pode ter deixado a cidade com alguém.

– Quem?

– Eu não sei, mas nós ainda devemos checar. Investigação é um processo eliminatório. Você precisa pesquisar todas as possibilidades, e o que quer que sobre, independentemente de quão implausível seja, tem de ser aquilo.

– Nunca pensei a respeito disso, dessa forma. – Andrea pareceu impressionada. – Você tem uma cabeça muito boa para o assunto, Hannah.

– É a cabeça de Sir Arthur Conan Doyle. Eu li isso num livro de Sherlock Holmes. Provavelmente ele não disse exatamente assim, mas, essencialmente, foi isso que ele disse.

– Talvez eu deva comprar uma coleção de livros de Sherlock Holmes para Bill, de Natal. – Andrea pareceu pensativa. – Será que tem em fita?

– Sim, se você estiver falando da série da PBS.

– Televisão não, áudio. Aí ele poderia ouvir a caminho do trabalho.

– É um trajeto de apenas dez minutos. Ele ficará tão interessado que provavelmente vai ficar no estacionamento até o fim do capítulo e levará bronca por chegar atrasado. – Hannah contornou a esquina. – Aqui estamos, Andrea. Verifique se Vera ainda está acordada.

Andrea olhou pela janela, enquanto Hannah dirigia devagar, passando pela casa dela.

– Está tudo escuro. Ela deve ter ido para a cama.

– Bom. – Hannah apagou os faróis e entrou na viela. Ela não queria que os vizinhos a vissem. A garagem de Vera era à moda antiga, uma estrutura independente que ficava no canto do terreno. Hannah estacionou na lateral da viela e desligou o motor. – Estamos aqui.

– Se Vera algum dia colocasse a casa à venda, nós chamaríamos isso de garagem para dois carros – disse Andrea, demonstrando interesse. – Você consegue imaginar dois carros cabendo nessa garagem?

Hannah apagou a luz de teto da caminhonete, para que não acendesse quando ela abrisse a porta.

– Dois pequenos carros esportivos, talvez, mas é só. Venha, Andrea. Pegue as lanternas lá atrás e vamos olhar a garagem.

– Você realmente precisa de mim para isso?

A voz de Andrea estava com aquele tremor assustado novamente, e Hannah virou-se para ela, surpresa.

– Qual é o problema?

– Estou com os pés gelados.

Hannah sabia que a irmã não estava se referindo ao fato de que o aquecedor da caminhonete não estava liberando muito ar quente.

– Por que agora?

– Porque na última vez que vasculhamos uma garagem, nós encontramos um cadáver.

– O último corpo que encontramos não estava na garagem, e esta situação é diferente. Nem temos certeza se Lucy está desaparecida, muito menos morta. Ela pode estar por aí, correndo atrás de uma matéria quente.

– Você *realmente* acredita nisso?

Hannah suspirou, ela não gostava de mentir.

– Na verdade, não.

– Eu também não acredito. E estou com uma sensação muito ruim sobre isso. Acho que devemos ligar para Bill e Mike.

– E dizer-lhes o quê? – perguntou Hannah. – Você quer que o Bill saiba que nós invadimos o apartamento de Lucy e roubamos sua pilha de provas?

– Não.

– Certo. Então vamos. Se eu tiver de arrombar, vou precisar que você segure a lanterna.

– Arrombar? – Andrea pareceu chocada. – Você não disse nada sobre arrombar!

– Eu disse *se*. A primeira coisa que faremos é olhar pela janela. Se a garagem estiver vazia, não faz sentido arrombar. Além disso, você me disse que gosta de ser útil.

Andrea soltou um gemido, mas pegou as lanternas e entregou uma a Hannah.

– Tudo bem. Mas se o carro de Lucy estiver ali, eu não vou entrar.

– Combinado.

Hannah saiu da caminhonete e esperou que Andrea a alcançasse. Elas contornaram a lateral da garagem e Hannah pressionou a lanterna junto à janela, antes de acendê-la. Ela olhou através do vidro empoeirado, avistou o carro de Lucy e soltou um pequeno gemido.

– O que foi? – o sussurro de Andrea saiu alto, na noite silenciosa.

– O carro de Lucy – Hannah sussurrou de volta. – E isso significa que eu vou entrar.

– Por quê?

– Porque ela pode ter deixado algo dentro, que nos dirá para onde foi.

Andrea pensou naquilo, por um momento.

– Tudo bem. Você vai quebrar a janela da garagem?

– Só se a porta estiver trancada. É um tipo de fechadura antiga, dá para ver o mecanismo. – Hannah apagou a lanterna e enfiou no bolso da parka.

– Você acha que estará destrancada?

– Há uma boa chance. A maioria das pessoas não tranca suas garagens em Lake Eden. Praticamente não há crime.

– Se você não contar assassinato.

Hannah deu uma risada, enquanto elas voltavam pela frente da garagem. Ao menos Andrea havia se recuperado o suficiente para fazer uma piada. Hannah se abaixou para segurar o trinco da porta, girou e, depois de um clique, puxou. A porta deslizou para cima, suavemente. Lucy ou Vera haviam lubrificado o trilho antes da primeira nevasca.

Andrea fez um sinal de positivo e endireitou os ombros.

– Mudei de ideia. Vou entrar com você. Jamais me perdoaria se algo ruim acontecesse e eu não estivesse junto.

Esse comentário soou engraçado para Hannah e ela conteve o riso. Andrea passou a impressão de que seria terrível se algo ruim acontecesse à irmã sem que ela estivesse presente, mas tudo bem se estivesse. Não fazia sentido, mas, mesmo assim, Hannah ficou contente em ter sua companhia.

Depois que elas entraram, Hannah esticou o braço e abaixou a porta. Andrea resfolegou e parou.

– O que é?

– Você precisa fechar a porta? Está tão escuro aqui dentro.

– Acho que não, mas não acenda sua lanterna. Os vizinhos de Vera, do outro lado da vila, podem ver. Apenas vá tateando o caminho, na lateral do carro de Lucy e não tropece em nada. Irei primeiro.

As duas irmãs foram seguindo até Hannah chegar à porta do motorista. Ela enfiou a mão no bolso, pegou a lanterna e encostou na janela.

– Certo, Andrea. Eu vou olhar para ver se avisto algo.

– Certo. Ande logo, Hannah. Eu estou congelando.

Hannah acendeu a lanterna, deu uma olhada e apagou novamente.

– Você está com seu celular, Andrea?

– Claro que estou. Sou uma corretora imobiliária, e nunca saio sem ele.

– Onde está?

– Na minha bolsa, dentro da caminhonete. Por quê?

– Quero que você volte à caminhonete e ligue para o Bill. Diga a ele que venha para cá agora.

Andrea perdeu o fôlego quando caiu a ficha do pedido de Hannah.

– Lucy está no carro?

– Isso mesmo.

– Ela está... morta?

– Mortinha.

– Mas você tem certeza?

– Tenho certeza. – Hannah se esforçou para manter a voz firme. A visão que ela tivera sob o foco da lanterna eliminara totalmente a necessidade de uma ambulância e ela não ia compartilhar os detalhes com a irmã. – Apenas faça isso, Andrea. Agora. E depois de ligar, coma alguns cookies. Será uma noite longa.

O carro de patrulha do condado chegou em tempo recorde e Hannah ficou aliviada ao ver Bill e Mike. Em momentos assim, a presença de dois oficiais treinados para lidar com uma morte era algo tranquilizador.

Mike saiu do carro e veio direto até Hannah.

– O que aconteceu?

– É Lucy Richards. Ela está no carro e está morta.

– Tem certeza?

– Absoluta. Chame Bill e venha comigo. Vou lhes mostrar.

A garagem tinha uma lâmpada com uma cordinha de puxar. Hannah esticou a mão para acender, mas parou antes que seus dedos tocassem a corda.

– Eu devo tocar isso? Pode ficar com minhas digitais.

– Vá em frente. Não podemos tirar digitais disso. – Mike fez um gesto para que ela puxasse. – Você tocou em alguma outra coisa antes de encontrar Lucy?

– Na lateral do carro e no trinco do portão, mas Andrea e eu estávamos de luvas. Só isso.

– E quanto à maçaneta da porta do passageiro? – perguntou Bill.

– Eu não abri. Apenas olhei pela janela, com minha lanterna. Era... bem óbvio que ela estava morta.

– E quanto a Andrea? – Bill pareceu preocupado. – Ela estava junto, quando você encontrou Lucy?

– Sim, mas não viu nada. Eu apaguei minha lanterna e disse a ela que voltasse à caminhonete e ligasse para vocês. Eu disse que Lucy estava morta, mas é tudo que ela sabe.

Bill pareceu aliviado e abraçou-a.

– Obrigado, Hannah.

– Você pode voltar à sua caminhonete, mas não vá embora. – Mike pegou a mão dela e apertou. – Falaremos com você mais tarde.

Ela tinha sido dispensada e estava satisfeita. Realmente não queria ver o corpo de Lucy novamente. Lucy Richards havia sido alvejada atrás da cabeça, como se executada a sangue-frio, e a visão não era agradável. Hannah respirou fundo algumas vezes, inalando o ar gélido noturno, para arejar a cabeça. Cheirava a pinho e madeira aromática. Alguém devia estar com a lareira acesa. Depois, ela entrou na caminhonete.

Andrea virou-se para Hannah, assim que ela se sentou atrás do volante.

– O Bill está muito zangado comigo?

– Não. Ele até me agradeceu por impedir que você visse Lucy.

– Ah, que bom. – Andrea deu um suspiro de alívio. – O que perguntaram?

– Eles queriam saber se eu havia tocado algo. Foi só isso. Voltarão aqui para falar conosco depois.

– Nós vamos contar a eles que estivemos no apartamento de Lucy?

– Sim, mas só na segunda vez. Vera sabe que estivemos lá e não há motivo para mentir a respeito. Isso vai explicar por que olhamos na garagem de Lucy.

– Vai?

– Direi que vimos que alguém invadiu e estávamos preocupadas com Lucy, já que ninguém a vira o dia todo. Viemos até a garagem para ver se o carro tinha desaparecido.

– Certo, mas por que não dissemos à Vera sobre a invasão?

– Imaginamos que ela ficaria nervosa e não sabíamos, com certeza, se algo tinha acontecido com a Lucy. Falaríamos com ela novamente, mais tarde, quando soubéssemos mais sobre o que tinha acontecido.

Andrea ainda parecia apreensiva.

– E não precisamos contar a eles sobre nossa invasão esta manhã?

– Não, a menos que eles perguntem diretamente.

– Bom. Você vai mostrar as fotos do assassinato?

– Acho que tenho de fazê-lo – respondeu Hannah, e sua voz estava séria. – Aquelas fotos podem ser o motivo pelo qual Lucy foi morta.

– Mas como você vai explicar de que modo conseguiu o filme de Lucy?

Hannah pôs a cabeça entre as mãos. Andrea estava fazendo perguntas demais.

– Pensarei em algo quando chegar a hora. E me dê alguns daqueles cookies de chocolate, Andrea. Eu realmente preciso de uma levantada. Coma alguns também. Se sua boca estiver cheia, você não fará tantas perguntas irritantes.

As duas irmãs mastigaram em silêncio. Depois de alguns minutos, Hannah começou a sentir-se melhor. Ela estava mais alerta, sua mente parecia mais clara, e ela estava pronta para mais perguntas.

– Certo, Andrea. – Hannah virou-se para a irmã. – Manda.

– Manda o quê?

– Faça todas aquelas perguntas que você fez antes.

– Tem certeza? – Andrea franziu as sobrancelhas, preocupada. – Você disse que eram perguntas irritantes.

– Eram, mas agora estou recuperada.

– Recuperada de quê?

– De uma deficiência de chocolate. Você queria saber o que eu ia dizer quando Bill e Mike perguntassem como consegui o filme de Lucy?

– Sim.

– Não vou entrar em detalhes. Só vou dizer que me deparei com o filme hoje de manhã e pedi ao Norman que revelasse para mim.

– Mas eles vão querer saber onde você o encontrou.

Hannah sacudiu a cabeça.

– Não, não vão. Ao verem as fotos e perceberem que são do assassinato de Boyd, não vão olhar os dentes do cavalo dado. É assim, Andrea. Se Bill e Mike souberem que fizemos algo ilegal para obter aquele filme, isso não poderá ser usado como prova contra o assassino. Mas se não souberem, eles podem usar.

– Entendi. Mas será que Bill e Mike serão espertos o suficiente para perceberem isso?

– Eu darei uma boa dica. – Hannah deu uma olhada pelo para-brisa e avistou Mike e Bill saindo da garagem. – Lá vêm eles. Abra o porta-luvas e me dê as fotos do assassinato de Boyd. Elas estão num envelope separado.

– Você não quer todas?

– Não. Deixe as outras aí. E tente fingir que você ainda está aborrecida demais para conversar e vá seguindo o que eu fizer.

Andrea abriu o porta-luvas e entregou as fotos do assassinato. Hannah guardou-as no bolso da parka, enquanto Bill caminhava até a porta do passageiro. Ele abriu a porta, envolveu Andrea com um braço e perguntou:

– Você está bem, querida?

– Eu... acho que sim. Só estou meio... abalada.

Hannah deu um suspiro de alívio. Andrea estava tremendo novamente, embora um segundo antes estivesse bem calma. Era uma pena que ela não pudesse indicar a irmã para um Oscar. Andrea merecia.

– Hannah? – Mike abriu a porta do motorista. – Preciso lhe fazer algumas perguntas.

– Tudo bem. – Ainda bem que ela não precisava fingir que estava abalada demais para responder. Andrea era uma atriz bem melhor. – Na sua casa ou na minha?

Mike riu com a pergunta, mas seu sorriso desapareceu rápido. Assassinato era coisa séria.

– Volte ao carro de patrulha. Está muito mais quente que sua caminhonete. Você nunca vai consertar esse aquecedor?

– Está consertado. Só não é muito eficiente. – Hannah saiu da Suburban e gesticulou para Andrea. Em hipótese alguma ela correria o risco de que a irmã se confidenciasse a Bill, se os deixasse a sós na caminhonete. – Venha, Andrea. Vamos todos para o carro de patrulha para nos esquentar e contar tudo.

Capítulo 19

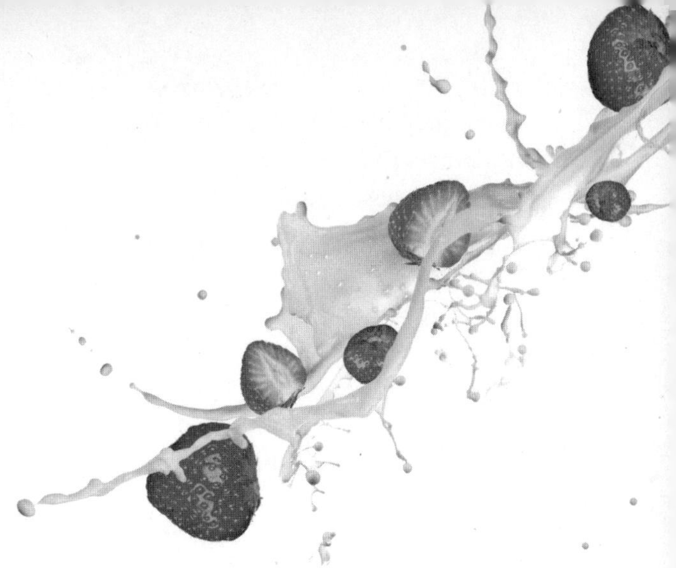

No instante em que Mike abriu a porta de trás do carro de polícia, Hannah empurrou Andrea para dentro e entrou logo atrás. Bill e Mike não tiveram alternativa a não ser se sentarem na frente, e era assim que Hannah queria. Como a irmã estava atrás com ela, isso daria a Hannah a oportunidade de cutucar Andrea se ela realmente começasse a contar tudo.

Mike se virou em seu banco, para olhar na direção de Hannah.

– Você conhecia Lucy. Por que acha que ela foi assassinada?

– Eu não sei – Hannah respondeu, dizendo a verdade. Ela não sabia; só tinha um palpite.

– E quanto a você? – Bill perguntou a Andrea. – Consegue pensar em alguém que tivesse motivo para matar Lucy?

– Eu... eu não tenho certeza. Talvez. Conte você, Hannah.

– Ela está falando da pessoa que revirou o apartamento de Lucy – Hannah acudiu a irmã. – Acabamos de vir de lá. Todas as gavetas foram arrancadas e tudo estava jogado no chão. Parecia que alguém tinha invadido o apartamento, procurando alguma coisa. Foi por isso que fomos até a garagem. Queríamos ver se o carro de Lucy tinha sumido.

Os olhos de Bill ficaram espremidos e Hannah sabia que ele estava se lembrando da noite em que elas invadiram a casa de Max Turner.

– Como entraram no apartamento de Lucy? Ou eu não deveria perguntar?

– Pode perguntar – Hannah rapidamente respondeu, antes que Andrea pensasse em abrir a boca. – Vera Olsen nos deu a chave.

Bill pareceu confuso e se virou de volta para Andrea.

– Mas por que vocês subiram ao apartamento de Lucy?

– Porque não a vimos o dia todo. Eu até perguntei se você a vira, lembra? E... ficamos preocupadas com ela.

–Você me disse que queria perguntar à Lucy sobre as fotos que ela tirou de Tracey.

– Eu queria. – Andrea estremeceu ligeiramente. Hannah sabia que ela só podia estar fingindo, porque o aquecedor do carro estava no máximo e o banco traseiro era o local mais quente. – Pelo menos, no começo. E Hannah também precisava falar com ela.

– Por que você precisava falar com Lucy? – Mike perguntou a Hannah.

Hannah aproveitou a oportunidade. Ela sabia que nunca teria uma chance melhor.

– Eu queria perguntar sobre minhas suspeitas.

– Que suspeitas?

– Suspeitas sobre o assassinato de Boyd. Mas um *profissional treinado* como você não estaria interessado em nada com o que eu por acaso me *deparasse*, não é?

Mike se retraiu e Hannah sabia que alcançara seu objetivo. Ele havia se lembrado das palavras que usara quando dissera para que ela não se intrometesse em seu caso.

– Talvez eu não devesse ter sido tão duro com você – admitiu Mike. – Ajudaria se eu dissesse que tomo minhas palavras de volta?

– Na verdade, não. – Hannah sacudiu a cabeça. Quando uma pessoa como Mike pegava as palavras de volta, aquilo era apenas reciclagem. Ela apenas as ouviria outra vez, de uma forma ligeiramente diferente.

– Ora, vamos, Hannah. – Mike esticou o braço e afagou o dela. – Eu realmente preciso de sua ajuda nisso. Você não pode apenas esquecer o que eu disse e me dizer o que sabe?

Hannah sabia que aquilo era o mais perto de um pedido de desculpas e decidiu aceitar.

– Tudo bem. Mas e se eu lhe mostrar, em vez de dizer?

– Me *mostrar*? Você se deparou... – Mike parou e levou um instante para reformular a frase sobre o que estava pensando em dizer. – Você descobriu alguma prova?

Mike estava aprendendo e Hannah resolveu recompensá-lo. Ela entregou-lhe três fotos do assassinato de Boyd. Veria o que ele iria achar, antes de entregar a ampliação que Norman fizera da abotoadura do assassino.

– Não sei se é prova ou não, mas isso pode ter sido o motivo pelo qual Lucy foi assassinada. Dê uma olhada.

Mike acendeu a luz do teto da viatura, Bill se aproximou para ver melhor e eles examinaram as fotos, juntos. Depois, Mike perguntou:

– A Lucy tirou essas fotos?

– Foram tiradas com a câmera dela. – Hannah repetiu o que Norman lhe dissera. – Não sei o horário exato, mas limitei para algo entre quarta-feira, às cinco da tarde, e quinta, ao amanhecer.

– Você acha que são fotos do assassinato de Boyd Watson?

– Decididamente.

Bill pareceu duvidoso.

– Não é tão definitivo. O período de horário se encaixa, mas estão tão escuras; é impossível dizer com certeza.

– É verdade – Mike concordou. – Nunca se sustentaria na corte, Hannah. Se você tiver os negativos, nosso fotógrafo pode conseguir clareá-las.

– Ele não pode. – Hannah sacudiu a cabeça. – Isso é o melhor que fica, Mike. Norman revelou o filme para mim e ele é ótimo na câmara escura. Seu cara pode tentar, mas não será capaz de fazer melhor.

Bill apertou os olhos.

– Espere um minuto. Quando foi que o Norman teve tempo de revelar esse filme?

– Hoje de manhã. Foi logo depois que eu o encontrei. Isso é tudo que você vai querer saber.

– Você entregou o filme de Lucy a Norman Rhodes? – Mike pareceu chocado.

– Isso mesmo. Eu não sabia o que tinha e sabia que você faria uma porção de perguntas se eu levasse à delegacia. Foi mais fácil levar ao Norman.

– Como você consegui... – Bill parou, bem na hora. – Nós queremos saber como você encontrou o filme de Lucy.

– Não, isso não é importante.

Bill pareceu um pouquinho nervoso com a resposta, mas não forçou.

– E você acha que foi a Lucy que fotografou esse filme?

– Tenho 99% de certeza, mas não a encontrei a tempo de perguntar. Isso é só uma intuição, pois não sou uma...

– Profissional treinada – Mike interrompeu, antes que ela pudesse usar a mesma frase novamente.

– Isso. Quer saber minha teoria? – Os dois assentiram e Mike chegou mais perto, por cima do encosto de seu banco. Hannah sentiu que se vingara. No espaço de alguns minutos, ele passara do ponto de alertá-la para não se intrometer a valorizar sua opinião. – Acho que Lucy estava na viela, na noite em que Boyd foi assassinado. Ela viu tudo e tirou aquelas fotos. Estão escuras porque ela não se atreveu a usar o flash.

– Isso faz sentido – disse Mike. – E você acha que o assassino descobriu que Lucy tirou fotos dele?

– É claro. Por isso ela acabou morta. Lucy sabia sua identidade e ele tinha de se livrar dela, antes que ela pudesse falar.

– Você sabe *quando* Lucy foi morta? – perguntou Bill.

– Só posso tentar adivinhar.

– Adivinhar. – Mike deu um sorriso. – Até agora, você é a melhor adivinhadora que temos.

Isso fez Hannah sentir-se bem e ela retribuiu o sorriso.

– Dick Laughlin me disse que Lucy deixou o hotel, ontem à noite, à meia--noite. E ela não compareceu à consulta dentária com Norman, às sete horas da manhã de hoje.

– Portanto, foi entre meia-noite e sete horas?

– Esse é meu melhor palpite. Lucy não ligou para cancelar e Norman disse que ela nunca se atrasou antes. Devo presumir que ela já estava morta a essa hora.

– Certo. – Mike pegou o caderno e fez umas anotações dos horários. – Talvez o Dr. Knight possa limitar mais o período de tempo. Vamos pensar na logística, por um minuto. O assassino de Boyd matou Lucy entre meia-noite e sete horas, depois subiu ao apartamento dela para procurar o filme que ela tirou?

Hannah cutucou Andrea para que ela ficasse em silêncio. De forma alguma ela queria admitir que haviam estado no apartamento de Lucy às sete horas desta manhã.

– Isso não está muito certo. Acho que ele a matou e fugiu de cena. Talvez um dos vizinhos de Lucy tenha acendido uma luz, ou algo assim, e ele entrou em pânico. Mais tarde, ele voltou para procurar o filme.

– Como você sabe que ele não matou Lucy e subiu na hora ao apartamento dela... – Mike parou, quando Bill lhe deu um cutucão. – Eu não deveria perguntar?

– Isso mesmo. Você simplesmente terá de aceitar minha opinião, Mike.

Mike pareceu querer pressionar em busca de detalhes, mas conseguiu dominar sua curiosidade.

– Certo. Você sabe quando o assassino voltou para pegar o filme?

– Depois das sete e quarenta e cinco desta manhã e... – Hannah virou-se para Andrea. – A que horas a Vera nos deu a chave?

– Às nove. Olhei no relógio antes de subirmos a escada.

– Acabei de pensar numa coisa. – Bill pareceu alarmado ao virar-se para Hannah. – Há alguma forma de o assassino saber que você pegou o filme de Lucy? Quero dizer, se Lucy disse algo antes que ele a matasse, você pode estar com sérios problemas!

– Relaxe, Bill. – Hannah sorriu para tranquilizá-lo. – O assassino não sabe que está comigo.

– Tem certeza? – Mike soou igualmente preocupado.

– Absoluta. O assassino presume tê-lo encontrado e destruído. Ele desenrolou todos os filmes de Lucy, todos os rolos. Você verá quando subir até seu apartamento.

– Espere um segundo. – Bill pareceu novamente confuso. – O assassino não levaria o filme de Lucy para ser revelado, para ter certeza de ter as fotografias certas?

– Não, a menos que ele tenha uma câmara escura, de revelação. Pense bem, Bill. De forma alguma ele levaria um prova incriminadora para um laboratório de Lake Eden, para mandar revelar?

– Você tem razão – disse Mike.

– Claro que tenho. E tenho outra peça para o quebra-cabeça, se você quiser ver.

– Você disse *ver*. – Mike imediatamente captou a palavra. – É outra foto?

Hannah entregou-lhe a última fotografia.

– É uma ampliação que Norman fez da última foto do rolo de Lucy, aquela na qual o assassino está erguendo o braço. É a abotoadura do assassino, e está mais nítida do que o restante da foto porque estava reluzindo sob o luar.

Mike olhou a última foto por um instante, depois passou para Bill.

– É a cabeça de um cavalo, e parece um peça de antiquário.

– Também é rara – Andrea informou. – Esta tarde, eu dei um pulo na casa da mamãe e procurei seus catálogos de leilões. O último par vendido de um lote saiu por sete mil dólares.

Hannah virou-se para Andrea, surpresa. Ela não sabia que a irmã tinha feito esse trabalho, especificamente.

– Quando foi que você encontrou tempo para fazer isso?

– Logo depois que John e Wendy bateram o martelo.

– Não diga *bateram o martelo*. – Hannah começou a rir, e isso aliviou a tensão. Por alguns instantes, todos eles conseguiram tirar da cabeça a brutalidade de dois assassinatos, mas depois viram as luzes na entrada da viela, conforme a Explorer do Dr. Knight vinha chegando. Era um lembrete tangível de que a morte violenta estava a apenas alguns metros de distância deles, e o riso foi interrompido bruscamente.

– Há outra coisa que você deve saber – disse Hannah rapidamente, antes que Mike pudesse sair do carro de patrulha.

– Você pode me dizer, num minuto. – Mike abriu a porta e acenou para que Bill fizesse o mesmo. – Apenas fique bem aí. Vamos receber o doutor e já voltamos.

– O que vai dizer a ele? – perguntou Andrea, no instante em que elas ficaram sozinhas.

– Uma novidade – disse Hannah. Ela não queria entrar na história dos descartes de Rudy, da filmagem de quarta-feira à noite, e que levaria quatro horas para assisti-los. – Contarei a vocês dois, quando Mike voltar.

Isso pareceu satisfazer Andrea, porque ela sorriu.

– Você foi demais, Hannah. Você disse a Bill e Mike apenas o que eles tinham de saber, e nem mentiu sobre o restante. Você simplesmente... bem... qual é a palavra certa?

– Esquivei-me. Eu me esquivei de dizer toda a verdade.

– Isso mesmo. Você se esquivou e isso funcionou muito bem. Sabe de uma coisa, Hannah? Talvez eu não deva dizer isso, mas acho que você daria uma ótima corretora imobiliária.

– Você não está feliz, Hannah? – perguntou Andrea, enquanto elas seguiam de carro, pelas ruas nevadas, até a escola.

– Feliz?

– Sim. Mike finalmente concordou em nos deixar fazer um pouco de trabalho verdadeiro de detetive. Ele nos deu permissão para assistir aos descartes.

– Certo. – Hannah entrou no estacionamento. Não havia necessidade de jogar água fria na animação de Andrea, dizendo que Mike e Bill poderiam ter um motivo oculto. Se ela e Andrea assistissem aos descartes, estariam poupando quatro horas de trabalho dos *verdadeiros* detetives e estariam seguras, no caminhão de produção da KCOW, com o engenheiro noturno. Hannah desconfiava que aquele havia sido o jeito de Mike de mantê-las longe de problemas, mas talvez ela não estivesse sendo generosa. – Você tem certeza de que não se importa em assistir às fitas comigo?

– Eu não me importo. Pode haver cenas de Tracey. Não foi uma gentileza de Mason Kimball oferecer-se para nos fazer cópias, caso encontremos alguma coisa dela?

– Sim, foi. – Hannah pensou nas abotoaduras antigas de Mason e fez uma anotação mental para perguntar a Mason se ele havia falado com Ellen sobre as peças com cabeças de cavalo. Provavelmente não adiantaria nada, mas não faria mal dar uma lembrada. Mesmo que tivessem sido vendidas, o joalheiro do shopping poderia ter mantido o registro de algo tão valioso. Era uma possibilidade remota, mas não impossível.

– Bill disse que demoraria pelo menos mais duas horas – disse Andrea. – Ele vem me buscar quando tiver terminado. Espero que se atrase. Eu realmente quero assistir à fita inteira.

– Talvez ele se atrase. – Hannah contornou o prédio e estacionou ao lado do caminhão de produção. – Certo, Andrea. Vamos nessa. Estique o braço até o banco traseiro e pegue uns cookies. Eu ainda não comi e minha barriga está roncando.

– Ih. – Andrea segurou o saco vazio de cookies de chocolate. – Acabei de comer o último. Quer dar um pulo no Quick Stop e comprar uns petiscos?

Hannah pensou por um momento, mas dirigir até o Quick Stop levaria pelo menos quinze minutos e já eram quase onze horas.

– Deixe para lá. Não vai me matar ficar sem comer por mais algumas horas. Como alguma coisa mais tarde, quando chegar em casa.

– Moishe.

– O quê?

– E pega o Moishe, quando chegar em casa. Achei tão bonitinho quando você destrancou a porta e ele pulou direto em seus braços. Ele deve realmente sentir sua falta, quando você fica fora o dia todo.

– Moishe só sente falta de uma tigela cheia de comida – disse Hannah, embora ela realmente não acreditasse nisso. Moishe parecia, sim, sentir sua falta, e isso fazia com que ela se sentisse bem.

Elas subiram a escada metálica até o caminhão de produção e Hannah bateu. Ela ouviu passos se aproximando e a porta se abriu para revelar um homem barbudo, com rabo de cavalo e um brinco de diamante na orelha esquerda.

– Hannah Swensen? – perguntou o engenheiro.

– Isso mesmo. Mason Kimball me deu permissão para assistir aos descartes de Rudy, de quarta-feira. Eu trouxe minha irmã, Andrea, para me ajudar.

– Sem problemas. – O engenheiro deu uma olhada para Andrea e sorriu. – Entrem e eu vou acomodá-las. Sou P.K.

Hannah ficou imaginando o que significaria P.K., mas não tinha importância. Elas o seguiram pelo corredor, até uma porta perto da traseira do caminhão. P.K. abriu e fez um gesto para que elas entrassem.

– Esta é a sala de exibição de Mason. Ele disse que vocês podem usá-la. Sentem-se e eu vou pegar as fitas.

Hannah estava impressionada. A salinha era como uma sala de estar, com duas cadeiras giratórias e uma mesa no meio. Na parede oposta havia uma televisão com um videocassete instalado ao lado.

– Nada mal – disse Andrea, sentando numa das cadeiras giratórias. – Ficaria bem melhor com papel de parede, em vez desse painel escuro, mas é aconchegante.

– Aconchegante? – Hannah olhava em volta, vendo as paredes totalmente nuas. – Achei que aconchegante fosse algodão e ursinhos de pelúcia.

– Não no setor imobiliário. Uma sala pequena é aconchegante, uma sala grande é espaçosa e uma cozinha é um sonho *gourmet*.

Em alguns instantes P.K. voltou com quatro fitas em caixas pretas. Elas eram maiores que as fitas de vídeo que Hannah tinha em casa, e ela calculou que fossem as fitas de vinte milímetros que Rudy havia mencionado. Ele abriu uma das caixas e colocou a fita no aparelho de vídeo.

–Vou começar para vocês e ensiná-las como usar o controle remoto.Vocês tem videocassete?

– Sim – respondeu Hannah –, mas o que eu tenho não é de vinte milímetros.

– Os controles são bem semelhantes. A fita é que tem um tamanho diferente, só isso.

– Eu também tenho videocassete. – Andrea sorriu para ele, enquanto ele se empoleirava na beirada da cadeira dela, e Hannah desconfiava que a irmã fizera outra conquista. Ela estava muito bem com suas calças pretas apertadas e seu suéter rosa felpudo, e os homens nunca conseguiram resistir a Andrea.

– Então vocês conseguirão lidar bem com esse. – P.K. segurou o controle remoto de modo que Andrea pudesse vê-lo. – Aqui estão o play, o stop, o acelerar, o congelar, o pausar e os botões de busca.

Hannah quase vaiou a irmã. Andrea sempre deixou que Bill programasse o videocassete e ela provavelmente nunca tinha segurado um controle remoto na vida. Mas assentiu como quem conhecesse e P.K. pareceu satisfeito.

– Apenas não toque nesse círculo do meio – P.K. alertou. – Isso é para algo que vocês não precisam. Vocês conhecem os códigos de tempo?

Andrea sacudiu a cabeça e virou para Hannah.

– Você sabe?

– Mason mencionou. Ele disse que nós deveríamos anotá-los se quiséssemos que ele copiasse a gravação de alguma coisa.

– Certo. – P.K. desviou os olhos de Andrea para Hannah. – Os códigos de tempo são um punhado de números que avançam no rodapé da tela. A câmera os adiciona automaticamente. No começo, desviam a atenção, mas vocês aprenderão a ignorá-los.

P.K. ligou a fita e eles viram a imagem da escola. Havia números no rodapé da tela, exatamente como P.K. dissera, e as frações de segundo passavam tão rápido que Hannah não tinha tempo de lê-las.

– Quando encontrarem algo que queiram, apertem o botão para congelar a imagem. – P.K. segurou o controle remoto e demonstrou. – Depois, tudo que têm a fazer é voltar a fita e congelar a tela novamente, para ler o número.

– Certo. Consigo fazer isso – disse Hannah. – Nós escrevemos o número, no começo?

– E no fim. Coloquem parênteses nos números da fita, para mim, com os códigos de tempo. Isso me dirá que filmagens vocês querem e suas durações. – P.K. demonstrou novamente e entregou o controle remoto a Andrea. – Vou arranjar uns blocos de anotação e canetas para vocês, do escritório de Mason.

– Obrigada – Andrea sorriu para ele. – Lamento estarmos dando tanto trabalho.

Hannah esperou até que P.K. tivesse saído, depois se virou para a irmã:

– Você lamenta por estarmos dando tanto *trabalho*?

– Eu tinha de dizer algo. – Andrea sacudiu os ombros. – Ele está sendo muito legal.

– Ele talvez esteja sendo legal demais. E você está flertando com ele.

– Eu sempre flerto. Bill não se importa. Ela sabe que nunca faço nada. E ele entende que flertar facilita as coisas para que eu consiga o que quero.

Hannah nunca tinha ouvido isso dessa forma, mas, pelo menos, Andrea estava sendo honesta consigo mesma.

– Certo. O que você quer de P.K.?

– Café. Se eu sorrir mais um pouco e casualmente mencionar o quanto estou com frio, é provável que ele se ofereça para nos trazer um cafezinho.

Capítulo 20

Assistir aos descartes foi divertido, no começo, principalmente quando elas viram os amigos aparecerem na fita de Rudy. Hannah e Andrea ficaram de olhos grudados no monitor, canetas em punho para escreverem os códigos de tempo. Depois, a sensação de novidade começou a passar. Como a filmagem que Rudy fez era especialmente para a montagem, e aquilo era elaborado para ter música, havia um ruído de fundo, mas não eram falas nítidas. Ocasionalmente, elas ouviam a voz de Rudy dando informações do local e das pessoas na cena que ele estava gravando, mas ninguém falava diretamente para a câmera.

Durante a longa sequência que Rudy havia filmado na manhã de quarta-feira, desde o estacionamento do Hotel Lake Eden, enquanto ele acompanhava os carros dos concorrentes, até o auditório do Colégio Jordan, Andrea deu um suspiro impaciente.

– São apenas carros, Hannah. E a câmera não está perto o suficiente para captar os motoristas.

– Mason me alertou que isso seria tedioso – lembrou-a Hannah.

– Você me disse. Eu só não achei que fosse *tão* tedioso. Quanto tempo falta?

Hannah deu uma olhada no código de tempo piscando no rodapé da tela.

– Três horas e meia.

– Você pode adiantar essa parte?

– É melhor não. Podemos perder algo.

Andrea deu outro gole no café que P.K. trouxera.

– Acho que você tem razão – ela cedeu. – Que carro o Sr. Avery está dirigindo?

– O Ford azul-escuro, mas nós já o eliminamos como suspeito.

– Eliminamos?

– Sim. Tanto Sally como Dick disseram que ele estava na festa depois do concurso, com a esposa, na hora em que Boyd foi morto. Só para ter certeza, eu confirmei isso com Jeremy e Belle Rutlege.

– Certo, ele não matou Boyd. Mas isso não significa que não poderia ter matado Lucy. Afinal, ela o chantageou. O assassino de Lucy pode ter sido qualquer uma de suas vítimas de chantagem. Podiam estar tentando dar o troco, ou recuperar a prova que ela usou contra elas. Não sabiam que nós tínhamos todas as fotos e negativos.

Hannah sacudiu a cabeça. Andrea simplesmente não estava pensando com clareza.

– E quanto ao filme que o assassino dela destruiu? Por que outra vítima de chantagem faria isso?

– Eu não sei. – Andrea pensou sobre isso, por um instante. – Talvez seu assassino estivesse tentando impedi-la de chantagear outra pessoa.

– Lucy já estava morta, àquela altura. Seu assassino sabia que seria impossível que ela chantageasse mais alguém.

– Está certo. – Andrea esfregou os olhos novamente. – Você tem certeza de que o mesmo homem matou Boyd e Lucy?

– Estou bem certa.

– E você tem certeza de que não deve entregar as outras fotos de chantagem de Lucy?

– Sim, tenho. – Hannah estava bem decidida. – As vítimas de Lucy já sofreram o bastante e nós sabemos que nenhuma delas a matou.

Andrea não pareceu convencida.

– Diga-me novamente as suas razões.

– Sabemos que não foi Claire, porque é um homem na foto com Boyd Watson. Não é o Prefeito Bascomb, porque ele é bem mais alto que o homem na foto de Lucy. E nós já eliminamos o Sr. Avery, porque ele tem um álibi. Não pode ser nenhum deles.

– Você está errada, Hannah. Nós nos esquecemos de Norman. Nem por um segundo eu acho que ele tenha matado Boyd ou Lucy, mas nós ainda não o eliminamos.

– Eliminamos, sim. Eu devolvi sua prova. Não haveria motivo para que ele matasse Lucy e vasculhasse seu apartamento, principalmente porque sabia que nós já tínhamos feito isso. E foi ideia do Norman ampliar a abotoadura do assassino. Ele não teria sugerido se a abotoadura fosse dele.

– Você tem razão – Andrea suspirou profundamente. – Acho que estou apenas cansada e não estou pensando direito.

– Beba mais café. – Hannah esticou o braço e encheu a xícara da irmã com a garrafa térmica que P.K. havia trazido para elas.

– Esse café está parecendo piche. – Andrea fez uma careta. – Até meu café instantâneo é melhor que isso.

– Eu sei, mas vai mantê-la acordada até que você possa ir dormir. Tente se concentrar. Eles acabaram de estacionar na frente da escola.

As duas irmãs observaram os competidores entrando no auditório e suas famílias saindo com os carros. Houve uma série de tomadas, enquanto Herb checava os nomes nos crachás, pedia-lhes que assinassem a folha de inscrição e destrancava as portas para que eles pudessem entrar nas cozinhas.

– Isso não vai adiantar nada, Hannah. – Andrea suspirou. – São todas mulheres, e nós sabemos que o assassino de Boyd era um homem.

– Certo. Deixe-me adiantar essa parte. Quando você avistar um homem, grite.

– Tudo bem. Como você quiser.

Hannah podia ouvir o desânimo na voz de Andrea, e lutava contra a mesma sensação. Ela sabia que era bem remota a chance de avistar a abotoadura do assassino na fita, mas de jeito algum ela desistiria sem ver a filmagem de quarta-feira até o fim.

– Mantenha-se alerta, Andrea. Quando chegarmos à parte em que o público chega, deve haver algumas tomadas de Tracey. É provável que você também apareça.

– Eu me esqueci disso. Está bem, Hannah. Estou assistindo.

Andrea pareceu bem mais alerta e Hannah apertou os lábios para esconder um sorriso. Ela sabia que não havia cenas de Tracey e Andrea até que elas vissem mais duas horas de descartes, mas não havia necessidade de Andrea saber disso.

– Obrigada por sua ajuda, Andrea. – Hannah pausou a fita para dizer boa-noite à irmã. – Eu ligo de manhã.

– Não antes das oito.

– Claro que não. Eu sei o que acontece com gente que liga cedo.

Andrea demorou alguns segundos, depois deu um sorriso relutante.

– Se você está se referindo a Lucy, isso não é muito legal.

– Eu sei. Eu nunca disse que sou legal. Vá para casa, Andrea. Ainda tenho duas horas para assistir.

– Boa sorte. – Andrea seguiu até a porta, depois se virou de volta. – Você quer que a gente pare em algum lugar e lhe traga algo para comer? O Speedy Burger não é longe daqui.

Hannah ficou seriamente tentada. Visões de hambúrgueres gordurosos, milk-shakes e anéis de cebola dançavam em sua cabeça, deixando-a com água na boca. Mas Andrea parecia exausta e não era justo aproveitar-se dela.

– Está tudo bem. Posso aguentar até chegar em casa.

– Então, boa noite.

Andrea saiu pela porta e Hannah apertou o play. Sua barriga estava reclamando porque a filmagem do bufê do *happy hour* de Sally não ajudava muito. A bandeja de cogumelos recheados quase acabou com ela. Hannah sabia que Sally usava uma mistura de linguiça com queijo que era inacreditavelmente deliciosa. Sua barriga rugia e ela tomou outro gole de café, mas era um substituto bem pobre para a comida.

Algo na manga de um homem brilhou, enquanto ele se servia do canapé de salmão de Sally. O coração de Hannah disparou e ela pausou a fita. Ela voltou a gravação bem devagar e suspirou ao perceber que era apenas um botão no punho da camisa que tinha sido captado pela luz. Ela suspirou e começou a rodar a fita novamente. Se cochilasse e perdesse alguma parte da filmagem, teria de assistir a tudo de novo, e uma vez era mais que suficiente.

Hannah parou a fita mais quatro vezes, durante a sequência do *happy hour.* A primeira vez foi por causa de uma pulseira de cobre, dessas que supostamente combatem artrite; a segunda vez foi por um botão de ouro na manga de um blazer azul; e na terceira e na quarta vez eram apenas relógios de pulso. Ela estava enxergando abotoaduras até atrás das moitas.

Não houve mais nada de interessante por vários minutos, o que pareceu levar horas. Hannah imaginou como o tempo podia passar tão devagar. Então, houve outro trajeto ao auditório, conforme os concorrentes deixavam o Hotel Lake Eden rumo ao concurso. Hannah adiantou a fita nessa parte, dizendo a si mesma que carros atrás de outros carros não mostrariam abotoaduras. Ela observou os concorrentes saindo de seus carros, quando chegaram à escola e entraram no auditório, mas nada chamou a sua atenção.

Depois que os concorrentes já tinham entrado, Rudy focou novamente a câmera no estacionamento, para filmar o público que estava chegando. Isso era mais interessante, e Hannah não teve de lutar para permanecer acordada. Delores e Carrie chegaram de carro e Hannah sorriu quando Carrie escolheu uma vaga e estacionou. O espaço era bom, mas ainda assim Carrie precisou de várias tentativas para alinhar as rodas e entrar.

O carro de Bill veio em seguida, e Hannah parou a fita para anotar o código de tempo. Andrea estava deslumbrante, como sempre, e Tracey estava sorrindo na direção de Rudy. Ela deu um pulinho, enquanto Bill e Andrea seguravam suas mãozinhas e caminhavam em direção à entrada. Ao menos Hannah conseguiria uma coisa esta noite. Andrea adoraria ter uma cópia dessa filmagem.

Depois de marcar a seção de Tracey com os códigos de tempo, anotando no bloco, Hannah apertou play e concentrou-se nos outros membros do público do auditório. Ela reconheceu o pequeno Honda de Betty Jackson, enquanto entrava numa vaga, e observou Betty saindo de seu carro. Na verdade, Betty fazia aquilo com muita facilidade; uma façanha e tanto para alguém tão grande. Hannah avistou Phil e Sue Plotnik, seus vizinhos do andar de baixo, sem o bebezinho Kevin. Eles o teriam deixado na casa da mãe de Sue, ou ligado para a babá. Várias outras senhoras da Bertie Straub caminharam em direção à entrada, com seus cabelos cuidadosamente protegidos por echarpes. Hannah desconfiava que elas simplesmente tinham vindo de horários marcados no Salão Cut'n'Curl. O xerife foi o próximo, com um ar oficial, com seu uniforme social completo, depois o Prefeito Bascomb e a esposa.

Hannah observava, enquanto vários moradores de Lake Eden iam chegando. Todos estavam sorrindo e pareciam na expectativa da noite de diversão. Havia alguns rostos que ela não conhecia, gente que viera de carro de outras cidades de Minnesota. Ela prestou muita atenção neles, mas não avistou nenhuma abotoadura nos homens.

Rudy passou ao *lobby* do auditório com sua câmera, logo depois que a última pessoa havia entrado. Hannah avistou Claire, que estava trocando algumas palavras com Marge Beeseman e fazendo o possível para ignorar o fato de que o prefeito e a esposa estavam a apenas alguns palmos de distância. Hannah observou, por um momento, depois suspirou. Se ela tivesse visto essa fita uma semana antes, não teria nem desconfiado, mas era incrível como uma percepção tardia podia mudar as coisas. Agora que ela sabia sobre Claire e o Prefeito Bascomb, dava para ver a culpa em seus rostos, na forma como eles meticulosamente evitavam olhar um para o outro.

Duas pessoas chegaram ao fim da fila. Era Boyd Watson e sua irmã, Maryann. Ele virou-se para falar com o Padre Coultas, que também chegara atrasado, e Maryann avistou diversos amigos e acenou para eles. Hannah encarava Boyd intensamente, mas ele não parecia nada diferente do habitual. Ele estava sorrindo e relaxado, ao virar de volta para Maryann, e estava claro que ele não tinha qualquer premonição de que estaria morto em poucas horas.

As outras cenas foram feitas nos bastidores e Hannah ficou envergonhada quando a câmera de Rudy captou-a por trás, enquanto ela caminhava para a cozinha. Seus cabelos flamejavam num tom alaranjado sob a luz, e seu traseiro parecia bem maior do que ela achou que fosse. Ela agradeceu às suas estrelas da sorte por aquela cena ter sido descartada e alguma alma bondosa tê-la cortado da montagem. Depois ela lembrou a si mesma que precisava se esforçar mais para perder aqueles cinco quilos extras.

Havia muitos jornalistas chegando e assumindo seus lugares, atrás do balcão do noticiário. Dee-Dee Hughes estava discutindo sobre algo com Rayne Phillips, o que Hannah percebeu pela expressão dos dois, embra não houvesse som naquela parte da fita. Rudy tinha captado outra cena sua, ajeitando uma fatia de bolo num prato de sobremesa. Ela não parecia gorda e Hannah soltou um suspiro aliviado. Talvez fosse simplesmente o ângulo da primeira filmagem de Rudy, e ela não precisasse perder peso, no fim das contas.

Havia uma tomada de várias pessoas nas cadeiras de maquiagem, e Hannah procurou por Tracey. Quando avistou a sobrinha, lindinha dentro de um avental de maquiagem que a cobria até a pontinha dos sapatos, ela marcou o código de tempo para Andrea. Enquanto escrevia os números, ela suspirou de alívio. Só faltava uma hora.

– Hannah?

Ao ouvir seu nome, Hannah se virou na direção da porta e viu P.K. ali em pé.

– Sim?

– Se você estiver bem aí, pensei em dar uma corrida até o Quick Stop e comprar um lanche.

– Estou bem – Hannah o tranquilizou. – Achei umas cenas da minha sobrinha.

– Apenas me dê os códigos de tempo, antes de ir embora, e eu farei uma cópia da fita para sua irmã. E quanto a você? Quer alguma coisa?

– Só a fita para Andrea.

– Não isso. Eu quis dizer do Quick Stop.

– Ah, claro. – Hannah sorriu, mas depois se lembrou da dieta. Ela remexeu na bolsa, tirou uma nota de cinco dólares e entregou a ele. – Eu gostaria de uma Coca Diet grande e quantas barras de chocolate você puder comprar com isso.

– Chocolate e Coca Diet? – perguntou P.K., em tom de curiosidade.

– Preciso das endorfinas do chocolate – explicou Hannah, achando-se perfeitamente coerente –, mas não faz sentido acrescentar calorias inúteis.

P.K. franziu as sobrancelhas, mas não comentou nada sobre o raciocínio dela. Apenas acenou e saiu pela porta.

Depois que ele saiu, o imenso caminhão parecia menos amistoso. Hannah se recostou na cadeira para assistir à fita, mas sentiu-se inquieta. Um vento gélido se revelara e as paredes metálicas do caminhão rangiam a cada rajada. Ela não era do tipo que se amedrontava por nada, mas não podia evitar pensar no que aconteceria se o assassino tivesse descoberto que ela estava vasculhando os descartes de Rudy para ver suas abotoaduras. Talvez ele tivesse assassinado o treinador Watson no auge da fúria, mas Lucy havia sido executada de maneira calculada e a sangue-frio. Se o assassino achasse que Hannah o estivesse cercando, ele poderia estar esperando por uma oportunidade para pegá-la sozinha e...

Foi preciso um grande esforço de Hannah para que ela conseguisse acalmar seus nervos. Ela dizia a si mesma que o assassino não poderia saber o que ela estava tentando fazer. Somente seis pessoas sabiam que ela estava assistindo às fitas. Tinha o Mason Kimball, que achava que ela estava assistindo para ver se Boyd havia conversado com alguém do público. Ele não sabia nada sobre a *verdadeira* razão e, como ele não sabia, não podia contar a ninguém. Também tinha o Rudy, que achava que ela estava apenas curiosa sobre a quantidade de filmagem necessária para fazer uma montagem, e P.K., que presumia que elas estavam procurando cenas de Tracey. Andrea e Bill sabiam, mas tinham ido para casa e, de qualquer forma, não mencionariam isso. E tinha o Mike, com quem Hannah sabia estar segura. Ninguém conseguia arrancar informação alguma de Mike.

Hannah recostou e pegou o controle remoto. Ela estava segura. Não havia motivo para se preocupar. Se ela estava ligeiramente assustada, podia atribuir isso à cafeína do café extraforte de P.K. e à sua imaginação excessiva. Ela apertou o botão de play e suspirou, ao notar o código de tempo na tela. Faltava uma hora e ela não via o momento de acabar.

Hannah sofreu ao ver um *close* seu e da mesa de jurados e soltou um gemido. Quase dava para ver seu cabelo arrepiando sob as luzes. Havia *closes* de outros jurados também, e isso a fez sentir-se um pouquinho melhor. Nenhum deles era um astro de cinema. Então Boyd surgiu na tela e Hannah inclinou-se à frente, para inspecionar seu rosto. Ele parecia empolgado por ter sido escolhido como jurado, mas certamente não estava nervoso e não havia qualquer sinal de medo em seu rosto. Boyd falou com ela por um instante. Rudy captou o diálogo dos dois, com sua câmera móvel, e Hannah pôde ouvir sua própria voz ao fundo, enquanto ela dizia a Boyd como avaliar as quatro sobremesas e marcar suas notas nas folhas de avaliação.

Boyd parecia vigoroso e saudável, um homem na plenitude da vida. Apesar de lutar contra, Hannah sentiu uma ligeira pontada de tristeza. Boyd tinha sido um bruto com Danielle e nada mudaria isso, mas ele morreu de forma horrenda e a pessoa que havia tirado sua vida merecia ser pega e punida.

A câmera de Rudy mudou para outras cenas dos concorrentes, que estavam dando os últimos toques em suas sobremesas. Hannah sorriu ao notar como a concorrente que fizera a torta de limão vencedora olhava de um lado para o outro, da mesa de jurados para a sobremesa que ela fizera. Ela arrumou uma fatia num prato, limpou a beirada com um pano de pratos limpo, depois deu um passo atrás e respirou fundo. Hannah agora podia ver o quanto ela estava nervosa. Àquela altura, ela não tinha como saber que acabaria chegando à final.

A cena seguinte fez Hannah rir alto. Foi uma cena feita por trás do Sr. Hart, quando ele se abaixou para pegar um cartão que deixara cair. Não foi nada educado e ela ouviu a voz de Rudy dizendo "Não use essa cena. Todos nós seremos demitidos". Então, o gerente de palco gesticulou para que os concorrentes se aproximassem e Rudy filmou enquanto eles entregavam suas sobremesas à mesa julgadora.

A filmagem prosseguiu durante a avaliação. De certa forma, Hannah esperava que Rudy focasse a câmera na tela gigante que os espectadores assistiam. Seria um pouco parecido com *Píramo e Tisbe*, a peça dentro de outra peça, de Shakespeare, em *Sonho de uma Noite de Verão*, mas Rudy evitara essa conveniência particular e, em vez disso, filmou o público. Hannah podia ouvir a música da montagem, ao fundo, quando surgiu uma cena do Sr. Avery. Ele parecia extremamente nervoso, à beira do pânico, e Hannah sabia o motivo. Ele havia tentado subornar Jeremy Rutlege no dia em que ele chegara, e Lucy o pegara em flagrante.

Houve uma tomada de Maryann sentada ao lado do lugar vazio de Boyd. Ela estava sorrindo para Boyd, em vez de assistir à filmagem, e parecia muito orgulhosa por seu irmão caçula ter sido escolhido como um dos jurados. O público estava quieto, exceto por algumas tosses ocasionais devido às gripes de inverno, e quase todos olhavam para cima, para a tela gigante.

Subitamente, do nada, Hannah ouviu um estampido ruidoso. Ela se inclinou à frente para olhar o monitor, mas a fita de Rudy ainda estava funcionando e nada parecia estar errado. Então houve um segundo ruído e Hannah apertou o botão de pausa. O barulho não viera do som. Havia alguém lá fora, no estacionamento.

Com o coração disparado, Hannah pulou de sua cadeira. Alguém estava tentando entrar no caminhão de produção e ela tinha de encontrar algum tipo de arma. Ela agarrou a primeira coisa que viu, um refletor dobrado que serviria como um bastão, e correu pelo corredor em direção à porta.

A porta estava trancada, mas não parecia muito segura. Hannah estava prestes a imitar uma técnica que vira num filme, pegar uma cadeira para enfiar embaixo da maçaneta. Depois lembrou que a porta abria para fora. Uma cadeira não adiantaria.

Hannah engoliu em seco para afastar a onda de pânico. Seus ouvidos estavam em alerta máximo para escutar o som de passos nos degraus metálicos. O único som era do vento e dos rangidos do caminhão, conforme as rajadas gélidas batiam nas laterais do veículo.

De forma alguma, Hannah podia se mexer. Suas pernas tremiam demais. O assassino poderia estar em pé, do outro lado da porta, preparando-se para derrubá-la. Como nada aconteceu durante vários minutos, ela seguiu silenciosamente para posicionar-se perto da porta, onde podia observar a maçaneta. Se o assassino invadisse, ela não seria vencida sem uma luta. Ela ficou ali, tremendo, com a adrenalina correndo nas veias e seu bastão improvisado pronto, rezando para que fosse somente o vento remexendo as tampas das caçambas de lixo, mas sabendo, em seu coração, que não era.

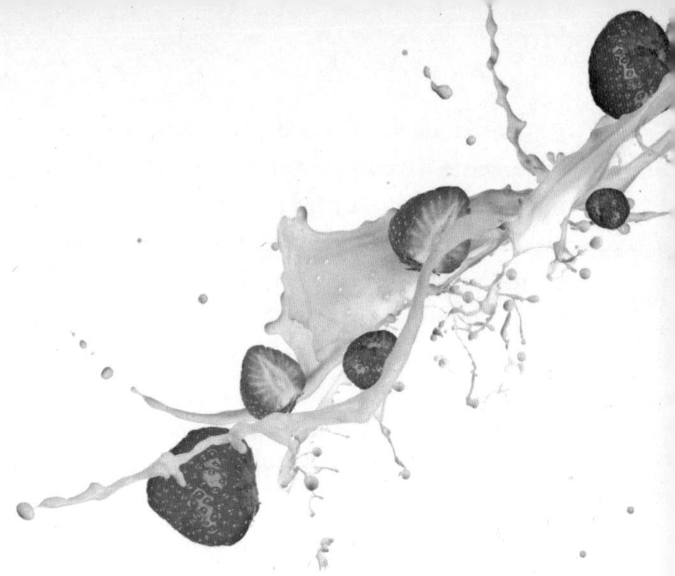

Capítulo 21

Hannah sabia que não poderia ficar ali em pé, para sempre, esperando que algo acontecesse. Por que ela disse a P.K. que ficaria bem sozinha? Ela deveria ter dito que iria com ele. Eles podiam ter trancado o caminhão de produção, por alguns minutos, e agora ela estaria no balcão do Quick Stop, pagando por sua própria Coca Diet e algumas barras de chocolate. Em vez disso, ela estava sozinha, prestes a enfrentar um assassino que matou Boyd Watson a marteladas e deu um tiro na cabeça de Lucy.

A cabeça de Hannah girava, embaralhando-se. Ela tinha de pedir ajuda. Mas o telefone estava na mesa, bem em frente à janela, e as persianas estavam ligeiramente abertas. Se ela usasse aquele telefone, o assassino poderia vê-la. Ela seria o alvo perfeito para um tiro rápido, pela janela.

No instante em que pensou nisso, Hannah apertou o interruptor ao lado da porta, apagando a luz. Ficar no escuro seria vantajoso para ela. Então, ela seguiu sorrateiramente até a mesa e pegou o fone, preparando-se para ligar para a polícia. Mas estava mudo. As rajadas de vento deviam ter afetado a linha telefônica do caminhão de produção.

Então, uma ideia ainda mais assustadora ocorreu-lhe, enquanto seus dedos tremiam ao colocar o fone de volta. A linha telefônica ficava do lado externo do caminhão. O assassino poderia tê-la cortado.

Com o coração disparado, Hannah chegou até a janela e espiou pelas lâminas da persiana. Nada se movia, exceto as rajadas de neve que aumentavam a cada sopro do vento. Elas batiam contra as paredes metálicas do caminhão, como tambores, e lembraram Hannah do retumbar constante de *Os Amores de Henrique VIII*, pouco antes de a cabeça de Anne Boleyn ser decepada.

Esse tipo de pensamento fez com que Hannah estremecesse e ela forçou para expulsar a imagem de sua mente. Era neve, apenas a neve que batia contra as paredes, e as rajadas de vento lhe davam outra vantagem. Era o frio do vento. A temperatura estava perto de zero e o vento tirava o calor do corpo da pessoa. Se você acrescentasse o efeito do vento, a perda de calor seria comparada a vinte graus abaixo de zero. O assassino tinha de estar de luvas de pelo para impedir que seus dedos congelassem, e isso significava que ele teria de tirar as luvas antes de dar o primeiro tiro. Talvez isso só desse a ela um ou dois segundos, mas já era alguma coisa.

Hannah olhava o estacionamento, alerta a cada movimento. Quanto mais tempo o assassino ficasse lá fora, com mais frio ele ficaria. Ela não ouviu nenhum motor de carro ligado, no silêncio, entre uma rajada e outra de vento. Ao menos, ele não estava sentado dentro do carro, com o aquecedor no máximo, para descongelar seu dedo do gatilho.

Havia uma luz no estacionamento, uma luminária alta que refletia um estranho brilho alaranjado. Os montes de neve lembravam o sorvete de manga do Quick Stop. Ela ainda podia ver a marca na superfície do asfalto coberto de neve, onde o carro de P.K. estivera estacionado, apenas alguns minutos antes, mas o vento a cobria rapidamente. Seu Suburban estava logo ao lado, parecendo mais laranja que vermelho-vivo.

Hannah pensou na chave de roda, na traseira, logo ao lado do estepe. Seria uma arma melhor que um refletor de alumínio, mas ela não ia se aventurar a pegá-lo. Ali dentro era muito mais seguro.

Ela se encolheu ao pensar nisso. Será que o assassino simplesmente começaria a atirar no caminhão, tentando matá-la à distância? Será que ela deveria buscar abrigo embaixo de uma das mesas metálicas, torcendo para que os painéis finos a protegessem? Mas o assassino não se atreveria a disparar muitos tiros. Havia vizinhos do outro lado da escola. Um deles poderia ouvir e ligar para a delegacia, relatando o tiroteio. Ele teria de fazer valer seu primeiro tiro, e isso significava que ele teria de entrar.

Enquanto Hannah olhava pela persiana, e seus olhos doíam pelo esforço de não piscar, ela teve uma ideia repentina. Onde estava o carro do assassino? Tinha de estar estacionado do outro lado do caminhão. Se ela pudesse vê-lo, poderia pegar o número da placa. Poderia deixar anotado para Mike e Bill, caso...

Hannah deteve-se no meio desse pensamento. Ela não pensaria no pior; isso somente a atrasaria. Ela foi tateando seu caminho até o outro lado do caminhão, atracada ao refletor. Depois ela se espremeu por trás do armário que abrigava a máquina de fax e a copiadora e chegou à janela.

Não havia nada ali. Absolutamente nada. O estacionamento estava completamente deserto. Mas o assassino tinha de ter vindo de carro, a menos...

Os olhos de Hannah desviaram para a rua do outro lado da escola, a quadra onde Danielle morava. Vários carros estavam estacionados ali, mas era muito longe para ver suas placas. Eles pareciam bolas de neve sob a luz da rua. O assassino poderia ter estacionado lá. Não havia luz em casa alguma. Todos os vizinhos de Danielle já tinham ido dormir. Com o vento forte do lado de fora, ninguém ouviria um carro chegando e estacionando.

Ele também poderia estar estacionado diante do auditório, no estacionamento destinado ao público. Não havia vigia noturno na escola. Os alunos do Colégio Jordan eram muito bons e adoravam a escola. Ela nunca havia sido vandalizada e não havia necessidade de segurança noturna.

Hannah deu um pulo ao ouvir outro estrondo vindo da lateral do caminhão, de onde ela acabara de vir. Ela correu de volta até a janela e viu uma imensa silhueta sumindo na lateral de seu Suburban. Um cão? Não, a forma era grande demais para um cachorro. Um homem com um casaco volumoso, correndo, temendo que alguém o visse? Isso era bem mais provável.

O vento uivou novamente, balançando o caminhão de produção, e no intervalo entre uma rajada e outra Hannah ouviu uma batida forte. Alguém batera na lateral da Suburban com muita força. Será que o assassino estava tentando arrombar sua caminhonete de cookies? Será que ele achava que ela estaria se escondendo ali? E quando descobrisse que não estava, será que viria até o caminhão para matá-la?

Houve uma segunda batida, ainda mais alta que a primeira, que soou como um rugido enraivecido; depois Hannah viu faróis surgindo atrás de sua Suburban. Uma luz forte brilhou na lateral do carro, iluminando toda a área, e Hannah avistou, de boca aberta, um imenso urso-negro emergindo da outra extremidade de sua caminhonete. Ele congelou por um segundo, sob a luz, depois saiu correndo pelo estacionamento, a uma velocidade que ela nunca imaginou que ursos pudessem alcançar. Ela o viu sumir por entre os arbustos que levavam à floresta e ao outro lado do campo de atletismo; depois, com dificuldade, ela se sentou na cadeira junto à mesa.

– Hannah? – surgiu uma batida na porta. – Abra, Hannah. É o Mike.

– Estou indo. – Hannah ficou de pé, sobre as pernas que ainda estavam fracas. Ela abriu a porta e viu Mike ali, em pé, firme e tranquilizador, sob a luz alaranjada. Ela fez a primeira coisa que lhe veio à mente, atirou os braços ao redor de seu pescoço e abraçou-o o mais forte que pôde.

– Ei, essa é uma cena da sua mãe – disse Mike, apontando para o monitor. – Ela está muito bem. Você tem uma mãe deslumbrante, Hannah.

– Fico contente que você ache isso. É algo muito importante. – Hannah começou a sorrir. Eles estavam comendo barras de chocolate e assistindo ao filme que Rudy fizera do público, enquanto todos saíam depois do programa.

– Por que é importante? – Mike lançou um olhar intrigado.

– Sempre dizem que se você quiser saber qual será a aparência de uma mulher no futuro, tudo que tem a fazer é conhecer a mãe dela. – Hannah deu uma olhada disfarçada para Mike e notou que ele pareceu sem jeito. Ficou óbvio que ele não tinha certeza se devia concordar com ela ou discutir a questão. O sorriso de Hannah se alargou, e ela afagou seu braço. – Deixe para lá. Só estou brincando. Andrea e Michelle puxaram minha mãe. Eu não.

– Sim, mas mesmo assim você é bonita. Só não tem nada a ver com a sua mãe, apenas isso.

Agora era Hannah que estava sem jeito. Ela não estava querendo elogios, mas Delores ensinara às três filhas que quando um homem faz um elogio, você deve meramente agradecer e deixar assim.

– Obrigada – disse Hannah, lutando contra seu ímpeto de dizer mais alguma coisa. Mas o silêncio permaneceu entre eles e ela ficou desconfortável demais para não rompê-lo. – E obrigada por espantar aquele urso. Ele me deixou bem assustada.

– Aquele urso era uma ursa e você estava certa em se assustar. Ela era grande e estava faminta. Essa é uma combinação perigosa.

– Faminta? – Hannah aproveitou o novo rumo da conversa. – Como sabe disso?

– A maioria dos ursos está hibernando nesta época. Algo a afugentou e ela veio até aqui buscar comida. Ela pegou um pouco do que encontrou na caçamba de lixo do refeitório. Estava emborcada e o lixo espalhado por todo lado. Imagino que ela tenha comido o jantar e estivesse rumo à sobremesa.

– Sobremesa?

– Sua caminhonete. Provavelmente estava com cheiro de cookies.

– Ela ficaria decepcionada. Andrea comeu tudo que eu tinha. – Hannah viu algo na tela e pegou o controle remoto. – Espere um pouco, Mike. Eu vi uma coisa.

Hannah voltou a fita e eles olharam para a tela, com a imagem congelada num momento crítico. Foi outro alarme falso, apenas um botão brilhoso na manga do casaco de um homem, quando ele destrancava seu carro.

– Lá vem o Boyd Watson. – Mike se sentou na beirada de sua cadeira.

Hannah observou Boyd caminhando em direção ao seu carro, com o bolo nas mãos. Ele o entregou a Maryann, para que pudesse destrancar e abrir a porta do passageiro para ela, pegou-o de volta, enquanto ela entrava, e entregou-lhe novamente. Depois de ter certeza que Maryann estava acomodada, ele fechou a porta e deu a volta no carro até o lado do motorista.

– Educado ele, não é? – comentou Mike, com as sobrancelhas franzidas.

– Claro que é. As pessoas podem estar olhando. – Hannah não pôde evitar o sarcasmo na voz. Ela também vira Boyd sendo muito solícito com Danielle quando eles apareciam em eventos sociais.

– Maryann não sabe, sabe? – perguntou Mike.

– Não. – Hannah sabia exatamente do que ele estava falando. – Ela não acreditaria que o irmão era um espancador da esposa, a menos que você mostrasse alguma prova. E, se fizesse isso, ela diria a todos que Danielle havia feito algo para provocar.

– É um mundo de doentes.

– Nem todos. – Hannah sacudiu a cabeça. – Há muita gente boa por aí. Você está em desvantagem porque é policial. Não tem chance de lidar com os bons com muita frequência.

Mike virou-se para ela, depois sorriu.

– Você é tudo de que eu preciso, Hannah. Você é otimista.

– Talvez. – Hannah retribuiu o sorriso. – Neste momento, eu estou otimista que tenha sobrado algumas barras de chocolate.

Mike deu uma olhada para o saco sobre a mesa e o apertou.

– Você é otimista demais. Acabei de comer a última.

– Fazer o quê. – Hannah suspirou, depois teve uma ideia. – Por que não terminamos de ver a fita e vamos até a Taberna Corner? Eles têm um excelente filé com ovos e ficam abertos a noite toda. Eu vou até pagar seu café da manhã, por ter me salvado daquela ursa faminta.

– Boa ideia. Faz tempo que uma bela mulher não me paga um café da manhã. Desse jeito, você também vai me transformar num otimista.

– Você tem razão. – Mike cortou um pedaço de seu filé e o olhou, com satisfação. – Eles fazem, mesmo, um ótimo filé aqui. Está exatamente do jeito que eu pedi.

Hannah olhou para o naco de carne no garfo dele e fechou a boca. Ela não conseguia entender como alguém comia carne bem passada. Seu filé estava malpassado e sangrento, do jeito que ela gostava. Hannah fez o pedido do jeito de sempre. *Trinta segundos de um lado, trinta segundos do outro, e pode pôr no prato. Se não puder fazer assim, traga para mim, com uma caixa de fósforos.*

– Precisamos conversar, Mike – Hannah disse a ele, mergulhando a ponta da torrada na gema do ovo. – Eu sei de umas coisas sobre seu caso.

Mike engoliu e ergueu as sobrancelhas.

– Mais do que me disse no carro de patrulha?

– Sim. Eu vou lhe contar, mas você tem de me prometer que não irá me acusar de intrometida.

Mike pensou por um minuto.

– Certo, não vou mencionar essa palavra. O que é?

– Não é uma coisa. É uma série de coisas. Vamos terminar o café antes que os ovos esfriem, e eu lhe contarei tudo que acho que você deve saber.

Mike soltou o garfo e a encarou.

– Você me dirá tudo que *acha* que devo saber?

– Isso. Algumas coisas são confidenciais e não têm nada a ver com os assassinatos. Você simplesmente terá de confiar em mim quanto a isso, combinado?

Mike pegou o garfo e espetou outro pedaço de filé, com mais força do que precisava. Ele pensou por um instante, enquanto mastigava e engolia, depois suspirou.

– Está bem, Hannah. Não posso dizer que gosto disso, mas está combinado.

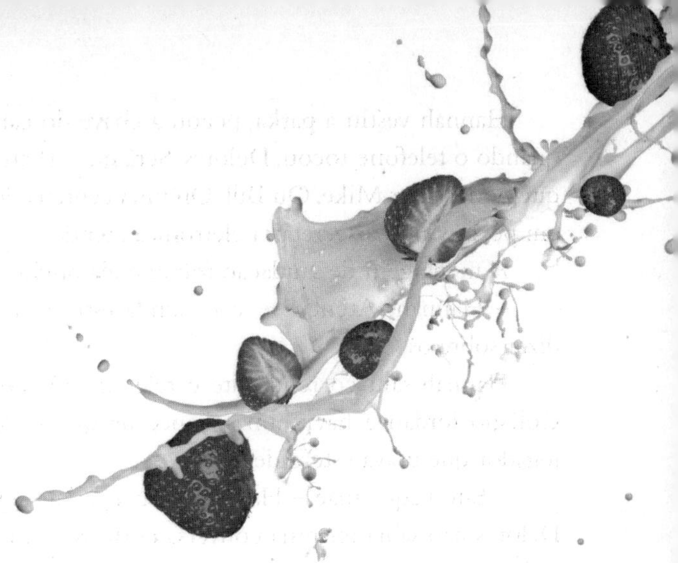

Capítulo 22

Quando o relógio tocou, às seis da manhã, Hannah se virou para o lado e desligou. Ela fez isso tateando, sem sequer se dar o trabalho de abrir os olhos. Depois rolou para o lado novamente, puxou as cobertas até o queixo e voltou a dormir.

Um pouquinho mais tarde, Hannah percebeu que algo estava batendo em seu rosto. Ela estava sonhando com pica-paus homicidas, um bando deles, ao redor da garagem de Lucy, bicando a porta para entrarem. Ela acordou assustada, sacudindo os braços para enxotar os bicos pontudos e conseguiu derrubar Moishe, que estava tentando acordá-la passando a pata em seu rosto. Ele miou diante da reação rude aos seus esforços, saltou para a mesa ao lado da cama e ficou ali em pé, encarando-a de maneira acusadora.

– Desculpe, Moishe – murmurou Hannah, sentando-se ereta. Ela deu uma olhada para o relógio e fez uma careta. Seis e meia. Tinha dormido demais. Alguém deveria instituir uma lei para tornar as manhãs ilegais.

Vinte minutos depois, Hannah estava sentada à mesa da cozinha, de banho tomado, vestida e já na sua segunda xícara de café. Moishe a perdoara pela queda de braço na cama assim que ela encheu sua tigela de comida. Agora ele estava comendo seu café da manhã e ronronando alto.

Hannah olhou pela janela. Eram dez para as sete e o céu estava escuro como a noite. Eles se aproximavam do dia mais curto do ano. Em 21 de dezembro, o sol brilharia por menos de nove horas, e a maioria dos moradores de Lake Eden teria de ir e voltar do trabalho com os faróis do carro acesos.

Ficar ali sentada pensando no dia e na noite do hemisfério norte não renderia muita coisa. Hannah bebeu o restante de seu café e empurrou a cadeira para trás. Era hora de ir trabalhar, bolar que sobremesa faria diante das câmeras naquela noite, e ligar para Andrea e instruí-la quanto ao que ela dissera ao Mike, na noite anterior, na Taberna Corner.

Hannah vestiu a parka, pegou a chave do carro e o lixo, e soltou um gemido quando o telefone tocou. Delores. Será que ela atendia ou fingia já ter saído? Claro que poderia ser Mike. Ou Bill. Ou uma centena de outras pessoas. Hannah ficou ali em pé, ouvindo a secretária eletrônica atender.

A mensagem de saudação tocou e ela ouviu a voz da mãe.

– Hannah? Atenda, se você ainda estiver aí. Tenho algo importante para lhe dizer sobre os Gulls.

Hannah saiu correndo até o telefone. Os Gulls eram o time de basquete do Colégio Jordan e havia uma chance de que Delores tivesse ouvido algo sobre o jogador que usava esteroides.

– Estou aqui, mãe. – Hannah tirou a parka e a jogou no encosto de uma cadeira. Delores não sabia ter uma conversa curta. Se ela ficasse de casaco durante a ligação toda, cairia desmaiada de exaustão pelo calor. – O que você tem sobre os Gulls?

– É sobre o que o Sr. Kimball fez. Ele não é um homem maravilhoso?

– Acho que sim. – Hannah pegou a caneca de café na pia e encheu com o restante que tinha na jarra térmica da cafeteira. Levaria tempo até obter quaisquer fatos pertinentes de sua mãe. – O que foi que Mason fez?

– Eu sei que você não tem muito tempo, então serei rápida – prometeu Delores.

– Obrigada, mãe – disse Hannah, em vez de *Sei, claro. Até parece.*

– Carrie e eu fomos para a festa do hotel ontem à noite, e enquanto estávamos lá, encontramos Mason. Sally realmente faz um bufê ótimo, não é?

– Sim. E quanto ao Mason?

– Ele estava falando sobre os Gulls e como os meninos estavam aborrecidos, agora que tinham perdido o treinador. Gil Surma é o substituto temporário, mas ele admite que não sabe muito sobre basquete. Você conhece o Gil, não conhece, querida?

Hannah deu uma golada no café.

– Sim, conheço. O que mais o Mason disse?

– Ele nos disse que providenciou um treinador de basquete profissional para assumir o time, até que a escola possa contratar alguém novo.

– É mesmo? – Hannah ficou surpresa. – Eu não sabia que a escola tinha orçamento para coisas assim.

– E não tem. Por isso eu disse que o Mason é um homem tão bacana. Ele está pagando pelo treinador do próprio bolso.

– Isso é muita generosidade. – Hannah pensou a respeito por um momento, depois franziu o rosto. – Por que o Mason faria algo assim?

– Porque ele tem verdadeiro interesse no programa de basquete do Colégio Jordan. Seu filho joga nos Gulls. Você conhece o Craig Kimball, não conhece, querida?

Hannah pensou por um instante, mas depois lembrou. Craig tinha ido ao Jarro de Cookies algumas vezes, comprar cookies para o time.

– Claro, eu o conheço. Ele parece ser um bom garoto.

– Ele é. Mason disse que Craig sentiu muito a morte do treinador Watson. Ele está muito preocupado com os olheiros das faculdades, que virão assistir ao jogo contra o Little Falls Flyers, na semana que vem. Craig estava com medo que Gil pudesse cometer erros estratégicos e foi por isso que Mason contratou um treinador profissional para assumir o time.

Hannah sorriu. Ela finalmente quase entendera tudo.

– Craig está tentando uma bolsa de estudos como atleta e Mason quer que ele faça bonito na quadra?

– Foi isso mesmo que eu disse, querida.

Hannah sorriu. Delores não dissera isso, mas talvez dissesse se Hannah lhe desse mais vinte minutos.

– Craig é bom jogador?

– Agora é. Craig ficou no banco a maior parte do ano, mas progrediu muito desde então. Este ano ele é o astro dos Gulls.

Os sentidos de Hannah entraram em alerta máximo. Esteroides melhoravam o desempenho de um atleta.

– Por que você acha que Craig melhorou tanto?

– Mason o mandou para um acampamento de basquete durante o verão. Eles têm técnicos e treinadores profissionais e as matrículas são restritas a vinte meninos. Cada menino tem seu próprio mentor e a maioria faz seu nome no basquete da faculdade.

As suspeitas de Hannah tiveram morte súbita. O acampamento de verão poderia facilmente justificar a melhora de Craig.

– Um acampamento como esse parece caro.

– E foi. Mason não disse quanto, mas falou que valeu cada centavo. Craig já tem a maior parte da habilidade, mas o acampamento ajudou muito em sua autoconfiança. Apenas algumas semanas atrás, ele quebrou o recorde da escola por marcar a maior pontuação num jogo. Este ano, os outros meninos o elegeram capitão do time e Mason diz que eles estão sempre lhe pedindo conselhos.

– Obrigada por me contar, mãe. – Hannah anotou o nome de Craig Kimball em seu bloco. Talvez ela devesse conversar com o garoto. Se ele soubesse quais eram os colegas do time que estavam usando esteroides, talvez contasse a ela, principalmente se Hannah o convencesse de que era algo perigoso e que o jogador usuário precisaria de ajuda médica para libertá-lo da droga. – Preciso correr, mãe. Já estou atrasada.

– Só mais uma coisa. Eu esbarrei com Rod Metcalf na festa, ontem à noite, e ele me disse que Lucy Richards quer fazer uma matéria sobre minha coleção de joias antigas. Ele vai mandá-la aqui às onze horas para tirar fotos e eu preciso de sua opinião sobre que peças mostrar. Pensei em colocá-las sobre um pedaço de veludo azul e...

– Não tome seu tempo – Hannah interrompeu. – Lucy não vai.

– Como sabe disso?

Hannah suspirou. Ela realmente não queria seguir esse caminho, mas não podia deixar que a mãe expusesse todas as joias da coleção para fotos que ninguém faria.

– Lucy não vai porque ela está morta.

– Morta?

– Sim, mãe. Lucy foi assassinada.

– Mas ainda nem deu no rádio! Eu estava ouvindo. Não há como você saber, a menos que... – Delores parou de falar e Hannah sabia que a mãe estava se preparando para fazer a pergunta óbvia. – Hannah? Diga-me que você não... – Delores parou para limpar a garganta e, quando falou novamente, ela pareceu bem hesitante. – Foi isso?

– Infelizmente sim, mãe. Encontrei o corpo de Lucy ontem à noite.

– Hannah! Você simplesmente precisa parar de fazer essas coisas!

– Não é como se eu estivesse numa caçada, mãe. Não saio por aí procurando vítimas de assassinato de propósito. – Hannah percebeu que soou na defensiva e tentou moderar o tom. – Simplesmente aconteceu. E eu tive de informar à polícia.

– Imagino que você esteja certa. Mas eu gostaria, sim, que você fosse um pouquinho mais cuidadosa, Hannah.

Hannah riu. Ela não pôde evitar. O que ser cuidadosa tinha a ver com o fato de encontrar corpos?

– Isso não é para rir – Delores a repreendeu.

– Eu sei. – Hannah conteve outra risada. – Você está certa, mãe. Prometo fazer o melhor para não encontrar mais nenhum corpo.

– Bom. Conte-me o que aconteceu.

– Não tenho tempo, mãe. Ouça o rádio se quiser detalhes. O noticiário deve dar as informações a qualquer momento. Preciso chegar ao trabalho.

Antes que a mãe pudesse contestar, Hannah desligou e respirou profundamente. Ela deu uma olhada para Moishe, percebeu que ele a encarava com expectativa e pegou o saco de ração de gato para encher novamente a sua tigela. Depois, ela vestiu novamente a parka e assegurou-se de que a chave do carro ainda estava no bolso.

– Eu o vejo à noite, Moishe – disse ela. Depois se apressou porta afora, antes que o telefone tocasse novamente.

Uma rajada de vento gélido recebeu Hannah assim que ela correu pela escada externa até a garagem. A escada estava sem neve, graças à firma de construção de Minnesota que a desenhara. Era uma escada aberta, feita de cimento texturizado com um telhado acima. O telhado vedava a chuva no verão e a neve e o gelo no inverno. Depois de jogar fora o saco de lixo na caçamba que parecia um *bunker* de concreto na garagem, tirou a tomada da caminhonete, enrolou o fio ao redor do para-choque e se sentou atrás do volante. Ela deu partida no motor, acionou os faróis e subiu a rampa, deixando o condomínio no piloto automático. Ao virar na Rodovia Old Lake e seguir em direção à cidade, ela pensou novamente em Craig Kimball. Ela o abordaria como uma amiga que podia ajudá-lo. Se Craig soubesse quem estava usando esteroides e estivesse se debatendo com o problema sozinho, ele poderia ser receptivo à ajuda de um adulto.

O que ela faria quanto a Mike? Hannah franziu o rosto. Se ele soubesse que ela pretendia falar com Craig Kimball sobre o uso de esteroides, ele ia querer ir junto. Mike era um cara legal, mas acabaria deixando-a de mãos atadas. Não apenas pelo fato de ser novato em Lake Eden, mas porque Mike era policial. Craig não daria um pio na frente de um policial. Ela precisava falar com Craig sozinha e deixar Mike de fora, até que precisasse dele.

Hannah pisou no freio e xingou quando um carro passou por ela, à esquerda, e entrou em sua faixa rápido demais. O carro tinha placa da Flórida e obviamente pertencia a uma pessoa que não sabia nada sobre as dificuldades de dirigir no inverno. Hannah teve vontade de encostar ao lado dele e dizer poucas e boas, mas isso tomaria tempo e isso era algo que ela não tinha.

Um cookie ajudaria a melhorar seu humor. Hannah esticou o braço até o banco traseiro, antes de lembrar que Andrea tinha comido tudo. Aquele estava começando a ser um dia muito ruim. Ela só tivera algumas horas de sono, estava atrasada para o trabalho, Delores tinha ligado, ela quase tivera um acidente na estrada, o aquecedor da caminhonete estava soltando ainda menos vento quente do que o habitual e não tinha cookie para o café da manhã. Não fosse a propensão para ter uma insolação em apenas trinta segundos, pensaria seriamente em pegar o primeiro avião para o Havaí e largar tudo por um fim de semana na praia.

– Oi, Hannah. – Lisa cumprimentou-a com um sorriso radiante assim que ela entrou pela porta dos fundos, e Hannah imediatamente se sentiu melhor. – Tire seu casaco e eu vou lhe servir uma xícara de café.

– Cookies? – perguntou Hannah, pendurando o casaco no cabideiro.

– Os de chocolate ainda estão mornos. Quer alguns?

– Mais que alguns – respondeu Hannah, puxando uma banqueta junto à bancada central de trabalho. – Traga quatro, para começar.

Lisa era tão eficiente para cozinhar como para servir, e alguns instantes depois Hannah já estava sorrindo, dando goles no café quente e com a boca cheia de cookies. Se chocolate fosse obrigatório no café da manhã, as pessoas seriam menos rabugentas logo cedo.

– Você me pediu para pensar no que deveríamos fazer esta noite – Lisa lembrou-a. – Que tal cookies? Você ainda não fez nenhum e é famosa por suas receitas.

As sobrancelhas de Hannah se ergueram.

–Você tem razão! Quais devemos fazer?

– Crocantes de Melado. Todos adoram e eles têm um visual deslumbrante quando saem do forno.

– Perfeito. Você terá tempo de preparar a massa? Eu tenho algo a fazer esta manhã e ela precisa ser refrigerada antes de assar.

Lisa deu um sorriso presunçoso.

– Estou bem adiantada. Eu fiz ontem à noite e está na geladeira. Até assei uma forma de teste hoje de manhã, para ter certeza de que sairiam perfeitos.

–Você estava assim tão confiante de que eu aceitaria sua sugestão?

– Na verdade, não. Imaginei que se você quisesse fazer outra coisa, eu assaria os cookies e congelaria para a festa natalina das crianças. Eles ficam muito bonitos se forem decorados com glacê verde nas bordas, com um lacinho de glacê vermelho, como se fosse uma guirlanda.

Hannah ficou envergonhada. Ela prometera levar dez dúzias de cookies ao Centro Comunitário de Lake Eden para a festa e esquecera totalmente do assunto. Mas Lisa não havia esquecido. Ela já estava planejando o que assar. Lisa era muito mais que uma assistente e isso deixava Hannah ainda mais convencida de oferecer-lhe algum tipo de sociedade.

–Vou preparar sua caixa de ingredientes para esta noite. Tenho tempo suficiente para fazê-lo antes de abrirmos. Você quer mais café? Eu vou pegar.

– Não precisa. Minhas pernas não estão quebradas – Hannah disse isso sorrindo. Ela se levantou e passou pela porta vaivém, em direção à loja, e ficou perplexa. Lisa não tinha apenas terminado de assar os cookies; ela arrumara as mesas, abastecera os potes grandes de cookies atrás do balcão, escrevera os sabores do dia no quadro-negro, e também arranjara tempo para decorar a loja para o Natal.

Decididamente uma sociedade, pensou Hannah, enquanto apalpava os belos enfeites de bengala doce com pinheirinho postos em cada mesa, os pisca-piscas que emolduravam a vitrine, as meias natalinas penduradas acima do painel que contornava as paredes, a guirlanda enfeitando a porta da frente, e a árvore de Natal que Lisa tinha montado no canto. *Se eu pagasse a Lisa o que ela realmente vale, estaria falida, num piscar de olhos.*

Hannah caminhou até a árvore para ver mais de perto e apenas sacudiu a cabeça. Lisa havia se superado. A árvore de Natal estava perfeita. Estava decorada com pisca--piscas, um festão e enfeites que pareciam cookies de verdade.

– Eu queria fazer uma surpresa para você. – Lisa estava em pé na porta, com um sorriso feliz no rosto. – Eu sei que deveria ter perguntado antes, mas você tem andado tão ocupada, eu não queria incomodá-la. Você gostou?

– Está brincando? Tudo está deslumbrante, principalmente a árvore. Esses enfeites de cookie são reais?

Lisa assentiu.

– Eu os envernizei. Segui as instruções de um livro de artesanato e lá dizia que devem durar anos.

– Eu acredito. – Hannah riu, enquanto tocava um dos cookies. – Eles são duros como pedra.

– Então, você não está chateada por eu ter feito sem perguntar?

– Não estou chateada, estou impressionada. O Jarro de Cookies nunca ficou tão bonito. No ano passado, eu simplesmente pendurei uma fileira de luzes de Natal e só.

Enquanto Hannah olhava em volta, ela pensou nas habilidades de Lisa. Ela não era apenas responsável e leal, mas também cozinhava divinamente, era boa com os clientes, sabia decorar cookies melhor que Hannah e havia enfeitado a loja para o Natal como uma profissional. Era hora de tomar uma atitude antes que outra pessoa em Lake Eden descobrisse o quanto Lisa era talentosa. Hannah se virou, caminhou até Lisa e apertou a mão dela.

– Bom trabalho, sócia.

O rosto de Lisa ficou cheio de contrastes. Estava claro que ela esperava ter ouvido Hannah direito, mas quase teve medo de perguntar. Finalmente ela engoliu e perguntou:

– Sócia?

– Sócia – Hannah repetiu e sorriu. – É o mínimo que posso fazer, já que você está fazendo a maior parte do trabalho. Vou cuidar dos detalhes com Howie Levine e pedir que ele providencie os papéis antes do Natal. De jeito algum eu vou correr o risco de perdê-la, Lisa.

Lisa sacudiu a cabeça.

– Você não vai me perder. Eu adoro trabalhar aqui. Você não precisa me tornar sócia para me manter.

– Passo errado, Lisa. – Hannah não pôde resistir em provocá-la um pouquinho. – Quando alguém lhe oferece uma sociedade, você não deve tentar convencer a pessoa do contrário. Apenas diga "não, obrigada", ou "eu aceito", só isso.

Lisa assentiu e Hannah notou que seus olhos estavam brilhando.

– Você está certa, Hannah. Eu aceito.

Após um rápido telefonema para Charlotte Roscoe, a secretária do Colégio Jordan, Hannah foi até a escola. Ela descobrira duas coisas: Mike havia ligado para Charlotte e ela lhe passara uma lista completa do time de basquete dos Gulls, e Craig Kimball estava passando o tempo da primeira aula – das oito e quarenta e cinco às nove e quarenta – na biblioteca, onde ele ficaria estudando para a prova trimestral de literatura inglesa.

Enquanto ela manobrava sua caminhonete no estacionamento dos professores, numa vaga reservada para visitantes, Hannah lembrou que tivera planejado trazer sua caixa de ingredientes para a apresentação da noite. Ela saiu da caminhonete franzindo o rosto. Por que sempre se lembrava de fazer as coisas depois que passavam? Ela estava com os Crocantes de Melado que Lisa havia assado como teste. Pelo menos se lembrara de levá-los. Hannah os daria a Craig, para amaciá-lo antes de suas perguntas.

Um ônibus escolar amarelo estava estacionado na entrada quando Hannah seguiu rumo à porta. Estava cheio de alunos do Ensino Fundamental, uma professora e três responsáveis. Era obviamente algum tipo de excursão; quando Hannah passou, várias janelas se abriram e as crianças acenaram para a moça dos cookies. Hannah acenou de volta e escondeu o punhado de Crocantes de Melado embaixo do casaco, desejando ter mais cookies para dar a elas.

O *lobby* da escola estava quieto e Hannah percebeu que as aulas deviam ter começado. Ali tinha o mesmo cheiro de sempre, uma combinação de corpos aquecidos e giz. Hannah sempre adorou esse cheiro. Isso significava que havia cérebros funcionando. Ela caminhou pelo corredor, passou pela sala do diretor e acenou para Charlotte, que estava com a cabeça mergulhada num arquivo e não a viu.

A biblioteca estava no mesmo lugar de sempre, no fundo da escola, lado a lado com a passagem coberta que ligava o Segundo Grau ao Ensino Fundamental. Hannah se lembrou de uma vez que passou por ali, quando estava na quarta série, para levar um bilhete de sua professora, a Srta. Parry, que lhe dava permissão para visitar a biblioteca toda vez que ela tivesse terminado sua lição mais cedo.

A parte principal da biblioteca estava exatamente como Hannah se lembrava. A única mudança era o laboratório de informática, que tinha sido acrescentado depois que ela se formou. Ela deu uma olhada nas longas mesas de carvalho que ficavam ao redor e avistou Craig numa mesa perto das estantes. Ele estava sozinho e Hannah agradeceu à sua estrela da sorte por isso. Ao menos ela não teria que afastá-lo de seus amigos.

– Oi, Craig. – Hannah falou baixinho, um hábito que a bibliotecária, a Sra. Dodds, lhe incutira em sua primeira visita. A Sra. Dodds se aposentara vários anos antes, e Hannah havia notado que uma moça com uma aparência jovem demais para ser bibliotecária assumira seu lugar atrás da velha escrivaninha na frente da sala. – Você tem um minuto?

– Claro. – Craig pareceu surpreso ao vê-la, mas puxou uma cadeira para ela.

Hannah se sentou com o sorriso ainda no rosto. Ela começaria com um pouquinho de elogios e partiria dali.

– Parabéns por ter quebrado o recorde da escola num único jogo. Eu lhe trouxe uma dúzia de Crocantes de Melado.

– Obrigado, Srta. Swensen. – Craig sorriu ao esticar o braço para pegar o saco. – Eu não sabia que a senhorita vinha aos nossos jogos de basquete.

– Sempre que tenho uma chance. – Hannah contou uma mentirinha. Ela nunca fora grande fã de basquete, nem no Segundo Grau, e o último jogo de basquete que assistira fora há mais de uma década. – Preciso falar com você sobre os Gulls, Craig.

– Tudo bem. – Craig colocou um lápis para marcar o livro e o fechou.

Hannah conseguiu manter o sorriso no rosto com dificuldade. Ainda bem que a Sra. Dodds tinha se aposentado. Ela teria taquicardia se visse Craig usando um lápis como marcador de livro. Sua frase favorita era *Um livro é seu amigo e você não quebra as costas de seu amigo*.

Craig olhou-a, na expectativa.

– Não quero ser rude, Srta. Swensen, mas só tenho alguns minutos. Ainda preciso estudar para uma prova.

– Literatura inglesa?

– Isso mesmo. Como soube?

– Eu liguei para a Sra. Roscoe para saber da sua programação de aulas e ela me disse. Qual é a matéria que cai na sua prova?

– Poetas do século XIX. – Craig fez uma careta.

– Talvez eu possa ajudá-lo a estudar. – Hannah aproximou a cadeira. – Você chegou ao meu campo, Craig. Eu me formei em literatura inglesa na faculdade.

– É mesmo? – Craig olhou-a com novo respeito. – Sabe sobre... é... Byron?

– Lord Byron. Seu poema mais famoso foi *Peregrinação de Childe Harold*, e ele andava mancando, por Lake District, com seu ar expressivo, enquanto as garotas corriam atrás dele.

As sobrancelhas de Craig se ergueram.

– Lord Byron mancava?

– Sim – disse Hannah. Apesar de tudo, talvez pudesse ter sido boa professora. – Ele nasceu com um pé deformado, mas isso não afastava ninguém. Ele não conseguia ir a lugar algum sem uma porção de fãs atrás.

– Então ele era como um astro do rock?

– O mais próximo que se podia ser na Inglaterra do século XIX. Ele teve um breve casamento, teve uma filha, divorciou-se e deixou o país. Pegou uma febre na Grécia e morreu.

– De febre?

– Sim. Naquela época, as pessoas morriam de coisas como um resfriado ou uma gripe forte. Não tinham nenhum dos remédios que temos agora.

Craig ficou realmente surpreso. Sua professora de literatura obviamente fracassara na explicação do contexto histórico.

– Nem aspirina?

– Só na forma de casca de árvore. Quando as pessoas adoeciam, não havia muito que o médico pudesse fazer. Ou elas melhoravam por conta própria, ou morriam.

– Com certeza isso tudo não é dito aqui. – Craig deu um tapinha em seu livro de literatura. – Isso deixa a vida de Lord Byron bem mais interessante, como um filme.

– Eu sei. – Hannah se solidarizava. Uma lista de datas e títulos também não lhe era atraente. – Você se lembra bem melhor se souber de alguns fatos pessoais.

Craig inclinou-se à frente.

– Diga... sabe alguma história desse tipo sobre Shelley e Keats?

– Pode apostar que sei. – Hannah pegou o livro de Craig e folheou, dando uma olhada na lista de poetas. – E posso lhe dizer todos os podres de Coleridge, Wordsworth e Southey.

Craig pareceu duvidar.

– Eu li sobre eles. Eles são uns caras bem tediosos.

– Isso é porque você não sabe nada sobre suas vidas pessoais. Coleridge foi deserdado pela família, por lutar na Revolução Francesa; Wordsworth disse que escreveu seu melhor poema quando estava chapado; e Southey ficou louco e morreu demente. Isso não é tedioso, é?

– Acho que não! – Craig sacudiu a cabeça.

Hannah remexeu na bolsa e tirou uma caneta. Era a caneta que P.K. lhe dera, na noite anterior, uma Cross dourada com uma gravação do lado. Ela se esquecera de devolver, mas isso podia ser facilmente consertado. Logo depois que ela terminasse com Craig, voltaria ao caminhão de produção e devolveria.

– Tudo bem, Craig. O negócio é o seguinte. – Hannah se preparou para apresentar seu plano. – Pegue uma caneta, abra seu caderno e eu vou lhe dizer tudo sobre os poetas que estão em seu livro.

– Está bem, mas tenho de avisá-la. Não sou muito bom em fazer anotações.

– Não precisa ser – Hannah o tranquilizou. – Apenas escreva as coisas para atiçar sua memória.

– Tipo o quê?

– Escreva Lord Byron e sublinhe. Depois escreva coisas como *pé torto*, *fãs*, e *morreu na Grécia*. Eu vou anotar o restante para você. Apenas me dê uma folha de papel em branco do seu caderno.

– Aqui está. – Craig arrancou uma folha de papel e deu a ela. – Mas e quanto aos Gulls? Você disse que queria perguntar algo.

– Falamos sobre isso depois que eu o ajudar a estudar para sua prova. – Hannah sabia que estava fazendo a coisa certa. Depois de ter ajudado Craig, ele ficaria mais inclinado a ajudá-la. – Vamos começar com John Keats. Você sabia que ele quase foi um cirurgião em vez de poeta?

Craig inclinou-se à frente, com a caneta pronta e os Crocantes de Melado esquecidos. Hannah sorriu. Talvez ela devesse pensar em organizar um grupo de estudo de literatura inglesa no Jarro de Cookies.

Crocantes de Melado

Não preaqueça o forno ainda.
A massa tem de ir à geladeira antes de assar.

1 ½ xícara de manteiga
2 xícaras de açúcar
½ xícara de melado (use um melado bem escuro)
2 ovos batidos (apenas bata-os com um garfo)
4 colheres (chá) de fermento em pó químico
1 colher (chá) de sal
3 colheres (chá) de canela em pó*
1 colher (chá) de noz-moscada ralada (melhor se ralada na hora)
4 xícaras de farinha de trigo (não precisa peneirar)

Derreta a manteiga numa tigela, no micro-ondas. Acrescente o açúcar e o melado e mexa. Deixe esfriar ligeiramente. Depois acrescente os ovos batidos, o fermento em pó, o sal, a canela e a noz-moscada, mexendo após cada ingrediente adicionado. Acrescente a farinha, uma xícara de cada vez, mexendo sempre. A massa ficará bem firme.

Cubra e leve à geladeira por pelo menos 2 horas (também pode ser de um dia para o outro).

Preaqueça o forno a 175 °C, usando a grade na posição central.

Enrole a massa refrigerada em bolinhas do tamanho de nozes. Coloque um pouco de açúcar numa tigela pequena e ponha as bolinhas dentro, envolvendo-as com açúcar. Coloque-as numa forma untada (12 unidades para uma forma de tamanho-padrão). Achate as bolinhas só um pouquinho, para que não rolem quando você levar a forma até o forno.

---

* Eu uso 2 ½ colheres (chá) de canela em pó e ½ colher (chá) de cardamomo em pó quando quero um sabor mais intenso e encorpado.

Asse por 10 a 12 minutos. Elas irão terminar de achatar sozinhas. Depois que retirar do forno, deixe esfriar por 2 minutos na forma, depois transfira os cookies para uma grade de metal para que esfriem por completo.

Cookies de melado congelam bem. Embrulhe-os em papel-alumínio, coloque num saco plástico próprio para congelados e eles ficarão bons por 3 meses ou mais (é melhor você trancar seu freezer se quiser que eles durem tanto tempo).

Estes eram os cookies prediletos do papai. Ele costumava me pedir que os fizesse no domingo de manhã para que pudesse comê-los lendo o jornal. Minha mãe também os adora, embora eles não levem chocolate.

Capítulo 23

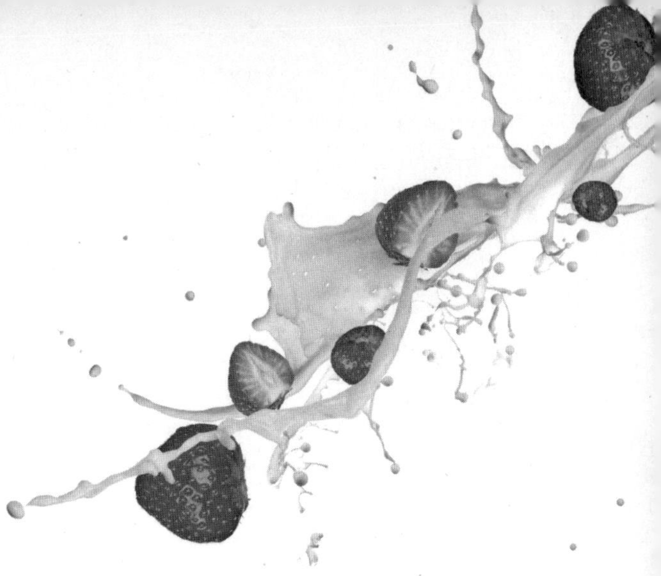

Hannah contornou a lateral do prédio, sacudindo a cabeça. Craig ia se sair bem na prova trimestral. Ela tinha quase certeza disso. Mas ele não lhe dera nada em retorno. No minuto em que ela mencionou os esteroides, ele ficou ansioso e inquieto. Negou saber algo sobre uma suspensão do time, ou algum abuso de drogas que melhorassem o desempenho, ou qualquer outra coisa, mas Hannah vira o pânico mal disfarçado no fundo de seus olhos. Ela tinha certeza de que Craig sabia qual jogador estava usando esteroides. Estava igualmente certa de que nada no mundo o faria contar. Craig tivera vontade de confidenciar a Hannah, mas sua lealdade de colega ganhou.

Havia um bilhete grudado na porta do caminhão de produção e Hannah subiu os degraus para olhar mais de perto. *Reunião de equipe – volto logo.* Hannah bateu na porta, caso alguém tivesse voltado e esquecido de tirar o bilhete, mas ninguém atendeu. Foram duas bolas fora, uma com Craig, outra com a devolução da caneta.

Hannah estava prestes a sair quando teve uma ideia. Talvez ela pudesse deixar a caneta com Herb. Ele daria de volta a um dos membros da equipe e eles podiam devolver a P.K. Ela enfiou a mão na bolsa, tirou a caneta e imediatamente descartou a ideia quando leu o que estava gravado na lateral. A caneta Cross de ouro pertencia a Mason Kimball e lhe fora dada quando ele ganhou o prêmio de melhor documentário curta-metragem num festival de cinema. Era uma lembrança e Hannah não queria correr o risco de que alguém a perdesse.

Ela pensou em Craig Kimball e suspirou. Se ela tivesse lido a gravação quando estava com Craig, na biblioteca, teria lhe dado a caneta para que ele devolvesse ao pai. Contudo, talvez não fosse uma atitude sábia. Se Mason soubesse que seu engenheiro noturno havia se apropriado de sua caneta, P.K. poderia ter problemas. A melhor coisa a fazer era devolver a caneta diretamente a P.K., para que ele pudesse levar de volta ao escritório de Mason.

Hannah novamente deu uma olhada no bilhete. *Volto logo* poderia significar alguns minutos ou uma hora, e ela não tinha tempo para esperar. Ela encontraria P.K. quando ele voltasse do concurso, naquela noite, e isso seria o mais rápido possível.

Hannah deu meia-volta, desceu a escada metálica e atravessou o estacionamento nevado, seguindo até sua caminhonete. Ela desperdiçara a maior parte da manhã e sua cabeça estava girando. Agora, o que ela precisava era voltar ao Jarro de Cookies para uma segunda dose de chocolate.

– O que o Craig disse? – perguntou Andrea, debruçando-se sobre a superfície da bancada central de trabalho. Ela dera uma passada, na hora do almoço, para descobrir o que tinha acontecido desde que deixara Hannah no caminhão de produção, e já ouvira toda a história do urso, que Hannah havia encontrado algumas cenas de Tracey, e sobre sua sessão matinal de estudos com Craig Kimball.

– Nada.

– Você quer dizer que ele se recusou a responder às perguntas?

– Não, ele respondeu, mas não me disse nada. Disse que não sabia de ninguém dos Gulls que estivesse usando esteroides, ou qualquer outro tipo de drogas.

Andrea sacudiu os ombros.

– Era o que eu esperava que ele dissesse. Ele não seria muito benquisto se dedurasse um colega de time. Você acha que ele sabia e apenas não quis lhe dizer?

– Exatamente. Ao menos ele pareceu perceber o quanto isso é sério. Ele disse que aprendera sobre esteroides no acampamento de basquete, e eu tenho a impressão de que ele irá falar com o colega de equipe e tentar conseguir algum auxílio para ele. Isso é bom, mas não nos ajuda.

– E quanto ao Mike? Você acha que ele descobriu alguma coisa no plantão?

Agora foi a vez de Hannah sacudir os ombros.

– Não sei. Não falo com ele desde que nós nos separamos, depois do café da manhã na Taverna Corner.

– Café da manhã? – Andrea lançou um olhar agudo para Hannah. – Você passou a noite com Mike?

Hannah sabia exatamente o que a irmã estava perguntando e riu.

– A maior parte da noite, mas não é o que você está pensando. Nós terminamos de ver as fitas, comemos filé com ovos e depois seguimos para casa... separados.

– Ah. – Andrea pareceu ligeiramente desapontada. – O que você vai fazer agora?

– Vou dar uma corrida até em casa, dar comida para Moishe e pegar minha roupa para esta noite. Se tiver sorte, talvez eu até tire um cochilo de uma hora.

– Mas e quanto ao assassino?

– Ele vai esperar. Estou sem ideias novas e não consigo pensar assim, tão cansada. Preciso recarregar minhas baterias.

– Certo. Vou dar uma corrida até o bairro de Lucy e distribuir alguns folhetos. Consegui boas informações na última vez que fiz isso.

– Se alguém pode fazê-lo, esse alguém é você. – Hannah se levantou e caminhou para pegar a parka. Ela estava tão cansada que precisou de algumas tentativas para conseguir enfiar o braço no buraco da manga. – Ligue se souber de algo importante.

– Achei que você fosse tirar um cochilo.

– E vou. – Hannah deu um longo bocejo. – Estou disposta a acordar para isso.

Às três e quinze, quando Hannah acordou, ela se sentia noventa por cento melhor. Foi andando até a cozinha, ligou a cafeteira e sentou-se à mesa, onde esperou o café coar na jarra de vidro. Moishe foi direto até sua tigela de comida e pareceu surpreso ao ver que já estava cheia. Ele resolvera tirar um cochilo com ela, em vez de comer sua ração.

– Não é de manhã, Moishe – Hannah disse a ele. – É de tarde.

Moishe ergueu a cabeça para encará-la. Ele parecia intrigado e Hannah riu.

– Deixe para lá. O tempo é um conceito difícil. Também não tenho certeza se entendo.

O café já estava pronto e Hannah se levantou para se servir de uma xícara. Ela inalou o vapor e sentiu a melhora dos dez por cento que faltavam, chegando a cem por cento. Não havia nada como uma xícara de café quando se acorda de manhã, mesmo que a manhã seja tarde.

Depois que terminasse a terceira xícara, Hannah estaria pronta para enfrentar o restante do dia. Não restava muito. O céu estava carregado e já escurecia do lado de fora da janela.

– Preciso ir, Moishe – disse Hannah e, como se fosse combinado, o telefone tocou. Delores? Andrea? Mike? Hannah queria deixar que a secretária eletrônica atendesse, mas ficou curiosa demais para esperar até o final da mensagem de saudação. Ela empurrou sua cadeira para trás, ergueu o fone e atendeu.

– Hannah? – era a voz de Mason Kimball. – Temos um problema e eu preciso de você no *set* de filmagens cedo.

– Tudo bem. Qual é o problema?

– Estamos mudando o formato do programa desta noite e eu preciso repassar algumas coisas com você.

– A que horas você quer que eu esteja aí?

– Dez minutos atrás. Isso pode levar um tempo. É melhor você trazer sua roupa para esta noite, e você pode se trocar no camarim de Dee-Dee. Quando pode estar aqui?

Hannah deu uma olhada no relógio. Eram três e meia.

– Vou sair agora mesmo. Preciso passar na loja, para pegar minha caixa de ingredientes para esta noite, depois vou direto. Devo estar aí por volta de quatro e quinze.

– Bom. Venha direto ao *set*. Agora não tem ninguém aqui e é minha única chance de checar os ângulos da câmera com você.

Hannah se despediu e rapidamente juntou suas coisas para sair.

O trânsito estava bom e Hannah chegou rápido. Ela entrou pela porta dos fundos do Jarro de Cookies às três e quarenta e cinco, passando pela porta vaivém até o fundo, para dizer a Lisa que ela estava de volta.

– Oi, Lisa. – Hannah chegou na hora em que a sócia estava enfeitando um espelho atrás do balcão com um festão de galhos de pinheiro. – Está ficando bonito.

– Obrigada, Hannah. Meu pai que fez, em uma de suas aulas de artesanato no Centro dos Idosos. Você veio para ficar?

Hannah sacudiu a cabeça.

– Não, eu só estou de passagem. Mason Kimball ligou e quer que eu esteja no *set* mais cedo. Só parei para pegar minha caixa de ingredientes para esta noite.

– Está no balcão, ao lado da pia. Leve apenas aquela caixa. Eu vou levar a massa refrigerada e meu pai pode carregar a outra caixa, a que está com as panelas e tigelas.

– Seu pai vai vê-la novamente?

– O Sr. Drevlow não pode ir, mas a Sra. Beeseman se ofereceu para sentar-se com ele enquanto a ajudo no *set*.

– É mesmo? – Hannah tentou não parecer tão surpresa quanto estava. Marge Beeseman geralmente se sentava com seu próprio grupo de amigos.

– Herb pediu a ela. Meu pai dissera a ele o quanto queria ir e Herb disse que daria um jeito.

Hannah sorriu. As coisas deviam estar ficando sérias entre Herb e Lisa, se ele pedira à própria mãe um favor para ela.

– Depois do programa, todos nós iremos até o hotel para a festa. O papai disse que vai convidar a Sra. Beeseman para dançar. Ele ainda é um dançarino muito bom. E ela prometeu a Herb que se o papai convidá-la, ela vai aceitar.

O sorriso de Hannah se alargou, enquanto ela pensava no programa improvável dos dois casais.

– Preciso correr, Lisa. Eu a vejo mais tarde, na escola. Se Mike ligar antes de você sair, diga a ele que não sei de nada, além do que eu sabia ontem à noite.

– Eu direi. – Lisa recuou e deu uma olhada no festão, analisando-o. – Acho que precisa de uns laços de veludo vermelho.

– Você é minha especialista em decoração. Se você quiser comprar laços, use o dinheiro do caixa. Pegue um recibo e deixe na caixa de impostos, embaixo do balcão.

– Laços de veludo vermelho são dedutíveis do imposto de renda?

– Stan Kreamer faz nosso imposto de renda. E, para Stan, tudo é dedutível do imposto de renda.

Hannah deu uma olhada no relógio enquanto entrava no estacionamento da escola. Ela estava dez minutos adiantada, o que era um milagre. Isso lhe daria tempo de devolver a caneta a P.K. antes de encontrar Mason no *set*.

Ao contornar o prédio e se preparar para estacionar ao lado do caminhão de produção, ela viu P.K. em pé, na escada metálica, fumando. Hannah abriu o vidro e o chamou.

– Estou com a caneta que você me emprestou ontem à noite. Espere um segundo e eu lhe darei.

P.K. caminhou até o carro dela, enquanto ela estacionava. Hannah deixou a sacola com sua roupa pendurada num gancho, no banco de trás. Era melhor pegá-la depois que terminasse de falar com Mason no *set*. P.K. pegou sua caixa de ingredientes e eles caminharam juntos até o caminhão de produção.

– Posso deixá-la entrar, mas preciso zarpar – informou P.K., colocando a caixa no último degrau e destrancando a porta. – Preciso correr até a emissora para pegar algumas coisas. Quer que eu leve essa caixa ao *set* para você?

– Eu consigo levar. Preciso ir para lá, de qualquer forma. Quer que eu coloque a caneta no escritório de Mason?

– Sim. Tem um porta-lápis na mesa dele. Apenas ponha ali e assegure-se de fechar bem a porta quando sair.

– Farei isso – prometeu Hannah, dando um passo para o lado, para que P.K. pudesse descer os degraus estreitos. Ela acenou, enquanto ele seguia para o carro, depois abriu a porta e entrou no caminhão de produção.

O escritório de Mason ficava na outra ponta do corredor, bem nos fundos do caminhão. Hannah passou pela sala, onde eles haviam assistido aos descartes de Rudy, e parou com a mão na maçaneta da porta fechada de Mason. Ela sabia que ele não estava ali, mas bateu mesmo assim, caso outra pessoa estivesse usando seu escritório e Rudy não soubesse. Como não houve resposta, ela abriu a porta e entrou.

A sala era bem menor do que Hannah imaginara; apenas um cubículo com uma mesa, uma cadeira giratória, paredes nuas, sem quadros. Por um instante Hannah pensou por que ninguém se dera o trabalho de decorar o escritório do chefe, mas depois lembrou que aquilo era um caminhão móvel de produção. Os quadros cairiam das paredes e quebrariam quando estivesse em movimento.

Havia alguns porta-retratos na mesa de Mason. Hannah reparou neles ao colocar a caneta no porta-lápis. Ele provavelmente os guardava numa gaveta da escrivaninha quando o caminhão estava em movimento, mas como estava estacionado por conta do concurso, Mason os teria tirado e arrumado em cima da mesa. Havia uma foto de Ellen num porta-retrato dourado, sorrindo para a câmera, parecendo dez anos mais jovem. Havia outra foto de Mason e Craig, e Hannah viu que essa era recente. Pai e filho estavam radiantes e, juntos, seguravam um troféu prateado. Era uma taça com uma bola de basquete prateada na base, e ambos pareciam orgulhosos e felizes.

Ela ficou olhando a foto por um momento. Provavelmente teria sido tirada na cerimônia de premiação que Delores mencionara, quando Craig havia quebrado o recorde de pontuação do Colégio Jordan. O garoto estava vestindo seu uniforme de basquete e Mason vestia um blazer azul com uma camisa branca e...

Hannah perdeu o fôlego quando notou algo brilhoso na manga da camisa de Mason. A manga do blazer estava repuxada para cima, por causa do prêmio que ele segurava no alto com Craig, e sua abotoadura estava aparecendo. Ela pegou a foto para ver mais de perto e quase deixou cair ao perceber que a abotoadura de Mason tinha o formato da cabeça de um cavalo com um diamante no olho.

Ela ficou ali por um momento com os joelhos tremendo e o coração disparado, com uma terrível sensação. Mason mentira para ela sobre as abotoaduras. Ele sempre as tivera.

E isso significava que Mason era o assassino.

Hannah congelou ao ouvir passos do lado de fora, aproximando-se do caminhão de produção. Alguém estava vindo e ela tinha de sair do escritório de Mason imediatamente. Não podia deixar que ele soubesse que ela vira a foto e descobrira seu segredo.

Por um instante aterrador, os pés de Hannah se recusaram a obedecer seu comando de fugir. Então o pânico tomou conta dela e Hannah deixou o escritório de Mason como um raio, seguindo direto ao telefone na mesa de P.K. Ela precisava ligar imediatamente para Mike e dizer-lhe que o assassino era Mason Kimball.

Hannah tinha acabado de pegar o telefone quando ouviu passos pesados na escada de metal. Então a porta se abriu e Mason entrou. Ele estava sorrindo de um jeito que fez Hannah estremecer, deixando o fone cair de seus dedos já sem força.

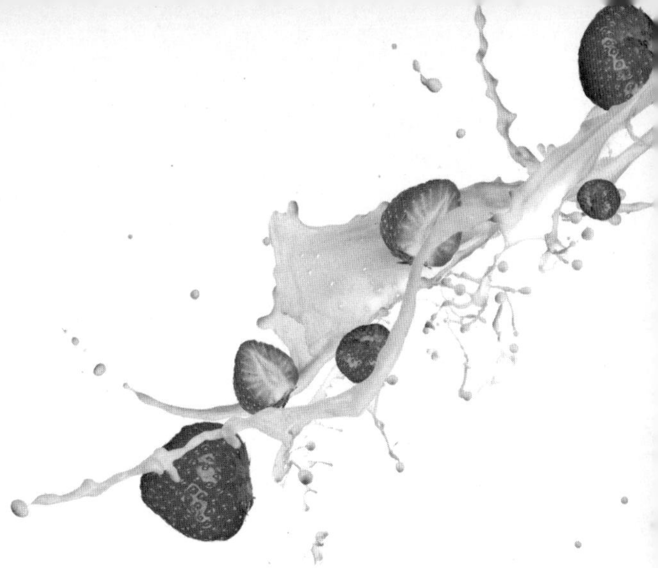

Capítulo 24

– Aí está você, Hannah. – Mason deu seu sorriso arrepiante. – Acho que temos um encontro, não?

Hannah respirou fundo. Ela não tinha outra escolha a não ser enfrentá-lo. Talvez Mason não soubesse que ela havia percebido que era ele o assassino e aquilo fosse apenas seu medo pregando peças em sua mente.

– Você tem razão. Então vamos, Mason. – Hannah passou por ele e seguiu para a porta. – Eu só estava devolvendo uma caneta que peguei emprestada com P.K. ontem à noite. Não me deixe esquecer de trancar a porta ao sairmos.

Mason não disse nada, mas Hannah podia sentir sua presença ameaçadora atrás dela ao esticar a mão até a maçaneta. Ela tinha de sair. Eles estavam sozinhos ali, mas podia ter mais gente no estacionamento. Ela estaria segura ao redor de outras pessoas.

Suas mãos tremiam tanto que ela não conseguiu girar a maçaneta. Hannah tentou e fracassou. Então Mason esticou o braço em volta da cintura dela e Hannah fez tudo que pôde para não gritar de terror.

– Eu abro – disse Mason, girando a maçaneta e empurrando a porta para abri-la. No entanto, em vez de deixá-la passar, ele bloqueou a saída com o braço e se virou para encará-la. – Por que suas mãos estão tremendo assim?

– Porque estou congelando. – Hannah disse a primeira coisa que lhe veio à cabeça. Se Mason achasse que ela estava com medo dele, ele saberia que ela tinha descoberto a verdade. – O aquecedor da minha caminhonete pifou.

Mason sorriu novamente.

– Muito bom, Hannah. Se eu não soubesse, talvez acreditasse em você.

– O quê? – Hannah tentou fazer a expressão mais inocente que pôde.

– Sei que você já descobriu. Está em seu rosto.

Hannah sentiu suas esperanças morrendo, mas tentou uma última tacada.

– Descobri o quê, Mason?

– É tarde demais para joguinhos. – Mason deu uma risada amarga. – Você se entregou ao me perguntar sobre as abotoaduras. Eu soube que você tinha visto as fotos que Lucy tirou. Mas imaginei que ninguém pudesse ligar as abotoaduras a mim e, mesmo se pudessem, não poderiam provar nada. Então Craig veio até o caminhão esta tarde para me dizer que você estava perguntando sobre esteroides e eu soube que não demoraria até que você juntasse as peças. É uma pena que você tenha descoberto, Hannah. Agora terei de matá-la.

Hannah engoliu em seco, tentando desalojar o nó de pânico que fechava sua garganta.

– Você não pode me matar aqui. P.K. vai voltar a qualquer minuto.

– Não vai, não. Eu esperei até que ele fosse embora para entrar. Mas você tem razão, Hannah. Alguém poderia passar de carro e ouvir o tiro. – Mason esticou o braço e agarrou o dela. – Venha. Vamos até o *set* da cozinha. Quando descobrirem seu corpo, no noticiário desta noite, isso dará uma audiência e tanto.

Hannah fincou os pés no chão e recusou-se a ceder. Mason era forte, mas ela também era. Se ela conseguisse empurrá-lo para fora e fechar a porta, poderia ligar para Mike e pedir ajuda.

– Desista, Hannah. – Mason tirou uma arma do bolso e encostou o cano nas costelas dela. – Eu vou matá-la aqui se você não me der escolha.

Mason estava falando sério. Hannah podia ver isso na expressão determinada em seu rosto. Ele a mataria ali, sim, mas se ela colaborasse e fosse até o *set* da cozinha com ele, aquilo lhe daria tempo para pensar numa forma de escapar.

– Você ganhou, Mason. Eu vou. – Hannah não ia discutir com uma arma carregada. Assim que eles desceram os degraus, ela avistou a caixa que P.K. havia deixado nos degraus e seu cérebro engrenou. Se os ingredientes ainda estivessem ali quando P.K. voltasse, ele os levaria até o *set* da cozinha para ela. Se ela conseguisse atrasar Mason por tempo suficiente, P.K. talvez chegasse a tempo de salvá-la.

– O que é isso? – Mason chutou a caixa.

Hannah pensou em mentir, mas sabia que ele não acreditaria.

– É minha caixa de ingredientes.

– Leve-a com você – ordenou Mason, mas depois mudou de ideia. – Não. Espere aí. O que tem aí dentro?

– Manteiga, açúcar, ovos, melado, farinha, fermento em pó e temperos – Hannah falou todos os ingredientes.

– Pegue.

Hannah pegou a caixa. Ela deu uma olhada dentro e suspirou, desapontada, quando percebeu que Lisa tinha colocado tudo em embalagens plásticas. Ela estivera torcendo para dar com a garrafa de melado na cabeça de Mason, mas ele estava num Tupperware, que não era lá uma arma eficiente.

– Ande.

Mason cutucou-a com o cano da arma dentro do bolso e Hannah andou. Ela se sentia como uma prisioneira a caminho da execução, até que lembrou que Herb estaria no auditório. Talvez ela pudesse lhe dar algum tipo de sinal, sem que Mason notasse, alguma frase que o fizesse ligar para Bill e Mike na delegacia. Ela ainda estava tentando pensar no que poderia ser quando Mason abriu a porta do auditório e empurrou-a para dentro.

Herb não estava lá. A visão de sua cadeira vazia fez com que o coração esperançoso de Hannah murchasse totalmente. Ela devia ter esperado por isso. Mason planejara tudo. Com certeza ele teria mandado Herb fazer alguma tarefa tola, exatamente como fizera com P.K.

– Essa é uma má ideia, Mason. – Hannah fez o melhor que pôde para parecer coerente. Ela tinha de ganhar algum tempo, pensar em alguma forma de atrasá-lo. P.K. poderia voltar e entrar no auditório, Herb poderia voltar de sua tarefa, Mike poderia ligar para Lisa e rastreá-la até a escola, o Sr. Purvis poderia entrar para checar as condições do piso do palco, praticamente qualquer um poderia aparecer do nada. Isso não adiantaria muito se ela já estivesse morta, mas ainda estava viva.

– Essa é uma ideia muito boa. Eu me assegurei de que ninguém nos incomodaria.

Mason gesticulou na direção de um aviso colocado na porta do auditório. Ele dizia SET FECHADO – PROIBIDA A ENTRADA, em letras pretas garrafais, e abaixo havia um bilhete com a caligrafia de Mason dizendo *Hannah, eu tenho uma reunião de equipe às 16h45. Vá me encontrar no caminhão de produção às 17 horas.*

– Quando encontrarem seu corpo, irão presumir que você ignorou o aviso e foi deixar sua caixa. Também pensarão que o assassino a seguiu até o *set* para matá-la – disse Mason, demonstrando muito orgulhoso de si.

A cabeça de Hannah começou a ficar mais lenta de medo, mas ela se obrigou a se concentrar. Mason não a mataria se ela conseguisse uma forma de impedi-lo.

– Você vacilou, Mason. Eles irão suspeitar de você por não aparecer na reunião de equipe.

– Eu estarei na reunião de equipe. Agora são quatro e trinta e cinco. Tenho dez minutos para chegar lá, e matá-la não levará mais que um ou dois minutos. Abra a porta, Hannah. Estou com o horário apertado.

Hannah pensou em girar e bater em Mason com a caixa, mas sabia que não conseguiria se mover mais depressa que o dedo no gatilho. Ela abriu a porta, entrou no auditório e caminhou pelo corredor, até os degraus que conduziam ao palco.

– Primeiro você. – Mason cutucou-lhe com o cano da arma. – Estarei logo atrás.

Hannah subiu os degraus e seguiu até o *set* da cozinha que havia usado nos três programas. Ao se aproximar, ela notou que Rudy tinha deixado sua filmadora móvel no balcão. Talvez ela não conseguisse impedir que Mason atirasse, mas poderia deixar provas para Bill e Mike. Se a câmera tivesse filme e as baterias estivessem carregadas, ela poderia ligá-la.

– Ops! – Hannah fingiu tropeçar num dos cabos que serpenteavam pelo chão. Ela segurou no balcão para se equilibrar e a caixa voou de suas mãos. Mason olhou para a caixa no chão, e nos segundos que sua atenção se desviou, Hannah ligou a filmadora móvel. Quando ele ergueu os olhos, as mãos dela estavam novamente abaixadas.

Mason apontou a arma em sua direção novamente.

– Pegue tudo e coloque de volta na caixa. Ande logo.

Hannah fez exatamente o que ele disse, ajoelhando e colocando as embalagens de volta no lugar. Quando ela pegou a farinha, lembrou-se de como sua avó sempre mantinha uma tigela de farinha ao lado da cama, planejando arremessá-la no rosto de qualquer um que invadisse sua casa. Até onde Hannah sabia, a bisavó Elsa nunca havia testado essa técnica, mas era melhor que nada.

Farinha não parecia páreo para uma arma, mas Hannah colocou a embalagem por cima. Se não conseguisse pensar em nenhuma outra coisa, ela tentaria isso. O importante era manter Mason falando, e isso não seria fácil.

– Eu tenho uma pergunta, Mason.

– O quê?

Mason gesticulou para que ela fosse até o balcão próximo à pia, e Hannah colocou a caixa lá. Em um rápido movimento, ela deu um jeito de soltar a tampa da farinha e deixar a embalagem aberta.

– Você teve a intenção de matar o treinador Watson?

– Se tivesse a intenção de matá-lo, eu teria levado a minha arma. – Mason franziu o rosto. – Eu só queria que ele concordasse em não suspender Craig.

– Mas se foi uma briga que saiu do controle, por que você não disse à polícia? Você poderia ter alegado legítima defesa.

– Eu teria de dizer à polícia por que estávamos brigando e não podia fazer isso. Depois que Craig entrar num bom time de faculdade, ele chegará ao basquete profissional. Mas se os olheiros das faculdades descobrirem que ele está usando esteroides, ele pode dar adeus à bolsa de estudos.

– Eles não vão fazer exames para detectar esteroides antes de oferecerem uma bolsa de estudos? – Hannah esticou o braço para trás para pegar a embalagem de farinha, esperando pelo momento perfeito.

– É claro, mas nada vai ser detectado. A droga que eu arranjei para ele é tão nova no mercado que ainda nem inventaram um exame para detectá-la. Estaria tudo bem se Craig não tivesse ficado preocupado com mínimos efeitos colaterais. Depois de tudo que fiz por ele, ele foi tagarelar o negócio todo para o treinador Watson e implorou que ele o ajudasse.

Hannah sentiu-se enojada. Mason tinha arranjado esteroides para o filho e o forçado a usá-los. Depois, quando Craig tentou obter ajuda, Mason matou a única pessoa que poderia realmente ter ajudado seu filho. Mas sentir repulsa pelo que Mason havia feito não a levaria a nada. Ela tinha de mantê-lo falando.

– A Lucy Richards sabia sobre os esteroides? – perguntou ela.

– Claro que não. Depois que me livrei do treinador Watson, aquela goteira foi tapada.

Hannah estremeceu. Embora ela não gostasse de Boyd Watson, ele era um ser vivo, uma pessoa, não uma goteira que um encanador pode consertar.

– Então por que você matou Lucy?

– Ela disse que tinha fotos minhas como o treinador Watson. – Mason pareceu altamente entretido. – Você acredita que ela realmente teve o topete de tentar me chantagear?

Hannah não tinha certeza se devia assentir ou negar. Em vez de reagir, talvez da forma errada, ela fez outra pergunta.

– E ela tinha fotos?

– Quem pode saber? Ela veio com uma história de não ter tido tempo de revelar o filme e se ofereceu para me vender o rolo.

– Mas você não caiu nessa.

– Não. A chave do apartamento dela estava num chaveiro. Fui lá, no dia seguinte, e dei um jeito em todos os filmes dela.

– Por que não fez isso logo depois que a matou? Outra pessoa poderia ter encontrado e revelado.

– Quem? – Mason riu, como se estivesse se divertindo com uma piada muito engraçada. – Lucy não tinha amigos e ninguém jamais a visitava. Eu sabia que ia demorar um tempo até que alguém notasse que ela havia sumido, e eu tive tempo de cuidar das pontas soltas. E, falando em tempo, o seu está se esgotando.

Hannah tentou pensar em outra pergunta, mas simplesmente nada lhe ocorria. Mason ia matá-la. Ele havia planejado tudo.

– Está vendo aquela lona? – Mason gesticulou na direção do chão, que estava coberto por uma lona plástica azul. – Purvis é tão cauteloso com o piso de seu palco que eu não quis manchá-lo. Acho que isso é muita consideração da minha parte, não acha?

Hannah estremeceu. Ela sabia exatamente a que tipo de manchas Mason estava se referindo. Ele estava falando de manchas de sangue, das manchas do sangue *dela*. Ela sabia que precisava dizer algo e pegou a primeira coisa que lhe veio à mente.

– Você tem mais consideração com o piso do palco do que com Lisa. Pense em como ela se sentirá terrível quando me encontrar.

– Não se pode fazer nada – Mason sacudiu os ombros. – É uma pena quanto à Lisa. Ela é uma garota brilhante e eu sempre gostei dela, mas tenho de pensar na audiência.

Hannah sentiu a raiva chegar ao máximo. Mason era um monstro, e se ela tivesse uma arma escondida em sua caixa de ingredientes, não teria remorso algum em acertá-lo bem no meio dos olhos. Mas tudo que ela tinha era um pote de farinha.

– Está ficando tarde. – Mason deu uma olhada no relógio, a oportunidade que Hannah estava esperando. – Acho que você não vai mais assar esses cookies superestimados. Está na hora de...

Hannah esperou até que Mason olhasse para cima e jogou farinha em seu rosto. Ele soltou um grito, levou as mãos aos olhos e Hannah saltou para agarrar sua arma.

Mason era forte, mas Hannah estava turbinada pelo ódio. Ele havia viciado o próprio filho em esteroides, tinha matado Boyd e Lucy, pretendia aumentar a audiência deixando que a pobre Lisa encontrasse seu corpo diante das câmeras e chamou seus cookies de superestimados. Hannah não sabia qual das ofensas mais lhe incomodava, mas estava cuspindo de raiva.

A luta pareceu durar uma eternidade. Mason tentou puxar a arma para apontar para ela, mas Hannah tinha visto filmes de detetive suficientes para saber alguns truques de uma briga de rua. Ela deu uma joelhada com força, bem no lugar onde faria mais estrago. E enquanto Mason estava tentando se recuperar do ataque inesperado, ela o empurrou para trás, com todo o peso de seu corpo, e ele bateu o punho contra o puxador do forno.

O rosto dele ficou branco. Hannah sabia que ele estava com dor, então ela o empurrou mais uma vez, e mais uma vez. Ela ouviu um estalo da terceira vez que o pulso de Mason bateu no forno e a arma saiu voando dos dedos dele, deslizando pelo chão.

Mason soltou um uivo agonizante, mas Hannah não sentiu nem um pingo de compaixão pelo homem que tentara matá-la. Enquanto ele estava se contorcendo no chão, segurando o pulso e gemendo alto, ela recuperou a arma e se jogou em cima das costas dele.

– Mexa-se e está morto – ameaçou ela –, e não ache que isso não me daria um imenso prazer.

– Hannah! Você está bem?

Era a voz de Mike. Hannah olhou para cima e viu Mike e Bill vindo correndo pela plateia. O socorro estava quase ali, mas ela manteve a arma pressionada atrás da cabeça de Mason.

– Hannah?

Mike estava subindo os degraus e Hannah deu a ele o melhor sorriso que pôde.

– Estou bem, mas Mason está com sérios problemas. Ele matou Boyd e matou Lucy. Estou com a confissão toda gravada em videotape.

– Você o *quê*? – Mike quase voou para o outro lado do palco, com Bill atrás dele.

– Eu conto depois. – Hannah pressionou a arma contra a cabeça de Mason com um pouquinho mais de força. – Apenas o algeme e o tire da minha frente antes que eu faça algo ilegal, pode ser?

Capítulo 25

Hannah enrolava bolinhas de massa e colocava na tigela de açúcar que Lisa segurava. Ela sabia que aparentava estar calma, mas isso era apenas porque ainda estava em estado de choque. Mason chegara bem perto de matá-la e somente a defesa da farinha da bisavó Elsa a salvara. Mas ela não se atrevia a pensar nisso agora. Tinha de pôr a massa nas assadeiras e colocá-la no forno.

– Você está bem? – sussurrou Lisa, enquanto Hannah arrumava doze bolinhas de massa numa assadeira e as achatava ligeiramente, para que não rolassem quando ela carregasse até o forno.

– Tudo bem – Hannah sussurrou de volta.

– Você ainda parece um pouquinho abalada. Quer que eu carregue isso?

– Eu consigo. – Hannah sorriu ao se lembrar da velha máxima do teatro. – O show tem de continuar.

Depois que Hannah abriu o forno e colocou as duas assadeiras de Crocantes de Melado lá dentro, ela reparou na fita amarela que os oficiais haviam colocado na entrada da quarta cozinha do *set*, para isolar o local do crime. O Xerife Grant havia decidido que o concurso continuaria, mas ninguém poderia usar aquela parte. Realmente não tinha importância, pois eram apenas três finalistas: os ganhadores das noites de quarta-feira, quinta-feira e sexta-feira. Mesmo assim, a cozinha vazia, com a farinha de Hannah ainda espalhada pelo plástico do chão, era um lembrete tangível de que ela quase acabou morta como Boyd e Lucy.

Então, Hannah se deu conta disso com força total e teve de se equilibrar junto ao balcão. Se ela não tivesse conseguido destampar a embalagem de farinha, ou se Mason tivesse resolvido matá-la no caminhão de produção, ou se...

Mais tarde, disse Hannah a si mesma. *Você pode pensar nisso mais tarde. Neste momento, você precisa assar os cookies e sorrir.*

Wingo Jones estava fazendo o noticiário esportivo, falando sobre os times que haviam atropelado, esmagado e derrotado seus oponentes. Hannah deu uma olhada no auditório e viu sua mãe sentada com Claire Rhodes. Marge Beeseman e o pai de Lisa estavam algumas fileiras à frente. A fita que isolava a cena do crime estava abaixo do ângulo de visão do público, que estava completamente alheio ao que havia acontecido, menos de duas horas antes, na quarta cozinha do *set*. A delegacia do xerife só liberaria informações amanhã, quando Hannah se transformaria numa celebridade local. Se ela tivesse de se transformar numa estrela, preferia muito mais ganhar fama como a Moça dos Cookies.

O Dr. Knight havia cuidado do pulso quebrado de Mason e ele estava sob custódia, na prisão municipal. Mike tinha retirado a fita que ela gravara da filmadora móvel de Rudy, e isso seria usado como prova no julgamento. Quando tudo tivesse acabado e Mason houvesse sido condenado, ele passaria o resto da vida atrás das grades, onde nunca mais machucaria ninguém.

O *timer* do forno apitou quando Rayne Phillips se levantou para falar do tempo. Hannah tirou as assadeiras do forno e levou-as até Lisa, que as transferiria para uma grade de metal para esfriar. Ela estava no horário, e tudo que tinha a fazer era entregar os cookies à equipe de jornalismo e participar como julgadora do concurso. Quando tudo isso fosse concluído, este dia absolutamente repulsivo teria acabado.

Hannah deu uma olhada para Rayne Phillips, que estava em pé, ao lado de sua tela azul, apontando para algo que somente a televisão do público podia ver. Ele dizia a todos eles que o clima continuaria frio, com nevadas ocasionais. É claro que faria frio. Isso era o inverno em Minnesota. E é claro que nevaria. Sempre nevava.

Lisa chegou mais perto de Hannah e afagou suas costas.

–Você é um herói, Hannah. Eles nunca conseguiriam pegar o Mason sem você.

– Heroína – corrigiu Hannah, que depois refletiu. Lisa tinha alguma razão. Foi Hannah quem havia descoberto as fotos do assassinato de Boyd. Se não tivesse levado o filme para Norman revelar, Mason poderia tê-lo encontrado e destruído, como fez com o restante dos filmes de Lucy.

Enquanto Rayne Phillips falava sobre a cidade de International Falls e como ali era novamente o ponto mais frio da nação, Hannah pensou nas outras pistas que ela tinha descoberto junto a Andrea. A Sra. Kalick não disse a Bill e Mike sobre o terceiro carro; Andrea conseguira essa informação com ela. E Danielle não havia mencionado a ligação telefônica a Mike e Bill; ela não achou que fosse importante. Norman não tinha ido à delegacia do xerife para relatar a extorsão de Lucy; ele se confidenciara a Hannah, pois confiara nela para manter isso em sigilo. E como Mike e Bill não sabiam sobre a reunião de pais e professores de Boyd, eles não questionaram Gil Surma a respeito.

O fato de que Mike e Bill chegaram ao auditório a tempo de prender Mason tinha sido um sorte grande. Hannah tinha aberto caminho, mostrando as fotos que

Lucy havia tirado do assassinato, e dando-lhes as pistas quanto à menção de Gil aos esteroides. Mike e Bill tinham passado a manhã entrevistando os garotos dos Gulls. Quando um jogador mencionou que Craig tinha realmente encorpado durante o verão, eles foram até a escola questionar Mason a respeito. E quando notaram a caminhonete de Hannah estacionada ao lado do caminhão de produção trancado, eles foram ao auditório perguntar-lhe se ela vira Mason. Mike e Bill acabariam prendendo o homem certo; eles eram bons policiais, mas Hannah e Andrea tinham fornecido algumas peças-chave do quebra-cabeça e acelerado todo o processo.

– Você está bem?

– Sim, estou. – Hannah se virou e abriu um sorriso largo para Lisa. Foi uma coisa muito boa ela ter interferido na investigação de Mike. Se não o fizesse, Mason ainda estaria por aí, forçando Craig a tomar esteroides e arruinando seu futuro.

– Está na hora, Hannah. – Lisa gesticulou para Rudy, que estava acendando para elas. Rudy estava gerenciando o noticiário e o concurso daquela noite, e o gerente de palco original tinha assumido as tarefas de Mason no caminhão de produção.

Hannah pegou o prato de cookies e deu uma piscadinha para Lisa. Ela estava de volta ao normal e ansiosa para ir. Se Dee-Dee Hughes dissesse uma palavra sobre calorias, quando Lisa servisse os Crocantes de Melado, Hannah planejava revidar, mencionando a caixa de chocolates pela metade que ela encontrara no camarim de Dee-Dee.

Epílogo

O bar do Hotel Lake Eden estava abarrotado de gente e a última festa estava sendo um sucesso extraordinário. A vencedora do Concurso de Sobremesas Hartland Flour estava na mesa central. Era a mesma senhora que fizera a torta de limão, na primeira noite do concurso, e todos os jurados haviam concordado que, nesta noite, a torta de maçã de dar água na boca tinha sido a melhor que eles já haviam provado.

Logo depois que a festa começou, o Sr. Hart tinha anunciado que planejava fazer de Lake Eden um local permanente para o Concurso de Sobremesas Hartland Flour. Agora ele estava sentado com o Prefeito Bascomb e Rod Metcalf, nos fundos do bar, e Hannah desconfiava que eles estivessem falando da melhor forma de explorar a publicidade.

Claire Rodgers estava a uma mesa com o Reverendo Knudson e sua neta. Hannah a chamara de lado, antes do começo da festa, e lhe dera um envelope com as fotos e os negativos incriminadores de Lucy. Nem o reverendo nem a neta Priscilla eram conhecidos por conversas brilhantes. Talvez Claire estivesse pagando suas penitências por suas más ações do passado. Mas ela estava mais feliz do que parecia há meses, e Hannah desconfiava que ela tinha terminado com o prefeito.

O Sr. e a Sra. Avery estavam sentados com uma turma de competidores de outros concursos. Hannah devolvera-lhes o dinheiro, junto com as fotos e negativos de Lucy. A Sra. Avery lhe dissera que eles iam doar o dinheiro para caridade e o Sr. Avery não fizera objeção. Enquanto Hannah observava, a Sra. Avery afagou a mão do marido. Aparentemente, tudo tinha sido perdoado, mas Hannah estava disposta a apostar que o Sr. Avery não cometeria o mesmo erro novamente.

Danielle ainda estava no hospital. A caminho da festa, Hannah tinha passado por lá para vê-la e, juntas, elas rasgaram as provas de Lucy e as jogaram na privada. Ninguém jamais saberia sobre o problema de Boyd, a menos que Danielle preferisse falar. Hannah achava que ela não falaria. Os alunos de Boyd o idolatravam e aquilo era algo vergonhoso, melhor se mantido em segredo.

Hannah estava sentada sozinha, a uma mesa de quatro pessoas. Mike e Norman tinham ido repetir o bufê imenso que Sally havia preparado para os convidados. Ela pegou uma das barrinhas que assara na cozinha de Sally para comemorar o fato de que Mason Kimball estava atrás das grades e a saboreou. Era uma receita que ela tinha aperfeiçoado e dera o nome de Barrinhas de Chocolate Highlander. Elas tinham uma camada amanteigada com uma cobertura cremosa de chocolate, e eram tão deliciosas que Hannah decidiu incluí-las no cardápio do Jarro de Cookies.

Norman e Mike estavam rindo quando se serviram da lasanha verde de Sally, e Hannah sorriu ao observá-los. Eles eram um estudo de contrastes. Mike era tão bonito que poderia ser o galã de qualquer filme romântico. Norman, não. Seu atrativo não vinha de fora, embora Hannah achasse seu tipo físico forte e seus cabelos ralos algo encantador. Enquanto Mike era tão sexy que fazia sua barriga contrair, Norman era seguro e confortante, como um ursinho de pelúcia predileto. Se ela fosse mágica e soubesse como mesclar os dois no homem perfeito, aceitaria o conselho da mãe e se casaria esta noite.

– Oi, Hannah. – Lisa passou pela mesa de Hannah carregando um prato de sobremesa vazio. – O papai e a Sra. Beeseman me pediram para pegar mais algumas das suas barrinhas, mas acabou tudo.

– Tem outra forma na cozinha, vá lá se servir.

Lisa seguiu para a cozinha e Hannah deu outro gole em seu vinho, que Mike pedira especialmente para ela, como forma de agradecer pela ajuda na solução do caso de assassinato. Hannah sabia que era de uma boa safra e muito caro, mas ainda preferia seu galão verde.

Herb veio até sua mesa, meio distraído.

– Onde está Lisa? O pai dela acabou de convidar minha mãe para dançar e ela não vai querer perder isso.

– Ela voltará a qualquer minuto. Só deu um pulo na cozinha para pegar mais barrinhas. – Hannah segurou o braço dele, para que ele não pudesse partir. – Sente-se por um segundo, Herb. Eu preciso lhe pedir um favor. – Hannah esperou até que ele ocupasse uma cadeira ao seu lado, depois se aproximou para que não pudesse ser entreouvida. – Você ainda participa daqueles fins de semana de caubóis, Herb? Onde há competições de tiro?

– Sempre que tenho uma chance. Por quê?

– Preciso aprender sobre armas. Você acha que pode me ensinar?

– Sem problema. Meu clube de tiro tem alvo. Eu vou levá-la até lá num domingo desses. Você está planejando comprar uma arma para proteção em casa?

– Não exatamente. – Hannah deu uma olhada em volta, mas ninguém estava ouvindo. – A Lisa lhe disse como peguei o Mason com a arma dele?

– Sim.

– É assim, Herb. Eu sei atirar com uma espingarda de caça. Meu pai me ensinou. Mas essa não era uma espingarda e eu... é...

– Você não sabia usar? – Herb a interrompeu, adivinhando.

– Isso mesmo. Claro que eu sabia onde ficava o gatilho. Qualquer tolo sabe isso. Mas eu não tinha certeza se precisava fazer algo, antes que disparasse.

– Vou levar minha coleção de armas e vou ensiná-la como usá-las. Depois que você souber o básico, você vai ficar legal. Eu ensinei a Lisa e ela tirou o segundo lugar no nosso último torneio de tiro de caubóis.

– Que bom. – Hannah sorriu. Aparentemente, Lisa tinha talentos que ela nem conhecia.

Depois que Herb saiu, Norman voltou à mesa. Eles estavam ali sentados, falando sobre o programa que ele acabara de instalar no computador para que eles pudessem desenhar a própria casa para o concurso, quando Mike voltou.

– Oi, Mike. – Hannah deu um sorriso, depois virou-se de volta para Norman para responder à pergunta dele. – Acho que não conseguiremos nos dar bem com menos de três banheiros. Precisaremos de um que será parte da suíte principal; um entre os quartos das crianças, lá em cima; e um lá embaixo, para as visitas.

– Que tal um no porão, junto à sala de jogos? Nós podemos planejá-lo embaixo da escada.

– Boa ideia – concordou Hannah, depois deu uma olhada para Mike. Ele a encarava, chocado. – O que foi, Mike?

– Você e Norman estão comprando uma casa juntos?

– Não, estamos desenhando uma casa juntos – corrigiu Norman. Depois apertou os lábios e não disse mais nenhuma palavra.

Hannah desviou o olhar de um para o outro, fazendo a leitura das expressões em seus rostos. Havia um brilho de triunfo nos olhos de Norman. Ele estava gostando do fato de Mike estar suando. E Mike parecia um fazendeiro que entrava no estábulo, no meio da noite, e encontrava um ladrão de cavalos levando seu melhor animal.

Hannah sabia que devia explicar antes que a situação piorasse, mas ela tivera um dia exaustivo. Quase tinha sido assassinada e aquela situação era algo bem insignificante diante do imenso panorama das coisas.

– Há algo que você queira me dizer, Norman? – Mike perguntou, num tom hostil.

– Não. Há algo que *você* queira me dizer, Mike?

Hannah não ficou por ali para ouvir a resposta. Andrea saberia exatamente o que fazer numa situação dessas, mas Hannah decidiu que bastava de homens ciumentos. Ela empurrou sua cadeira para trás, ergueu-se altiva e encarou os dois.

– Preciso ir. Tem alguém lá em casa aquecendo minha cama para mim.

Mike olhou perplexo, e Norman se mostrou igualmente chocado. Por um momento nenhum dos dois falou, e Hannah quase teve um ímpeto de cair na gargalhada.

– Quem? – perguntou Norman, rompendo o silêncio. Ele demonstrava estar extremamente aborrecido.

– É, quem? – Mike ecoou a pergunta, e Hannah notou que ele também não parecia muito feliz.

Hannah se lembrou de uma antiga provocação infantil, mas não disse nada. Só porque ela os reduzira a adolescentes do Segundo Grau, isso não significava que tinha de responder no mesmo nível. Ela simplesmente sorriu ternamente e se virou para sair, mas sua consciência a cutucou antes que pudesse dar mais um passo. Ela se virou de volta e sorriu.

– Moishe. De quem acharam que eu estivesse falando? – Então ela atravessou o salão, numa saída quase digna de seu ídolo das telas, Katherine Hepburn.

Barrinhas de Chocolate Highlander

Preaqueça o forno a 175 °C
(use a grade central do forno)

1 xícara de manteiga amolecida
½ xícara de açúcar de confeiteiro (verifique se não há pelotas)
¼ colher (chá) de sal (uma pitada)
2 xícaras de farinha de trigo

4 ovos batidos (apenas bata com um garfo)
1 xícara de manteiga derretida, em temperatura ambiente
1 xícara de açúcar comum
1 colher (chá) de fermento em pó químico
¼ colher (chá) de sal (uma pitada)
½ xícara de farinha de trigo (não precisa peneirar)
2 ½ xícaras de gotas ou raspas de chocolate (medir antes de derreter)

1/3 xícara de açúcar de confeiteiro para salpicar por cima

PRIMEIRO PASSO: bata a manteiga com o açúcar de confeiteiro e o sal, até obter um creme. Acrescente a farinha e misture bem. Forre uma forma retangular padrão (22 cm x 33 cm) com a massa, achatando-a com os dedos, para formar uma camada.

Asse a 175 °C, por 15 minutos. Este é o preparo da camada amanteigada. Retire do forno. (Mas não desligue!)

SEGUNDO PASSO: Misture os ovos com a manteiga derretida e o açúcar comum. Acrescente o fermento, o sal e a farinha, e misture bem. (Pode ser com uma batedeira, se você estiver cansada de misturar.)

Derreta o chocolate em banho-maria, ou ponha no micro-ondas por 3 minutos, na potência máxima. (Mexa bem depois de derreter, pois as gotas de chocolate podem manter seu formato mesmo depois de derretidas.)

Acrescente o chocolate derretido à mistura da tigela e mexa bem.

Despeje essa massa sobre a camada amanteigada que você acabou de assar e incline a forma, para cobrir tudo. Leve novamente ao forno e asse por mais 25 minutos. Depois, retire do forno e salpique açúcar de confeiteiro por cima.

Deixe a massa esfriar totalmente e corte em barrinhas. Você pode refrigerar esta massa, mas corte-a antes (as barrinhas ficam bem firmes depois de esfriar).

Andrea disse que essas barrinhas são tão pesadas que ninguém consegue comer mais de uma (eu a vi comer três na última festa).

Índice de Receitas

Quadro de Conversão das Receitas

Embora essas conversões sejam aproximadas, garantimos que elas funcionarão bem para as receitas de Hannah Swensen.

VOLUME

Medidas caseiras	**Sistema métrico**
½ colher de chá	2 mililitros
1 colher de chá	5 mililitros
1 colher de sopa	15 mililitros
¼ de xícara	50 mililitros
⅓ de xícara	75 mililitros
½ xícara	125 mililitros
¾ de xícara	175 mililitros
1 xícara	¼ de litro

TEMPERATURA DO FORNO

Graus Celsius

120 °C a 180 °C (temperatura baixa)
180 °C a 200 °C (temperatura média)
200 °C a 230 °C (temperatura quente)
Acima de 230 °C (temperatura alta)

Nota: uma forma plana retangular de tamanho-padrão tem aproximadamente 23 cm x 32,5 cm (equivalente a 9 pol. x 13 pol.).

O primeiro
suspense culinário
com receitas
da série
Hannah Swensen
Mysteries

O mistério do CHOCOLATE

Um suspense de dar água na boca

NÃO DEIXE DE LER O PRIMEIRO LIVRO
DA SÉRIE HANNAH SWENSEN MYSTERIES

O MISTÉRIO DO CHOCOLATE

Uma confeitaria, um assassinato, e muitos *cookies* de chocolate escandalosamente crocantes.

Hannah Swensen é uma confeiteira que cria sobremesas e cookies na pequena cidade de Lake Eden. Quando Ron LaSalle, o entregador mais querido da cidade, é encontrado morto atrás de sua confeitaria, com alguns de seus famosos cookies ao redor, Hannah fica determinada a não permitir que seus cookies fiquem com má reputação e decide investigar esse assassinato.

Acompanhado de uma boa dose de humor e uma deliciosa variedade de receitas de cookies de dar água na boca, O mistério do chocolate, de Joanne Fluke, primeiro livro da série *Hannah Swensen Mysteries*, é um ótimo suspense culinário e apresenta uma esperta aspirante a detetive que fará os leitores de mistério saboreá-lo do início ao fim.

Siga-nos no twitter @EditoraLeya e @Luadepapel_BR

lua de papel

Este livro foi composto
em Bembo para a Lua de Papel
em agosto de 2012